CHILDREN OF THE RUNE
DEMONIC

4

전민희
장편
판타지

4

룬의 아이들

데모닉

CHILDREN
OF THE
RUNE
DEMONIC

엘릭시르

7

막

HEADREACH

3

막

ELAN

"아니다. 그렇지 않다. 나는 당신들이 나를 노리고 있는 그곳에 있지 않다. 여기 이렇게 웃으면서 당신들을 바라보고 있는 것이다."

— 미셸 푸코

7

막

HEADREACH

누가 시켰느냐 하는 문제

당신이 지휘하는 군대는 형편없어. 명령을 귓등으로 듣는지, 전령을 보낸 지 반나절이나 지났는데 아직도 웃고 떠들고만 있어. 시골에서 뛰노는 꼬마들과 똑같지. 저들은 뭘 믿고 저럴까? 왜 처벌을 겁내지 않을까? 내가 보기엔 당신이 그들을 친구로 삼아버린 것 같아. 당신을 위해서만 목숨을 거는, 한 무리의 친구 말이야.

밤바다를 향해 불쑥 튀어나온 검은 부둣가에서 한 여자가 누군가를 기다리고 있었다.

바다로부터, 실은 캄캄해서 보이지 않는 수평선 너머로부터 서늘한 공기가 불어왔다. 여자는 그걸 섬의 숨결이라고 생각했다. 먼바다 어딘가에 일 년 내내 폭풍으로 둘러싸여 어떤 배도 접근하지 못하는 섬이 있다고 했다. 어렸을 때 아버지가 얘기해주었고, 항구 사람들이라면 대단한 상상력이 없더라도 한두 번쯤은 입에 올려보았을 이야기였다. 그 항구에서 마흔두 해나 살아온 그녀도 마찬가지였다. 어쩌면 그 말을 아버지가 해줬다는 부분이 이 이야기의 가장 특별한 점일지도 몰랐다. 아버지는 칼라이소 사람이었지만, 뱃사람들의 전설 같은 것에는 길가에 버린 조개껍데기만큼도 관심이 없는 사람이었으니까.

그 섬은 배로 하루이틀 간다고 다다르지는 못한다고 했다. 물론 거길 가려 한 사람도, 갔다가 돌아온 사람도 없었다. 그랬기에 오히려 믿기에 좋았다. 아주아주 먼 곳에 폭풍으로 둘러싸인 섬이 있고, 모든 바람은 그곳에서 시작된다는 생각을. 그만큼 멀었기에 항구에 다다른 바람은 뺨에 살랑거릴 정도로 부드러워졌다고.

생각의 끝을 붙들었을 즈음, 저만치에서 기다리던 사람이 걸어왔다. 불빛이 넘실거리는 항구를 등진 늘씬한 실루엣이었다. 자신감 있는, 동시에 가벼운 걸음걸이였다. 다가올수록 얼굴도 뚜렷해졌다. 회색 머리칼이 흩어진 이마 아래 밤바다처럼 새카만 눈이 보였다. 선착장 주위에 둘러쳐진 난간에 걸어놓은 램프가 뺨과 입술에 발그레한 빛을 띄웠다.

"루시 에테른 씨?"

"맞아요."

"조 히스파니에입니다. 이런 곳에서 만나자고 해서 미안하군요."

"괜찮아요. 아주 좋군요."

에테른이 그렇게 말하자 조슈아는 거듭 사과하지 않고 같이 난간에 기대어 서서 바다를 바라봤다. 그러더니 곧 말했다.

"아무것도 안 보이네요."

"그렇죠."

"그런데 뭘 보고 계셨죠?"

램프가 주위를 밝혀준 덕택에 바다를 바라보고 있던 에테른의 모습이 멀리서도 보였던 모양이었다. 에테른은 대답하는 대신 반문했다.

"히스파니에 씨 생각엔 저 캄캄한 곳에 뭐가 있을 것 같아요?"

"그야 바다겠죠."

"맞았어요. 당신 생각도 나와 같네요. 그럼 이제 내가 뭘 보고 있었는지 알겠죠?"

조슈아는 미묘하게 입을 오므렸다가 씩 웃었다.

"보이지 않지만 있음을 아는 것. 당신이 나를 만나고자 한 이유이기도 한 것."

"그래요."

조슈아는 말을 그치고 고개를 조금 젖혔다가 비스듬히 기울이며 에테른을 보았다. 그림자에 감춰졌던 우아한 눈매가 잠깐 빛을 머금었다가, 흔들어놓았다. 불티가 빛나고 사라지듯. 상대의 시선이 따라온다. 마침 머리 위에서 보이진 않았지만 새 울음소리가 한차례 들렸다. 조슈아는 하늘을 슬쩍 쳐다보며 말했다.

"저 위엔 뭐가 있죠?"

"집에 못 간 도둑갈매기."

"나도 저놈과 비슷한 종류일지도 모른다고는 생각 안 해요?"

이번에는 에테른이 웃었다.

"그렇다면 집으로 보내줘야죠. 집이 어디죠?"

조슈아는 빈손을 펴 보였다.

"잃어버렸어요."

"미래 계획이 전혀 없는 갈매기로군요. 그런 부류야말로 나 같은 사람에게 딱 맞는 먹이예요. 아버지께선 늘 그런 자들을 데려다가 싼값에 단물 빠질 때까지 쓰라고 하셨죠."

에테른의 눈이 자신만만하게 반짝거렸다. 조슈아는 아이처럼 짓궂은 웃음을 머금었다.

"악덕 흥행사 같으니라고. 당신을 등쳐먹을 방법을 연구해 봐야겠어요."

"쉽지 않을걸요. 나처럼 닳고 닳은 흥행사를 다루려면 눈앞에 반짝반짝하는 황금을 던져주거나, 아니면 가까운 미래에 머리 위로 황금비가 쏟아지리라는 약속을 꽉 물려주거나, 둘 중의 하나는 해야 돼요."

"자, 그럼 내가 왜 당신을 만나려 했는지 알겠죠?"

에테른은 순간적으로 이해하지 못해 의아한 얼굴이 됐으나, 곧 조금 전에 자신이 했던 말을 재치 있게 인용했다는 걸 알아차렸다.

"그렇지. 눈에 보이지 않는 것. 당신은 약속을 갖고 왔고, 어울리는 계획도 갖고 왔다는 말이겠지요?"

조슈아는 눈을 가늘게 뜨며 빙그레 웃었다.

"그래요."

"자, 그럼 약속을 줘요. 금비가 쏟아질 때까지 이도 한번 안 떼고 꽉 물 테니까."

조슈아는 한 팔을 난간에 걸치며 느긋하게 몸을 기대더니 말했다.

"먼저, 내게는 전권全權이 필요합니다. 공연 내용은 물론이고 스태프 선정과 배우 선정, 제작 과정, 연습 과정, 소품 제작, 공연 날짜, 공연 횟수, 입장권의 가격. 모두 다."

에테른은 놀란 표정을 지어 보였다.

"아예 제작자가 되려 하는군요? 거기다가 연출가도 겸하고? 그걸 다 넘기면 내 역할은 도대체 뭐죠?"

"금비를 맞는 것."

일순간의 침묵에 이어 커다란 웃음소리가 울렸다. 에테른은 너무 즐거워 못 견디겠다는 것처럼 한참 동안 그치지 않고 웃어댔다.

"아, 아, 이렇게 명쾌하고 마음에 드는 역할은 사십 년 넘게 살아오며 처음이에요. 평생 이랬더라면 얼마나 좋았겠어."

조슈아는 그림이 살아나듯 천천히 미소를 머금더니 말했다.

"알다시피 누구나 그런 걸 만들어주진 못하죠."

"당신이니까, 그런 말인가요?"

"아닌가요? 난 당신이 비밀을 알아본 줄 알았는데?"

에테른이 킥킥 웃더니 중얼거렸다.

"저게 농담이 아니라서 너무 좋아."

조슈아는 에테른이 진심으로 그렇게 말했다는 것을 알고 싱긋 웃었다. 다이아몬드 러쉬 극장의 극장주 루시 에테른. 비록 칼라이몬과 반반씩 갖고 있는 권리였지만 바다에서 반생을 보내며 노후 대책 삼아 극장 지분을 사둔 칼라이몬과는 달리 에테른은 아버지 뒤를 따라다니던 열두 살부터 오늘까지 이 바닥에서 잔뼈가 굵은 흥행사였다. 칼라이몬이 극장주로서의 권리를 행사하는 건 이익 분배할 때밖에 없지만, 그녀는 극장을 실질적으로 운영하고 있는 사람이었다.

다시 말해 돈이 안 될 것 같은 일에 한 푼이라도 투자할 사람이 아니었다. 지금은 일선에서 물러났지만 전성기에는 극장을 세 개나 갖고 있었다던 에테른의 아버지 에두아르드 에테른이 그랬듯이 말이다. 말년에 파산한 에두아르드는 소유한 극장을 모두 팔아넘길 수밖에 없었지만, 그의 딸은 그 극장들의 지분을 차근차근 되찾아가는 중이었다. 칼라이소 극장가에서는 루시 에테른이 얼마나 계산이 철저하고 실리에 능한지 모르는 사람이 없었다.

에테른은 혼자 고개를 끄덕거리며 생각하다가 말을 이었다.

"자, 당신이 무지막지한 요구를 하는 사람이란 건 알았어요. 그다음도 있나요? 아니, 그다음이 있을 수가 없는 요구를 이미 해버렸나?"

조슈아가 고개를 끄덕였다.

"그런 셈이죠. 당신이 준 '전권'으로 각각의 일들을 어떻게 처리할 셈인지 물어봐야 할 겁니다. 뜻밖의 것들도 있을 테니까."

"그럼 물어보죠. 공연 내용은 일단 놔두고, 제작진과 배우는 최고를 원하겠지요?"

“물론이죠. 다만 내가 직접 뽑을 테니까 뜻밖의 사람이 선정될 가능성도 배제하지 마시죠.”

“좋아요. 그것도 그렇다 칩시다. 제작이나 연습이나 소품은 맡겨둘 수도 있긴 한데, 공연 날짜가 궁금하군요. 혹시 특별히 원하는 날이 있는 건가요?”

“특별한 날은 없는데, 개막일은 앞으로 약 스무 날 이내가 될 것 같군요.”

이번에야말로 에테른도 놀랐다.

“스무 날? 그 안에 제대로 된 공연이 나올 수 있을까? 아직 제작진 한 명도 없는데?”

그러자 조슈아도 얼굴에 가벼운 자신감을 드러냈다. 그 이상의 진지함조차 필요 없다는 것처럼, 미풍 같은 자신감이었다.

“만들어드리죠.”

에테른은 생각에 잠겨 다시 바다를 바라보았다. 램프의 불빛이 흔들리는가 싶더니 곧 세찬 바람이 한차례 불어와 두 사람의 몸을 때렸다. 바람이 가라앉자 조슈아는 흐트러진 머리카락을 천천히 쓸어 넘기며 기다렸다. 조슈아의 옆얼굴을 잠시 보고 있던 에테른이 말했다.

“그게 당신의 요구 조건이군요. 자, 그럼 따져봅시다. 당신도 다른 투자자가 없는 상태에서 사전 제작비를 전액 댄다는 것이 쉬운 일이 아니란 걸 알 거예요. 수익은 첫 공연이 시작되는 날 밤에야 겨우 나오기 시작하겠죠. 그런 상황에서 당신은 내게 제작 전반을 총괄하는 전권을 요구하고 있고, 그걸 허락할지 말지 결정해야 하는 내 손에 들린 거라고는 당신이라는 사람이 하룻밤 동안 썼다는 대본 한 뭉치뿐이죠."

에테른은 잠시 말을 끊고 조슈아의 얼굴을 바라보았다. 그냥 바라보는 것이 아니라 구석구석 살펴보다시피 했다. 그리고 얕은 한숨을 내쉬었다.

"유감스럽지만, 나는 그 대본에 반했고 말이죠."

조슈아는 태연히 덧붙였다.

"무대에 올리면 더 반하고 말걸요."

"그럴 거라고 생각하지 않았다면 내가 지금 당신을 만나고 있을까요?"

조슈아가 희미한 미소를 머금은 채 에테른을 내려다보고 있자 에테른이 갑자기 피식 웃더니 말을 이었다.

"그리고 당신도. 난 배우들이 무대 밑에서도 배우답길 바라는데 당신은 그걸 정말로 잘해내네요. 아무런 분장 없이 이런 부둣가에 서서도 조금도 긴장감을 놓치지 않네요. 솔직히 지금 나를 거의 유혹하려 들고 있잖아요? 하지만 이런 배우한테 반하지 않으면 흥행사도 아니지 않겠어요?"

이런 솔직한 감상을 듣고도 조슈아는 놀라는 기색 없이 말했다.

"그야 당연한 일이죠. 내가 지금 당신을 유혹하지 못하면 그냥 잘생긴 백수 신세 아니겠어요?"

에테른이 먼저, 결국 조슈아도 웃음을 터뜨렸다. 이윽고 에테른이 말했다.

"이런 배우는 대체 어디서 태어나는 거람? 조가비 속이나 황금알 같은 데인가? 자아, 좋아요. 그럼 배우도 공연도 훌륭할 거라고 예상해봅시다. 하지만 훌륭한 공연이라고 다 돈을 버는 건 아니에요. 난 열두 살 때부터 무대 주변에서 어슬렁거렸기 때문에 대본이니 공연이니 하는 것을 보는 안목은 보통 사람들보다 높은 편이에요. 그러므로 내 마음에 쏙 드는 공연이 완성되었다고 해서 관객들도 좋아하리라고 확신해선 안 되죠."

"만들어보기 전에는 모를 일이죠. 과연 어떨지. 이 시점에서는 당신이 제작비를 투자하느냐, 아니냐, 이 두 가지 갈림길이 있을 뿐이고 당신이 전자를 선택한 후에야 그걸 관객들도 좋아할지 알 수 있게 되니까."

"바로 그래요. 그런데 난 지금까지 관객들이 틀림없이 좋아할 것 같은 안전한 기획만 해왔어요. 대부분은 좀 저속한 오페레타들이죠. 그런 것은 확실하게 돈을 버니까요. 물론 언제까지나 그럴 생각은 아니었어요. 하지만 솔직히 말해 내 입장만 따져보자면 아직은 모험을 할 때가 아니에요. 난 조금 더 돈이 필요해요.”

“돈이 필요하다라. 잠깐, 몇 가지 물어봐도 될까요?”

에테른이 고개를 끄덕이자 조슈아는 손끝으로 난간을 두드리며 말했다.

“내가 외지 사람이다 보니 이쪽 시세를 몰라서 그러는데, 칼라이소에서 저녁 공연의 입장료가 얼마죠?”

“글쎄요, 자리 구별 없는 공연의 경우 10고블룬 정도? 공연에 저녁 식사도 포함하면 15에서 20고블룬. 더 정확히 말하자면 저녁 식사에 공연을 포함해서지만.”

조슈아는 당혹스러운 미소를 보였다.

“그런 식으로 해서 한 번 공연을 하면 도대체 얼마나 들어오죠?”

“자리가 꽉 차고 그들 모두 식사도 한다고 가정할 때 최대 2000고블룬까지 잡아볼 수 있겠죠. 만일 식사를 못 하는 뒤쪽의 싱글 좌석들까지 찬다면 500쯤 더할 수 있겠고. 그걸 엘소로 환산하면 1200 정도 되려나요? 하지만 그런 경우는 한 해에 한 번도 있을까 말까 해요. 만약 그 정도로 인기를 끈다 해도 10회도 올리기 전에 극장에 드는 사람이 절반 정도로 줄어들 테고, 그러니 본전을 뽑기 위해 알맞은 횟수는 많아야 30회 안팎일까요.”

“거기다가 그 사람들한테 음식도 내놔야 하니 재룟값에 요리사까지 써야 할 것 아닙니까? 남는 것도 없겠네요."

에테른이 쓴웃음을 지었다.

"대신 음식이 무척 부실하죠. 다들 그런 줄 알고 오니까 상관없기도 하고. 딱 먹고 죽지 않을 정도예요."

자신의 극장에 대한 얘기니 솔직함이라고 불러도 될까? 조슈아는 웃을 듯 말 듯하며 발끝으로 바닥을 비볐다.

"돈 벌기가 무척 힘들었겠군요. 시세는 참고삼아 물어본 거지만 들어보니 참고삼을 필요도 없을 것 같고, 됐습니다. 돈이 필요하면 돈을 만들어드리죠."

구슬 따는 어린아이의 호언장담보다 가벼운 말투였기에 에테른은 미간에 주름을 잡았다.

"당신 말을 믿고 싶지만……."

"나는 훌륭한 공연을 만들지만, 그 이상으로 돈을 버는 공연을 만드는 데도 익숙하죠. 돈이 필요하면, 그런 걸 만들면 되죠. 훌륭한 공연을 만드는 것과 꼭 같은 수고가 들죠."

키가 작은 에테른은 턱을 들고 조슈아를 똑바로 노려보았다. 그녀 같은 사람에게 이 이상으로 진지해질 문제도 없었다.

"좋아요. 두르넨사 출신들이 어떤지 알죠? 난 상인이 아니고 극장을 경영하지만 두르넨사 사람은 태생이 장사꾼이고, 대륙 최고의 부자는 아닐지 몰라도 대륙 최고로 손해 보지 않는 사람들이긴 할 거예요. 그러니 내가 위험한 결정을 하게 하려면 금액을 제시해요. '당신에게 얼마의 수익을 안겨주겠다'라고 말이죠. 그만한 계획은 있을 거라고 믿고 묻죠. 자, 얼마인가요?"

조슈아는 입가에 보조개 하나를 만들 정도의 시간만 지체했다.

"최소 10만 엘소."

에테른은 처음에는 눈을 두어 번 깜빡거렸고, 그다음엔 콧등에 미묘한 주름을 잡았다. 놀라 기침을 하거나 농담하는 거냐고 묻지는 않았다. 물론 상상을 초월한 금액이었다. 하지만 요정의 존재를 믿는 아이보다 뚜렷한 신념을 갖고, 돈이란 확신을 따른다고 믿어온 그녀였다. 에테른이 말이 없자 조슈아가 물었다.

"생각보다 적었나 보죠?"

"무슨 소리예요! 난……."

그러나 미소 띤 조슈아의 입술에서 더 황당한 말이 나와 에테른이 하려던 말을 막아버렸다.

"좀 적긴 해도 어쩔 수 없어요. 공연은 딱 두 번만 하고 끝낼 거라서."

여름밤 11시에 칼라이소의 극장들은 두 부류로 나뉘었다. 문 닫을 준비를 하는 곳, 그리고 한창 손님이 몰려들고 입구에 램프들이 휘황하게 밝혀진 곳으로.

한낮의 더위를 피해 해가 진 뒤 거리를 서성거리는 사람들에게 술과 음식을 제공하고, 덤으로 화끈한 쇼도 보여준다는 방식은 매년 더위가 불타오르는 항구에서 큰 인기를 누렸다. 더위를 잊을 만한 볼거리를 원하는 밤의 손님들을 끌기 위해 저마다 자극적인 레퍼토리로 경쟁했기에, 극장주가 점잖은 곳은 점점 손님이 떨어져 밤 개장을 포기했다. 남은 곳은 인기 있는 배우가 나오거나 그것도 아니면 무용수들의 노출이 심한 몇 군데뿐이었다.

조슈아는 불빛 가득한 극장 거리를 혼자 가로질렀다. 팔짱 낀 남녀나 술에 얼근히 취한 선원들 무리가 흔들거리며 걷는 거리에서 일행 없이 빠른 걸음으로 걷는 유일한 사람이었다. 어느 극장 입구에 이르렀을 때 마침 한차례 공연이 끝나 사람들이 쏟아져 나왔다. 조슈아는 몇 걸음 떨어진 곳에서 이러쿵저러쿵 이야기하는 그들을 바라보며 혼자 빙그레 웃었다. 그는 관객을 구경하는 것을 좋아했다. 막스 카르디였던 시절에도 가면을 벗고 극장 앞을 걸어본 적이 있었다.

사람들이 흩어질 즈음 조슈아는 바로 옆에 있는 불 꺼진 극장, 다이아몬드 러쉬로 들어갔다. 접객 홀에는 청소하는 사람 두 명밖에 보이지 않았다. 계단을 올라가 대기실로 들어가자 이미 분장을 지우고 의상도 갈아입은 무용수들 십여 명이 잡담을 하고 있다가 고개를 돌리며 깜짝 놀란 시늉을 했다.
"어머나!"
"정말 왔잖아?"
"어떻게 됐어요? 얘기는?"
조슈아는 입구에 선 채로 미소를 보였다.
"다들, 오늘밤에는 나와 지내줘야겠어."
그때 아마릴리 크라운이 맞은편 복도 쪽에서 문을 열고 들어오다가 그 말을 듣고 웃음을 터뜨렸다.
"그런 말을 들으면 기대하게 되잖아!"
"기대해도 좋을 만큼 일거리가 산더미야."
대꾸하며 의자를 하나 끌어당겨 앉은 조슈아는 곧 무용수들에게 둥그렇게 포위됐다. 품속에서 둘둘 말린 종이 뭉치를 꺼내 보이자 금세 손에서 손으로 넘어갔다. 먼저 펼쳐본 무용수가 당황해서 한숨부터 내쉬었다.
"에엑, 이게 몇 장이야. 오늘밤에 우리 다 죽었네."
"사람 더 불러와야 되는 거 아니야?"
"불러올 사람이나 있어?"
"이거 정말로 내일까지 해야 돼요?"
종이 뭉치가 아마릴리의 손까지 넘어가자 내용을 죽 훑어내린 그녀의 눈초리가 미묘하게 처졌다. 빠져나갈 방법을 생각해내려고 머리를 굴리고 있을 게 틀림없었다. 하지만 뾰족

한 수를 낼 만큼 머리 좋은 그녀도 아니었다. 한 바퀴 돌아온 종이 뭉치를 도로 받아들고 페이지를 훌훌 넘기던 조슈아가 말했다.

"자아, 당신한테는 특별히 클라이맥스의 결혼식 장면을 맡겨줄 테니까."

아마릴리가 눈을 가늘게 뜨며 목소리를 깔았다.

"그런 거 말고. 내가 원하는 게 뭔지 알면서."

"마리 드 트루아? 안 돼. 될 걸 달래야지."

"젠장, 너무해."

아마릴리는 화난 것처럼 발딱 일어섰지만 일부러 그래볼 뿐, 진짜로 화가 난 건 아니었다. 어차피 자기한테 돌아오기에는 너무 난도가 높은 배역이었다. 그녀는 인기 좋은 발레리나 겸 배우였지만 노래를 잘해서 인기가 있는 건 아니었다. 스스로도 그 사실을 잘 알고 있었다.

"마감 시간은 내일 오전 10시까지."

이번에는 무용수들 모두가 입을 모아 외쳤다.

"너무해!"

"꼭 그때까지 끝내야 돼. 음, 도와줄 사람이 몇 명 더 올 거야."

말이 떨어지자마자 복도 쪽 문이 덜컥 열리며 한 사람이 고개를 들이밀었다. 리체였다.

"아아?"

십여 명의 무용수들에게 둘러싸인 조슈아를 본 리체는 '그런 모양으로 뭘 하는 거야?'라고 말하는 것처럼 눈을 올려 떴다. 그 표정을 본 무용수들도 좋은 반응을 보이지 않았다.

"뭐야, 저 앤?"

"왜 저런 표정인데? 뭐 잘못 먹었어?"

"무슨 볼일이래?"

리체도 그런 소릴 듣고 꾸벅 인사라도 할 성격은 아니었다.

"나 당신들한테 볼일 없거든요?"

아마릴리가 대꾸했다.

"그런데 왜 그런 깜찍한 얼굴로 쳐다보니? 불만이라도 있어?"

리체는 눈을 동그랗게 뜨며 조슈아를 곁눈질했다.

"내가 왜? 불만은 너네한테 있겠지. 오늘 한번 실컷 겪어봐. 그럼 난 자러 간다."

그렇게 말하자마자 재빨리 머리를 빼며 문을 닫아버렸으므로 무용수들은 뭐라 대꾸할 틈도 없었다.

"저게 뭐라는 거야!"

"재는 쓸모없는 게 자랑이야? 글씨도 쓸 줄 모르는 거 아니야?"

이어 무용수들은 편을 들어달라는 것처럼 조슈아를 바라보았다. 조슈아는 조금 전 리체의 표정을 보고는 관자놀이를 짚은 채 신 것이라도 먹은 표정으로 웃고 있다가 일어나 달아날 태세를 취했다.

"신경쓰지 말고 시작합시다. 자, 그럼 나는……."

조슈아가 리체가 사라진 문으로 나가려 하자 아마릴리가 볼이 부어 내뱉었다.

"우리한테는 일 시켜놓고 버릇없는 애를 따라가는 거야? 쟤가 자기 여자친구라도 돼?"

조슈아는 문 앞에서 몸을 돌렸다. 여전히 미소 띤 얼굴이긴 했지만 눈빛은 뭐랄까, 그에게 그런 표현이 가능하다면 '엄격해져' 있었다.

"우리 농담하러 모인 것 아니지?"

그 말 한마디에 무용수들은 잠잠해졌고, 이어 분분히 일어나 작업을 할 자리를 찾아 흩어졌다. 마지막으로 남은 아마릴리가 일어나 조슈아를 마주보며 웃을까 말까 하는 것처럼 입가를 실룩였다. 조슈아는 한쪽 입꼬리를 올리며 보조개를 만들어 보였다.

"도와줄 거지?"

"그런 거지. 후후, 우리 모두 내켜서 모인 것 아니겠어? 자긴 우리가 상상도 못 했던 사람이잖아. 그리고 상상도 못 했던 걸 할 거잖아. 난 말야, 그게 어떤 걸지 꼭 보고 싶으니까."

조슈아는 망설임 없이 고개를 끄덕이고 앞머리를 쓸어 올렸다.

"맞았어. 당신은 보게 될 거야."

문고리를 돌리고, 한쪽 손만으로 인사하며 조슈아가 사라졌다. 아마릴리는 돌아서기 직전에 닫힌 문을 향해 키들거리며 덧붙였다.

"어제 무대에서 놀아보고부터 자기한테 반한 무용수들의 뜨거운 눈길 때문에 제대로 될진 모르겠지만 말이야."

이튿날 아침 8시경.

칼라이몬 선장, 아니 극장주 칼라이몬은 극장으로 출근해 있었다. 본래 일 년 가야 서너 번쯤 들를까 싶던 그가 이렇듯 이른 시간에 나타난 것은 전례 없는 일로, 입구를 지키며 끄덕끄덕 졸고 있던 문지기가 화들짝 놀라 벌떡 일어섰을 정도였다.

"앗, 선장님! 아니, 극장주님! 어쩐 일이신가요, 이런 시각에?"

첫 출항하는 배에 오를 때처럼 빳빳하게 다린 칼라를 달고 머리도 기름을 발라 넘긴 칼라이몬은 어색한 미소를 남긴 채 총총걸음으로 복도를 지나쳐 로비에 들어섰다. 공연 홀로 들어가는 문이 활짝 열린 것을 본 그는 의아한 표정이 됐다. 공연은 점심 무렵에나 시작할 테고 그전에는 홀을 닫아놓는 것이 보통일 텐데? 게다가 인기척이 있지 않은가?

계단을 올라가 홀을 들여다본 칼라이몬은 당황해서 기름을 발랐다는 것도 잊고 뒷머리를 긁적거렸다. 평소 가지런히 놓여 있던 테이블들이 난잡하게 흩어졌고, 테이블마다 종이와 펜, 잉크병이 나뒹굴었으며, 십여 명의 무용수들이 피곤한 표정으로 테이블에 엎드리거나 또는 잠들어 있는 광경과 맞닥뜨렸던 것이다. 게다가 정면 무대에는 난데없이 기다란 빨랫줄이 두 줄 쳐져 있고, 거기에 멀어서 언뜻 알아보기 힘든 그림 수십 장이 걸려 있는 것도 보였다. 언제부터 극장이 아니라 화가의 작업실이 된 거지?

처음에 칼라이몬은 이들이 누구인지도 몰랐다. 한쪽 구석에 놓인 의자에 기대앉아 고개를 젖힌 채 졸고 있는 아마릴리를 발견하고서야 그들이 극장의 무용수들임을 알았을 정도였다.

“밤새 뭘 하고 있었던 건가?”

아주 천천히 눈꺼풀을 올린 아마릴리는 칼라이몬을 발견하고 고개를 갸웃거리다가 나직이 키득거렸다.

“아, 그러니까요, 우리는…….”

다른 무용수 하나가 고개를 들었다.

“보시다시피 노력 동원에 차출돼서요.”

"노력 동원이라니?"

무용수는 손가락으로 한가운데 놓인 테이블을 가리켰다. 밤샘의 결과인 종이뭉치가 조개 무덤처럼 그득히 쌓인 것이 보였다. 칼라이몬은 섣불리 건드렸다가 무너질세라 조심스럽게 맨 위의 것을 집어 몇 페이지 넘겨보았다.

"대본이잖아?"

"그럼요. 대본이죠."

아마릴리는 일어났다. 테이블 사이를 건들건들 걸으며 각 테이블에 흩어진 종이들을 살펴보더니, 몇 장씩 집어 추려 하나로 묶은 다음 조개 무덤 꼭대기에 얹어놓았다.

"이걸로 끝."

그사이 다른 것도 펼쳐본 칼라이몬이 물었다.

"이거 모두 똑같은 거잖나? 왜 이렇게 많이 베껴놓은 거야?"

"히스파니에 씨가 그렇게 하래요."

당연한 듯 잘라 말하고 아마릴리는 자고 있는 사람들을 두드려 깨웠다. 칼라이몬은 여전히 상황을 이해한 표정이 아니었다.

"그 친구가 시켜서 이렇게 모두 밤을 새웠단 건가?"

"달리 불러서 시킬 사람도 없고 해서, 우리 중에 글 쓸 줄 아는 애들은 전부 나온 거죠. 다들 밤새워 손가락 부러지게 써대느라 죽을 맛이에요. 자기가 맡은 페이지들은 다 외웠을 정도라니까요."

이윽고 잠에서 깨어난 무용수들은 저마다 손가락을 풀고 손목을 주무르는 등 한동안 법석을 떨었다. 칼라이몬은 어이가 없어 한마디했다.

"이래서 이따가 공연은 어쩔 참이야?"

"밤샘한 사람들은 오늘 쉬어도 된다던걸요."

"아니, 누가?"

"히스파니에 씨지 누구긴 누구예요."

점점 더 알 수 없는 이야기였다. 히스파니에가 언제부터 극장에 소속된 무용수들에게 이것저것 시키게 됐단 말인가.

"게다가 저 그림들은 다 뭐야?"

"어젯밤에 히스파니에 씨가 그려놓고 갔어요."

"저걸 뭐에 쓰는 건데?"

"아음…… 그러니까 히스파니에 씨 말로는 팸플릿, 이라고 했는데 팸플릿이 뭔지는 모르겠고, 공연하는 데 쓰는 건가 보죠?"

"허, 거참."

칼라이몬이 고개를 갸웃거리며 입맛을 쩝쩝 다시고 있자 아마릴리가 그제야 생각난 듯 물었다.

"그나저나 극장주님은 어쩐 일로 여기까지, 아니 그것도 이렇게 이른 아침에 오셨대요?"

"난 에테른을 만나러 왔는데 말이야……."

"에테른 극장주님요? 그분이라면 아마 사무실에 계실 거예요. 어쩌면 주무시고 계실지도 모르죠. 물론 명단을 다 뽑아놓으셨다면 말이지만."

"명단이라니? 무슨 명단?"

"그거야 검토해보라고 대본을 보내줄 공연 관계자들의 명단이죠. 그래야 일할 사람을 뽑을 거 아니겠어요? 오늘 점심때 배달할 인편이 오도록 불러놨댔으니까 에테른 씨도 그때까지는 명단이랑 주소랑 다 뽑아놔야 되는 건데. 하루 만에 해치우려니 안 바쁜 사람이 있어야 말이죠."

"누가 그걸 시켰는데?"

이번에는 대답을 예상할 수 있을 것 같았다.

"히스파니에 씨죠."

상황은 점점 오리무중이 되어갔다. 그때 등뒤에서 두세 사람이 들어오는 인기척이 들리고, 누군가가 큰 소리로 말했다.

"여기 내부 수리 공사 주문하셨죠? 10시부터 공사 들어갈 건데 그전에 현장 살펴보러 왔습니다."

칼라이몬은 빙그르르 돌아섰다. 그리고 계단 아래에 선 목수나 가구공 같은 분위기의 두 남자, 그리고 종이 몇 장을 손에 쥔 여자를 보았다. 명색이 극장주라는 걸 생각하면 바보

같은 질문이 될 게 뻔했지만 물어볼 수밖에 없었다.

"아니, 공사라니? 어딜 수리한다는 거요? 그것도 오늘?"

"극장 객석을 새걸로 교체한다고 듣고 왔는데. 테이블 없애고 싱글 좌석들로만. 아, 거긴가요?"

더 묻지도 않고 알아서 계단을 올라온 그들은 무용수들이 곳곳에 너부러져 졸고 있는 극장을 내려다보더니 눈이 둥그레졌다. 하지만 무용수들 때문에 놀란 것이 아니었다. 이어 극장 안으로 성큼성큼 들어서서 두리번거리더니 더욱 감탄한 표정이 되었다.

"이야, 정말로 똑같잖아? 설계를 직접 했나?"

"그럴 리가 없지. 나이를 생각해봐. 그리고 이 극장 낡은 것 좀 보라고. 마지막으로 수리한 지 십 년은 됐겠는데."

"그렇지. 열 살에 설계를 할 순 없는 일이잖아."

뒤쫓아온 칼라이몬이 그들을 불러 세웠다.

"이보쇼! 도대체 무슨 소릴 하는 건지? 공사는 에테른이 맡겼소? 지금 같은 성수기에 갑자기 공사에 들어간단 말이오? 설계는 또 무슨 소리요?"

세 사람은 멀뚱한 눈빛으로 그를 쳐다봤다. 종이를 들고 있던 여자가 말했다.

"무슨 소리냐는 건 또 무슨 소립니까? 주문을 받았으니 일하러 온 거 아닌가요. 직원이시거든 우리 일 좀 하게 여기 계신 아가씨들이나 내보내주시죠."

그러나 무용수들도 극장을 수리한다는 이야기는 처음 듣는 얼굴들이었다. 칼라이몬은 미심쩍은 표정을 지었다.

"에테른이 극장을 어떻게 운영하든 내가 잔소리할 바는 아니겠지만, 요즘 같은 시기에 난데없이 내부 공사에 들어간다는 생각은 좀 괴상하군그래. 만약 정말로 얘기가 그렇게 된 거라면 일을 시작하기 전에 계약서 정도는 보여주시구려. 나도 굳이 따지자면 이 극장의 극장주란 말이오."

극장주라는 말에 세 사람은 당황한 기색을 보이더니 칼라이몬이 서 있는 극장 입구 쪽으로 되돌아왔다.

"극장주이시란 말씀입니까? 그런데 어째서 저희가 오는 것도 모르고 계신 거죠?"

"나야 극장 운영에 직접 관여하지 않으니 모를 수도 있겠지만, 보아하니 나뿐 아니라 아무도 아는 사람이 없는 것 같은데?"

"하지만 분명히 선금까지 받았는데요?"

"선금이라고? 대체 누구한테?"

오늘 아침 내내 매우 익숙해진 대답이 튀어나왔다.

"히스파니에 씨라는 분인뎁쇼."

칼라이몬은 기묘한 표정으로 눈동자를 굴리다가 비슷한 표정을 하고 있는 무용수들을 내려다봤다. 그와 눈이 마주친 아마릴리가 참지 못하고 킬킬 웃어댔다. 곧이어 무용수들이 따라 웃기 시작하자 세 사람은 더욱 당황한 표정이 되었다.

"히스파니에 씨가 이 극장 사람이 아닙니까? 아니지, 분명 여긴데. 여기일 수밖에 없는데. 그럼 어떻게 된 거야? 설명 좀 해주시죠?"

"설명을 듣고 싶은 건 이쪽이오. 그 친구가 당신들을 찾아가서 도대체 뭐라고 한 거요?"

"아, 그 사람을 알긴 아시는군요? 전 여기 직원인 줄로만 알았죠. 날짜가 촉박하다고 다음날 아침부터 당장 공사를 시작해달라고 다그쳐대서, 우리가 극장 내부를 보지도 않고 어떻게 공사에 들어가느냐고 했더니……."

여자는 칼라이몬에게 손에 들고 있던 종이들을 건넸다.

"펜 한 자루 들어서 이런 걸 슥슥 그려주더란 말이죠."

종이를 들여다본 칼라이몬은 저도 모르게 미간에 주름을 잔뜩 잡았다. 분명 손 가는 대로 죽죽 그린 것 같긴 한데, 자세히 보면 수치까지 적혀 있어서 그걸로 새로 건물을 지어도 될 정도로 정확한 스케치였던 것이다. 정면과 양 측면에서 본 세 장의 입면도, 기둥이나 벽으로 감춰진 부분까지 빠짐없이 그린 평면도, 수리 후 모습을 그린 그림까지 포함되어 있었다.

"대뜸 이런 걸 그려주는데 직원이 아니라고 생각할 수 있었겠습니까? 사실 저희는 그 사람이 자료도 없고 심지어 자한 개도 없는 가운데 펜만 들고 이걸 그려내는데 완전히 기가 질려서 두말도 않고 일하겠다고 응낙했습니다. 그 사람, 아주 괴물이에요. 저희는 도면도 안 그리고 바로 공사하기로 했다니까요."

칼라이몬이 대꾸 없이 종이만 뚫어져라 보고 있자 세 사람이 재차 물어왔다.

"그래서 그 사람이 직원이 맞습니까, 아닙니까? 이대로 일을 할까요, 말까요?"

칼라이몬은 혼란에 빠져서 머리를 굴렸지만, 결국 자기가 참견할 일이 아니란 결론밖에 나지 않았다.

"그러니까…… 난 그런 걸 결정하는 사람이 아니고…… 일정 같은 건 내가 알 바가 아니오! 난 그저 돈 대는 극장주일 뿐이야!"

마지막 외침이 너무 솔직한 나머지 무용수들이 웃음을 참느라 끅끅거렸다. 세 사람이 고개를 끄덕였다.

"역시 그렇죠? 그럴 줄 알았다니까요. 그럼 저희는 작업 들어가겠습니다. 어이, 가서 다들 들어오라고 해!"

일꾼들이 들어오기 시작하자 잠에서 완전히 깬 무용수들은 자기들 짐을 챙겨 슬슬 극장에서 나왔다. 그사이 무대 앞까지 간 세 사람이 저들끼리 감탄하는 소리가 들려왔다.

"허, 저 그림들 봐. 저거, 대단하잖아?"

아마릴리가 입구에서 그들을 돌아보며 자랑스럽게 소리쳤다.

"우리 히스파니에 씨가 그린 거예요! 그것도 하룻밤 만에 다요!"

칼라이몬이 어이가 없어 아마릴리를 불렀다.

"이거 봐, 언제부터 '우리 히스파니에 씨'가 된 거야? 그 친구를 언제부터 알았다고……."

다른 무용수가 킬킬 웃으며 대꾸했다.

"그이는 멋지니까 그렇게 불러도 돼요!"

"에이, 질투 나세요? 극장주님도 그렇게 불러드려요?"

"우와, 우리 칼라이몬 선장님!"

"이, 이것들 봐!"

항구에서 어른이 된 사내들이라면 누구나 두려워하는 칼라이몬이지만, 무리 지어 까르르 웃는 아가씨들 앞에서 무게를 잡을 수 있는 남자는 거의 없는 법이었다.

"다들 그렇게…… 당연한 것처럼 행동하지 말란 말이야! 극장을…… 이런 식으로 운영하면 아, 안 되는 거야! 너희는 말이야, 그러니까……."

아마릴리가 장난 반 섞어 부루퉁하게 입을 내밀었다.

"제가 극장주예요? 왜 저한테 그러세요? 전 시키는 대로 한 죄밖에 없는데."

"중요한 건, 그러니까 누가 시켰느냐는 거잖아!"

그러자 모두가 고개를 끄덕여댔다.

"그럼요. 아주 중요한 문제이고말고요."

초대된 사람들

당신이 초대한 건 사람들만이 아니야. 그들의 시기심도 같이 초대한 거지.

오후 무렵, 비 적은 남부의 하늘이 오랜만에 흡족하게 흐렸다. 그날 칼라이소 사람들은 부슬부슬 떨어지는 비를 머리에 들쓴 두건 하나로 막은 채 이리저리 뛰어다니는 배달부들을 여럿 보았다. 비는 저물녘까지 내렸다. 그들의 모습이 사라진 것은 어스름이 길에 깔리고 여관이며 술집의 등갓 씌운 램프가 하나둘 밝혀질 무렵이 되고서였다.

해변 빌라에서 쉬고 있다가 인편으로 온 소포 하나를 받게 된 지오반 한트케는 다이아몬드 러쉬 극장에서 보냈다는 소리를 듣고 고개를 흔들며 웃어댔다.

"다이아몬드 러쉬? 어설픈 무용수들이 우르르 나와서 엉덩이를 흔들어대는데 기묘하게 동작은 착착 맞던 데 아닌가? 난 어떻게 하면 저렇게 일사불란하게 엉덩이를 흔들 수 있는지 예전부터 궁금했는데 이번에 가보면 최소한 그 의문은 풀 수 있겠군."

소포를 가져다준 비서 헤논이 조금 애매하게 웃으며 말했다.

"그 얘긴, 일단 가볼 생각은 있다는 건가?"

"무슨 소리야! 내가 무용수들이 엉덩이 흔드는 법을 알아서 뭘 하게? 이봐 헤논, 그간 내가 키워낸 일급 무용수가 몇 명인가? 그런데 다이아몬드 러쉬에서 나 같은 사람이 필요한 공연을 한 번이라도 한 일이 있나? 쇼걸들의 선생 따위엔 관심 없어."

"그렇지만……."

헤논은 말끝을 흐리더니 한쪽 뺨과 눈을 실룩거렸다. 헤논은 지오반의 비서였지만 오랜 친구이기도 해서, 지오반은 헤논의 생각을 바로 알아챘다.

"그렇지만, 이라니? 이번엔 뭐 달라질 거리라도 있어? 윌 메이콕 같은 사람이 연출을 맡기라도 한대?"

"뭐, 메이콕이 연출을 맡을지는 아직 모르지만 초대는 된 것 같던데."

지오반은 잘생긴 이마를 찌푸려 보였다.

"초대라니? 그건 또 무슨 말이야? 연출을 하면 하는 거고 아니면 아닌 거지, 메이콕이 관객도 아닌데 무슨 놈의 초대야?"

이제 적당한 때라고 생각한 헤논은 소포에서 꺼낸 편지를 건넸다.

"그래, 초대야. 사실 자네도 초대를 받은 거라고. 이 편지를 읽어봐."

지오반은 편지를 읽기 전에 소포에서 나온 대본 뭉치에 먼저 눈길을 주었다. 표지에는 "일 드 모르비앙의 결혼식"이라고 씌어 있었다.

테라스에 나와 비 그친 정원을 보며 차나 한잔 마실까 하고 있던 리기 스트라우즈는 머리에서 물을 뚝뚝 떨어뜨리고 있는 심부름꾼으로부터 젖은 소포 하나를 받았다. 스트라우즈는 김 오르는 찻잔을 느릿느릿 티 테이블에 내려놓고 소포를 뜯은 뒤, 내용물을 보기 전에 다시 차를 한 모금 마셨다.

그런 다음 종이 뭉치를 꺼내놓고 다시 한 모금 마시고, 표제를 읽은 뒤 또 한 모금 마셨다. 동봉된 편지를 펼치고, 다

읽을 때까지 그는 찻주전자에서 차를 두 번이나 더 따라 마셨다. 스트라우즈가 그 자리에서 〈일 드 모르비앙의 결혼식〉 초고 대본을 읽기 시작하자 그의 늙은 아내는 찻물 세 주전자 정도는 더 준비해둬야겠다고 생각했지만 그 생각은 기우로 끝났다.

첫 두 페이지 이후로 리기 스트라우즈는 한 모금의 차도 더 마시지 않았던 것이다. 하얀 김이 서늘한 밤공기 속으로 맥없이 흩어지고, 이윽고 더 오르지 않게 되었다.

마지막 페이지를 읽고 대본을 덮은 스트라우즈는 식어버린 차를 훌쩍 비우고, 테라스로 나온 아내에게 손짓했다. 아내가 다가오자 그가 말했다.

"내일 점심때 윌의 집에 가기로 한 약속을 취소해줘요. 꼭 가보아야 할 데가 생겼다고 전해주고……."

아내는 빙그레 웃었다.

"내 생각엔 내일 메이콕 씨를 만나실 수 있을 것 같은데요."

스트라우즈는 점잖게 되물었다.

"그건 무슨 뜻이오?"

"실은 메이콕 씨도 조금 전에 같은 전갈을 보내오셨거든요."

불 꺼진 샹들리에가 천장 한가운데 박제된 고릴라처럼 웅크리고 있었다. 문이 열리자 고릴라는 살아 있을 때처럼 느리게 그네를 타기 시작한다. 삐그덕…… 삐그덕.

"아침부터 자냐?"

천장 아래 웅크린 그림자는 사람이었다. 인기척에 하품을 하며 일어난 리체는 한바탕 기지개를 켜다가, 다가온 막시민을 흘끔 봤다.

"내가 잠들었었나……."

그러면서 의자 아래로 발을 한번 쭉 편 뒤 벌떡 일어났다.

둘이 선 곳은 무대 위였다. 수리중이라 텅 빈 무대 한쪽에 인부들이 치우려고 모아둔 테이블과 의자를 하나씩 꺼내놓고, 테이블 위에는 종이 수십 장을 쌓아놓은 채 선잠이 들었던 모양이었다. 막시민은 테이블의 종이들을 내려다보았다.

"소포는 어제 다 보냈잖아?"

"보냈지."

"근데 뭘 쓰는 거야?"

종이를 한 장 집어 들고 보니 글을 쓰고 있던 것이 아니었다. 어제까지는 소포에 넣을 편지글을 쓰고 있었지만 지금 끼적거리고 있던 것은 그림이었다.

"이건…… 옷이네?"

잠이 다 깬 리체는 얼른 손을 내밀어 종이를 빼앗았다.

"아무것도 아냐."

그러자 막시민은 테이블에 놓인 다른 종이를 집어 들었고,

리체는 도로 빼앗으려 했고, 잠시 후 테이블 주위에 십여 장의 종이가 흩뿌려진 채로 둘은 목소리를 높였다.

"보지 말라는데 왜 보는 거야!"

"뻔히 보이는데 뭘 숨기겠다고 난리야?"

"내가 뭘 숨겨?"

"숨기는 게 아니면 왜 뺏는 거냐?"

리체는 테이블의 종이들을 구겨지든 말든 대충 모아 쥐고 바닥에 떨어진 것들도 주워서 옆구리에 꼈다. 막시민은 어깨를 으쓱했다.

"여기서 이러고 있을 것 있냐? 가서 네가 옷을 만들겠다고 말해."

"내가 왜?"

"너 잘하잖아?"

"잘하긴 뭘 잘하니? 이 극장엔 엄연히 전속 디자이너가 있단 말이야. 난 그냥 재봉사일 뿐이야. 바느질이나 하는 재봉사 말이야, 디자이너가 아니고!"

"왜 화를 내고 그래."

막시민은 아래를 내려다보더니 리체가 미처 집지 못한 테이블 뒤쪽의 종이를 집어 올리며 말했다.

"그럴듯하구만, 뭘."

종이에는 끝을 둥글린 깃 칼라로 시작된 앞트임이 가슴께까지 내려오고, 마름모꼴로 손등을 절반 덮는 소매 끝을 장미 문양의 보빈 레이스로 처리한 흰 재킷, 그리고 아직 그리다가 만 듯한 바지와 에나멜 구두로 이루어진 꽤 정밀한 스케치가 있었다. 물론 자세한 단어는 여백에 리체가 써놓았기 때문에 안 것일 뿐, 막시민이 본래 그런 것을 알 리 없었다.

얼굴은 그려져 있지 않았지만 후리후리한 키와 마른 몸매로 보아 조슈아가 입을 것을 생각해서 그려본 것이 틀림없었다. 막시민은 손가락을 세워 흔들흔들 돌렸다.

"이런 복잡한 레이스 같은 건 누구 좋으라고 넣냐? 언제는 가면 쓴 빌어먹을 자식이 까다로운 옷만 만들게 시킨답시고 죽일 둥 살릴 둥 하더니."

리체는 종이를 빼앗으려 했지만 막시민이 팔을 높이 올리는 바람에 그럴 수 없었다.

"대신 만들어줄 것도 아니면서 무슨 상관이야?"

"만들긴 만들 건가 보네? 그러니까 그 자식한테 이 옷을 입혀보고 싶긴 한 거잖아. 뭘 자꾸 아닌 척하냐?"

"아니라니까! 버릴 거야!"

막시민은 돌려주는 대신 종이를 뒤집더니 고개를 멀찍이 젖히며 적힌 글귀를 읽었다.

"이건 뭐야. '금번과 같이 전무후무한 규모로 기획된 독창적이고도 화려한 공연의 스태프 오디션에 귀하와 같은 분께서 참석해주신다면 크나큰 영광이……' 소포에 넣던 편지 내용이 이거냐? 왜 이렇게 복잡해?"

"이상할 것 같으면 처음부터 네가 쓸 것이지, 다 보낸 다음에 왜 뒤늦게 잔소리야? 난 그냥 단어만 바꾼 거니까 문장이 어떻든 알 바 아니라고."

"단어만 바꾸다니?"

"원본은 '금번과 같이 전무후무한 값진 재료를 쓴 독창적이고도 화려한 여름 신작 드레스의 발표회에 귀하와 같은 분께서 참석해주신다면 크나큰 영광이 되리라 확신합니다', 이거니까."

막시민은 나지막이 킬킬거렸다.

"잘도 외운 걸 보니 수십 번은 썼나 보네. 그런데 '값진 재료를 쓴 황송한 만찬'이라면 모르겠지만 드레스를 소개하는데 어쩌자고 값진 재료 따위가 맨 먼저 나오는 거냐?"

"나도 몰라. 그렇게 써야 귀족들이 흥미를 갖는다고 했단 말이야."

리체가 말하느라 손을 내린 틈을 타서 막시민은 손끝으로 종이를 접더니 재빨리 바지 뒷주머니에 쑤셔넣었다. 리체가 발끈했다.

"왜 네가 그걸 가져가?"

"어차피 버릴 거라며? 내가 대신 버려줄게."

"돌려줘!"

막시민은 뒷걸음질로 몇 걸음 물러나더니 붙잡으려는 리체를 잘도 피해 무대 맞은편까지 달아났다. 리체는 무대 중앙에서 우뚝 멈추더니 갑자기 생각났다는 듯 픽 웃었다.

"너 말이야, 소포에 동봉했던 편지 내용을 모르는 거 보니 그 안에 뭐가 들었는지도 모르지?"

"소포? 그거 조군 녀석이 쓴 대본 아니야?"

"내용은 모르지?"

"대본 내용?"

리체의 짓궂은 표정을 본 막시민은 안경을 올렸다.

"그 자식이 뭘 썼는지 내가 알아서 뭘 하냐? 난 배우도 아니고 스태프도 아니라고. 고상한 거 이해할 머리도 없고."

"하지만 주인공이 누군지 들으면 꼭 내용을 알고 싶어질걸?"

막시민이 미심쩍은 표정이 되어 성큼 다가왔다.

"주인공이 누군데?"

리체는 손을 내밀었다.

"그전에 돌려줘."

막시민은 뒷주머니에서 넷으로 접힌 종이를 꺼내 건네주었다. 리체는 받자마자 재빨리 치마 앞주머니에 구겨 넣더니 씨익 웃으며 말했다.

"부모님이 돌아가시자 가문과 일곱 명의 어린 동생들을 위해 돈 많은 노처녀와 정략결혼을 하기로 마음먹은 소년 백작 '막시밀리앵 드 모르비앙'의 이야기라나."

막시민은 처음에는 '그게 뭐?' 하는 표정으로 리체를 바라보고 있었다. 그러나 맨 끝의 이름을 듣자마자 잠깐 만에 목까지 빨갛게 달아올라서 소리쳤다.

"잠깐! 지금 장난하는 거 아니야? 조슈아 자식이 진짜로 그런 얘기를 썼어?"

리체는 혀를 쏙 내밀었다.

"이름 좀 비슷한 걸 갖고 뭘 그래? 내 생각에 소년 백작 막시밀리앵은 너보다 훨씬 우아하고 섬세한 인물일 것 같은데."

"우아하고 섬세한 자식이 정략결혼이나 하고 자빠졌냐!"

"정략결혼이 어때서? 우아하고 섬세한 것하고 별나라만큼 떨어져 있는 막시민 리프크네만 빼면 누구나 다 할 수 있거든?"

막시민은 리체가 놀리든 말든 휙 돌아서서 나가려다가 멈칫 도로 돌아보며 물었다.

"조슈아 자식은 어딨어?"

"글쎄, 오디션인가 뭔가 하는 것 준비 때문에 극장주 아줌마하고 얘기하러 갔을걸."

"대본 남은 거 없어?"

"대기실에. 근데 읽어보려고? 진작 봤으면 모를까, 이제 와서 읽어봤자…….”

막시민은 대꾸 없이 발소리만 쿵쿵거리며 나가버렸다. 리체는 복수에 만족하여 키득거리다가 문득 생각난 듯 주머니에 넣었던 종이를 꺼내보았다. 리체가 자신이 그렸던 옷 스케치 대신 발견한 것은 이런 글귀였다.

§ 오늘의 추천 만찬 §

멸치 피자, 버섯 크림소스 파르팔레,

사과 푸딩, 파스티스 한 잔.

가격 4고블룬. 최고로 저렴한 가격과 드물게 훌륭한 음식.

고작 스물여덟 살에 이미 회의적인 입 모양이 굳어져버린 사내 빈 올프랑쥬는 고개를 삐딱하게 기울이며 극장 앞에 선 입간판을 내려다보았다. 며칠 동안 쇼가 없다는 안내 아래에 그가 제일 싫어하는 글귀가 보였기 때문이다. 그는 나지막이 으르렁거렸다.

“식사는 식당에 가서 하란 말이다.”

그때 등뒤에서 누가 어깨를 툭 건드렸다. 뒤를 돌아보자 따가운 햇살을 배경으로 흰 수염을 기른 노신사가 모자챙을 슬쩍 올려 보이는 모습이 눈에 들어왔다. 빈은 눈가를 찡그리며 물었다.

"어디서 봤었죠?"

"자네 올프랑쥬 군 아닌가?"

"제 이름을 어떻게 아시죠?"

나오는 대로 대꾸하자마자 이른 더위와 극장의 만찬 메뉴 따위로 흐려졌던 머릿속에 기억이 퍼뜩 되살아났다. 노신사의 손에 바이올린 상자가 들려 있는 것을 보았던 것이다.

"앗, 리기 스트라우즈 선생님!"

리기 스트라우즈는 빙그레 웃었다.

"다행히 기억하고 있구먼."

"죄송합니다. 제가 요즘 머리가 흐릿해져서."

스트라우즈는 약간 엄격해진 눈으로 빈을 내려다보았다. 반백의 노신사였지만 허리가 곧게 펴진 스트라우즈의 키는 빈보다 반 뼘은 컸다.

"그것 안된 일이로군. 자네는 보기 드물게 명민한 젊은이였는데. 술이 과하다는 이야기는 들었네만."

빈은 화끈하던 얼굴이 한 번 더 달아오르는 것을 느끼며 우물거렸다.

"예, 저, 그것을…… 이제 좀 줄이려고 합니다만."

"좋은 생각이군. 그럼 들어가세나."

스트라우즈가 앞장서서 극장 입구에 발을 들여놓자 빈은 흠칫 놀라 그를 불렀다.

"선생님! 어디 가십니까?"

"극장에 간다네. 자네도 나와 같은 초대를 받은 것 아닌가?"

"선생님이요? 아니, 선생님 같은 분께서 어째서 이런 2류 극장에……."

스트라우즈는 고개를 돌려 미소를 보였다.

"자네와 마찬가지라네. 나도 그 대본을 읽었거든."

스트라우즈의 모습이 통로 안쪽으로 사라졌다. 빈은 어리둥절한 표정으로 뒷모습을 바라보다가 조금 후 입맛을 쓰게 다셨다.

"초대란 말이냐."

온후한 스트라우즈 선생은 빈을 아직도 연극계의 인사로 생각해주는 모양이지만, 그 말고 그렇게 여길 사람은 이제 없었다. 세 번 연달아 흥행에 실패하면 극장이 흔들거리는 것쯤 보통인데, 빈이 망쳐놓은 공연이 이미 한 손 손가락을 넘어가는 지경이다. 이런 상황이니 그를 불러 제작을 논할 극장주가 한 명이라도 남아 있을 리 만무했다. 그 증거로 누구인지 모를 초대자, 아니 다이아몬드 러쉬처럼 시시한 극장의 주인조차 그를 초대하지 않았고 대본 또한 보내주지 않았겠지. 무엇을 하려는지 몰라도, 그를 필요로 하지 않는다는 것만은 확실했다.

"이제 칼라이소에서 저를 초대해줄 사람은 없다고요, 선생님.”

빈은 입구에서 몸을 돌려 하얗게 내리쬐는 볕 아래로 나갔다. 비 내린 이튿날의 오전 날씨는 찌는 더위를 예고하는 듯했다.

흥행 사업이 번창한 하이아칸에서는 언제부터인가 하루 2회의 공연을 하는 것이 관행이 되어 대부분의 극장들은 별도의 연습실을 여러 곳 갖춰놓았다. 매일 공연이 진행되는 가운데 다음 공연을 연습할 공간을 확보하려면 그 수밖에 없어서였다.

그러나 하이아칸처럼 극장이 돈 잘 버는 업종이 아닌 두르넨사에서는 아직도 하루 1회의 공연이 보통이었다. 그마저도 다음 공연이 준비되는 동안 며칠씩 쉬면서 용도를 식당으로 변경해서 운영하는 일조차 잦은 형편이었다. 다만 칼라이소는 큰 항구였고, 근처에 소도시들과 부유한 장원들을 끼고 있는 까닭에 하루 2회의 공연을 하는 곳도 생기는 분위기였다. 하지만 공연의 수준이 낮아서 장기 연습이 필요한 경우가 적었으므로 연습실이 제대로 갖춰진 극장은 많지 않았다.

다이아몬드 러쉬 극장에는 무용수들을 위한 대형 연습실이 하나, 배우들을 위한 연습실이 둘 있을 뿐인데 그중 하나는 헛간을 개조했다고 봐야 할 정도로 열악했다. 나머지 하나는 가벼운 리허설을 진행할 규모는 되었는데 그나마 얼마 동안은 자재 창고로 쓰였던 모양이었다. 그런 곳을 어제 내내 일꾼들을 불러다가 들어내고 치우고, 의자와 테이블을 놓고 해서 겨우 사람들이 모일 만한 공간으로 바꿔놓았다. 무도회장을 쓰는 방법도 있었지만 그곳은 공연 홀을 수리하는 동안 식당으로 용도가 변경된 상태여서 어쩔 도리가 없었다.

연습실의 문은 오른쪽 벽을 따라 앞뒤로 두 군데였다. 뒤쪽의 문은 밖에서 들어오는 통로고, 앞쪽 문은 다른 작은 연습실과 이어져 있었다. 정면 벽 오른쪽에는 피아노 한 대가 놓여 있었다. 왼쪽 벽을 따라 극장주를 비롯한 관계자들이 앉을 자리가 네 개 마련되었다. 다음으로 중앙에 커다란 반원형 테이블 두 개를 안쪽을 보도록 비스듬히 놓았고, 그 뒤로 의자들을 다섯 개씩 둘러놓았다. 그리고 다시 그 뒤로 열두 개의 의자들이 좌우로 나뉘어 놓였다.

어느 자리를 택하든 일단 앉으면 자연스레 정면의 한 곳을 바라보게 되었다. 간단한 공연이 가능할 정도로 널찍하게 치워진 그곳에는 테이블도, 다른 무엇도 없이 의자 하나만 덩그러니 놓여 있었다. 이 모든 배치는 오직 한 사람의 의견에 따라 이루어졌다.

칼라이소에서 어제 인편으로 보낸 초청장과 대본을 받았을 사람들은 정확히 스물두 명이었다. 칼라이몬과 에테른은 그들 중 절반도, 실은 3분의 1도 오지 않을 거라고 예상하고 있었으나 결국 초청한 사람의 수에 맞춰서 의자를 놓을 수밖에 없었다. 도저히 의견을 무시할 수 없는 '한 사람'이 너무나 확신에 차 있었던 것이다.

시작하기로 한 시간은 11시. 그러나 10시 50분까지 그곳에는 한 사람도 들어오지 않았다. 관계자 자리에 앉은 네 사람뿐이었다.

하지만 분위기가 가라앉아 있지는 않았다. 극장주 자리에 앉은 에테른이 조금 전부터 줄곧 큰 소리로 웃어대고 있었던 것이다.

"뭐가 그렇게 우습소?"

칼라이몬이 볼멘소리를 냈다.

"하, 하하하, 정말, 당신은 우습지 않단 말이에요? 난, 정말로, 웃겨죽겠는데요? 하하, 하하하……."

"웃기다기보다는 심각하게 생각해야 하는 것 아니오?"

에테른은 겨우 웃음을 누르며 말했다.

"하지만 생각해봐요. 그러니까 그 친구가 홀 공사를 하라고 사람을 부른 건 지난번 밤에 나한테 전권을 달라고 말하기도 전이란 말이에요. 기가 막힌 일이잖아요? 세상에 자기 극장도 아닌데, 돈도 없으면서, 그렇다고 허락도 안 받고, 멋대로 사람을 불러서 극장을 뜯어고치라고, 설계도까지 떡하니 그려주고, 그런 다음에 뻔뻔스럽게 날 만나서 전권을 달라고

요구하고!"

그런 말을 하면서도 에테른은 이상할 정도로 유쾌한 얼굴이었다.

"그러니까 말예요, 그 친구는 날 만났을 때 내가 뭐라고 대꾸할지 이미 알았던 것 아니겠어요? 다시 말해 날 설득할 수 있다고 확신하고 만난 거죠. 이미 일은 저질러놨는데, 만약 설득 못 하면 어떻게 될지 걱정도 되지 않았을까?"

"에테른 씨는 속을 간파당한 것이 즐거워요? 화가 나는 게 아니고?"

에테른은 고개를 흔들었다.

"즐겁지도 화가 나지도 않고 우스워죽겠어요. 진짜 생각할수록 깜찍하네. 어쩌면 그렇게 자신만만할까요? 나이도 어린 친구가, 공연 내용은 말할 것도 없고 사람을 다루는 문제도, 돈을 버는 문제도, 도무지 겁내는 게 없잖아요? 자기가 마음먹으면 당연히 그렇게 된다는 것처럼 거침없이 행동하는 것 좀 봐요. 그것참, 이런 걸 보고 뭐라고 해야 할까?"

"그런 걸 보고 안하무인이라고 하지 않소?"

칼라이몬의 대꾸에 에테른은 다시 한번 웃음을 터뜨렸다.

"하하, 하하하, 맞아요. 맞는 말이에요. 안하무인이라, 그러고 보니 정말 어디에서 뭘 하다가 왔을까? 저번에 어느 귀족의 하인이라고 하지 않았어요, 당신이? 아무래도 거짓말

같은데."

에테른은 반농담조로 한 말이었지만 실은 저도 모르게 숨겨진 핵심을 찌른 셈이었다. 칼라이몬 선장은 어깨를 으쓱하며 입맛을 쩝쩝 다셨다. 처음에 에테른을 끌어들인 사람은 칼라이몬 자신이었다. 만약 에테른이 지금 기분 나빠 하고 있었더라면 그는 훨씬 더 곤란해졌을 것이다. 저렇듯 웃기라도 하니 오히려 고맙다고 해야 되려나. 자신과 똑같이 절반의 지분을 갖고 있는 에테른이 동의해주지 않았더라면 애당초 시작할 수도 없는 기획이었으니까.

칼라이몬이 대꾸하지 않자 에테른은 어깨를 으쓱하더니 오히려 반문했다.

"불안한가요?"

"으응?"

"사람이 오지 않을까 봐 불안하냐고요."

"아니, 그렇다기보다는……."

칼라이몬은 말을 얼버무리려 했지만 에테른은 칼라이몬이 하려던 말을 다 들은 사람처럼 턱을 가볍게 올리며 결론을 내렸다.

"몇 명이 오든, 심지어 단 한 명이 오더라도 그 사람이 같이 일해볼 만한 사람인 것만은 분명하잖아요?"

칼라이몬은 아직 에테른이 무슨 근거로 이 기획에 투자하기로 결심했는지 정확히 몰랐다. 그녀가 문제의 히스파니에를 따로 만난 것은 알고 있었지만, 배우 한 사람이 아무리 마음에 들었다 해도 그것만으로 투자를 결정한다는 것은 평소 에테른의 행동 방식과 거리가 멀었다. 그런데 에테른은 대본과 연출은 물론 곡이나 스태프, 배우 선정까지 총괄하도록 허락해주었고, 지금처럼 스태프를 오디션으로 뽑겠다는 희한한 의견조차도 수용하겠다고 한 것이다.

조금 전 에테른이 한 말은 '괜찮은 스태프라면 그 대본을 읽고 초대에 응하지 않을 리가 없다'는 의미가 틀림없었다. 물론 칼라이몬도 대본을 읽어보았지만 예술 방면에는 문외한이나 다름없는지라 재미있다고 생각했을 뿐, 얼마나 대단한지 알아볼 눈은 없었다. 대본 한 뭉치, 노래를 잘하는 상당히 잘생긴 배우 한 명, 그 외에 이 기획이 갖는 장점이 뭘까?

물론 칼라이몬은 이미 한번 물어보았다. 그때 에테른은 이렇게 말했다.

"사실, 히스파니에가 이 공연을 성공시킬 수밖에 없는 계획을 말해주었거든요. 성공도 실패도 마지막 한 발짝은 결국 운의 영역, 그러니 그만한 계획이면 실패도 겁나지 않는 거죠. 아무래도 난 성공할 것 같아요. 훗훗."

에테른이 너무나 자신에 차 있었기에 칼라이몬은 차마 반론을 제기하지 못하고 턱만 긁어댔다.

"누군가 오는 것 같은데."

에테른이 귀를 기울이며 자리에서 일어나더니 손님 맞을 준비를 했다. 복도 너머로부터 점차 가까워지는 발소리가 칼라이몬의 귀에도 들렸다. 이윽고 입구에서 슥 모습을 드러낸 사람을 본 칼라이몬은 크게 놀랐다. 저 사람은 칼라이소에서, 아니 두르넨사에서 가장 존경받는 음악가 중 하나인 리기 스트라우즈 씨가 아닌가!

스트라우즈는 에테른의 인사를 받으며 곁에 선 칼라이몬의 얼굴을 보더니 빙그레 웃었다.

"선생의 명성은 익히 들었소이다."

"옛?"

비록 이 일대에서 자신이 유명하긴 했지만 워낙 뜻밖의 사람의 입에서 그런 말이 나왔으니 놀라는 것도 무리가 아니었다. 그러자 스트라우즈는 다시 미소 지었다.

"'칼라이소의 칼라이몬'이 '수도의 칼잡이'를 무릎 꿇렸다고 했을 때는 나도 기분이 꽤 괜찮았다오."

아무렇지도 않게 십여 년쯤 전의 일화를 말한 노음악가는 돌아서서 의자 하나를 차지하고 앉았다. 칼라이몬은 당황한 표정을 바로잡을 사이도 없었다. 곧이어 문간에서 지오반 한트케가 머리를 내밀었던 것이다.

"다들 늦는구만?"

빈 좌석들을 보며 한마디 던진 그는 이웃집에 카드놀이나 하러 온 사람처럼 슬슬 걸어오더니 스트라우즈 선생에게 인사를 하고 맨 뒷자리에 가 앉았다.

부모가 두르넨사 사람이긴 하지만, 예술이 크게 발달한 루그란 왕국에서 태어나 자란 지오반 한트케는 그곳에서 무용수 중심의 특이한 극단을 조직해서 대단한 명성을 얻었다고 알려졌다. 루그란 국왕의 탄신일에 '은총의 광장'에서 200명 규모의 공연을 펼친 일도 있는, 군무 연출의 달인이라고 불리는 사람이다. 그가 두르넨사로 돌아온 까닭은 불분명했지만, 소문이 돌기로는 거칠 것 없는 그의 성품이 어느 고관의 미움을 샀다는 모양이었다. 돌아온 후 한동안은 몇몇 극장의 공연에 관여하기도 했지만 지금은 이곳의 수준에 실망하여 손을 놓고 한가한 나날을 보내는 중이라고 했다. 칼라이소 사람들은 루그란의 고상한 예술을 이해하기에는 너무 현실과 밀착된 삶을 살고 있었던 것이다.

잠깐 사이를 두는가 했더니, 이번에는 귀부인처럼 차린 마흔 중반의 우아한 여자가 소녀 둘을 데리고 등장하여 에테른에게 인사를 건넸다.

"수이 데 몰트 부인! 와주셨군요."

귀부인은 곧은 쇄골이 드러난 어깨를 올리며 키득 웃었다.

"사실 올 생각까진 없었는데 그 대본이 좀 재미있어야 말이죠. 하지만 나 바쁜 것 알죠? 짧게 끝내줘요. 그래도 대본 쓴 사람 얼굴은 보고 갈 테야."

몰트 부인은 데려온 제자 두 명 때문에 뒤쪽 자리에 앉았다. 칠팔 년 전까지만 해도 이 일대에서 가장 유명한 배우였던 그녀는 죽은 남편 몰트 백작의 성에서 여왕처럼 살면서 소일거리로 배우 지망생들을 데려다 가르치고 있었다.

곧이어 짤막한 재킷 차림에 펠트 치마를 입은 조그마한 여자가 들어서려다가 문간에서 멈춰 선 채 놀란 듯 외쳤다.

"어머, 수이가 왔잖아?"

"셀마! 네가 칼라이소에 돌아와 있는 줄은 전혀 몰랐어!"

"네가 성에만 틀어박혀 있으니 그렇지! 수이, 아니 이젠 몰트 백작부인이라고 해야 되나?"

"에이, 옛날 친구를 웃길 생각이야? 백작부인 같은 건 어린 몰트 백작의 어여쁜 약혼녀나 가져가라고 해. 단, 나한테 성은 남겨주고 말이야. 자아, 얼른 내 옆으로 와요, 귀여운 레이슬링크 양."

어느새 꼬리를 물고 들어와 좌석을 채우기 시작한 사람들은 서로를 보고 반가워하기도 했지만 실은 당황하는 경우가 훨씬 많았다. 그들은 너 나 할 것 없이 자신 외에 그 누가 이곳에 오겠는가, 하고 생각했던 것이다. 그들 중 꽤 많은 사람들이 이곳이 아닌 다른 자리였다면 주빈 대접을 받았을 유명

인사인지라 사람이 많아질수록 놀라는 소리는 더욱 커졌다.

흥분된 분위기는 정확히 11시에 맞추어 윌 메이콕이 나타났을 때 최고조에 달했다. 그는 늘 그렇듯 정확한 동작으로 모자를 벗어 사람들에게 인사를 보내더니 놀란 눈동자들이 뒤통수에 박힌 것은 아랑곳 않고 스트라우즈에게 다가서며 싱긋 웃었다.

"이만하면 우리 서로 약속을 어긴 것은 아니지요, 안 그렇습니까?"

동행자를 데려온 사람이 많아서 나중에는 의자를 몇 개 더 가져와야 할 지경이었다. 드디어 문이 닫히고, 에테른이 일어나 사람들 앞으로 나섰다.

"먼저 이렇듯 귀한 시간을 내어 참석해주신 것에 무한한 감사의 마음을 전합니다. 사실 저는 오늘의 행사가 성공할 것인지, 또는 한 사람도 거들떠보지 않을 것인지 확신을 갖고 있지 못했습니다. 하지만 저보다 더한 확신으로 이곳까지 와주신 여러분을 보며 저 자신의 소심함에 부끄러움을 느낍니다."

통상적 인사말과는 달랐지만 에테른이 진지하게 말하고 있음을 모두 알아보았다. 그녀의 눈은 빛났고, 뺨은 약간 상기되어 있어서 마흔이 넘은 그녀를 언뜻 소녀처럼 보이게 했다. 오래전 아버지 뒤를 따라다니며 뭐든지 받아 적던 열다섯 살짜리 소녀 말이다. 에테른의 그런 모습을 기억하는 사람들은 저도 모르게 미소를 지었다.

"칼라이소나 수도는 물론 이웃나라에까지 명성이 알려진 여러분이 이렇듯 한자리에 모이는 것은 어쩌면 처음 있는 일일지도 모릅니다. 비록 초대한 분이 모두 오시지는 않았지만, 이렇듯 특별한 행사가 성사된 것은 오직 한 사람이 쓴 대본의 힘이었습니다. 그 사람을 소개하기에 앞서 저는 오늘의 행사가 약간은 이례적인 형태로 진행된다는 점을 먼저 말씀드리고 양해를 구할까 합니다. 아시다시피 오늘의 행사는 '스태프 오디션'입니다. 아마 기존에 존재하지도 않던 말이고, 저희가 새로 만든 것이 아닐까 싶습니다. 배우를 뽑는 오디션이 아니고, 그렇다고 후원자를 모집하기 위한 행사도 아닙니다. 〈일 드 모르비앙의 결혼식〉을 위해 현재 존재하는 것이라고는 오직 대본 한 뭉치뿐이고, 단 한 명의 스태프도 결정되어 있지 않습니다. 이제부터 여러분들이 그 스태프가 되어주실지, 또는 그냥 돌아가실지를 정하는 오디션을 시작하겠습니다. 결정을 할 사람은 제가 전권을 일임한 한 분입니다."

에테르은 사람들 뒤로 시선을 보낸 뒤 말했다.

"그러면, 소개합니다."

기척은 뒤쪽에서 들렸다. 막 그친 소나기 끝의 빗방울처럼 느릿하고 선명한 구두 소리였다. 뒷문으로 들어와서, 양측으로 나뉘어 앉은 사람들 가운데로 일부러 만들어놓은 통로를 통과해서, 모두의 시선을 모으던 높다란 의자로 걸어갔다. 도착한 그는 돌아서서 간단히 고개를 숙이자마자 말했다.

“조 히스파니에입니다.”

사람들이 반응하기도 전에 그는 바로 이어 말했다.

“〈일 드 모르비앙의 결혼식〉의 공연을 구상했고, 대본을 썼고, 극장을 빌렸고, 그리고 주연배우를 맡을 사람입니다.”

오디션

당신들 중에서 나와 함께 갈 사람을 뽑을 생각입니다. 조건은 건강하고, 성격 좋고, 항해 기술이 있고, 그리고 돈이 없는 사람들이 되겠습니다. 왜 돈이 없어야 하느냐? 돈 있던 사람은 돈 없는 상태를 못 견디지만, 본래 없던 사람은 계속 없어도 꽤 오래 버티기 마련이거든요. 아니, 급료도 안 줄 생각이냐고요? 당연하죠! 저도 여러분과 똑같은 무일푼이란 말입니다. 하하하!

서른 명의 사람들이 한곳을 보고 있었다.

그들 앞에는 스무 살이나 되었을까 싶은 후리후리한 소년이 왼쪽 다리를 의자 발걸이에 걸치고, 팔꿈치는 무릎에 기대고, 그 손으로 턱을 괴고, 태연하다 못해 불손하게까지 보이는 모습으로 앉아 있었다. 그를 바라보는 사람들의 귓가에는 조금 전 들은 목소리의 잔상이 기묘할 정도로 휘감겨 떨어지지 않았다. 그들 중 상당수는 음악인이라 귀가 예민했다. 그랬기에 내용은 둘째 치고 뭐라 말하기 힘든, 마치 흰 시트처럼 사각거리는 질감과 바이올린의 현 같은 탄력, 그리고 리듬감을 알아차렸다. 그건 인사가 아니라 잘 조율된 한마디짜리 공연이었다. 아주 잠깐이지만 눈을 돌리는 사람도, 웃는 사람도, 반론을 말하는 사람도 없는 그곳은 일인극을 공연하는 작은 극장으로 변하고, 배우는 모두의 의식을 한 손에 틀어쥐고 순간을 정지시켰다.

일 분이 채 안 되는 시간이 흐르고, 조슈아가 소리 없이 파안破顔하는 것과 동시에 마법도 풀렸다. 한구석에서 기침 소리가 나오자 똑같은 표정을 하고 있던 사람들이 그제야 각기 다른 얼굴이 되어 서로를 마주보거나 어색하게 웃기 시작했다.

"지금 한 말 들었소?"

"저 젊은이가 스스로 제작에, 대본에, 연출에, 거기에 주연까지 맡겠다는 이야기로 들렸는데 내가 잘못 들은 것은 아니겠지?"

그러나 몇 사람은 여전히 조슈아가 웃는 모습을 바라보고 있었다. 그들 중 한 명인 수이 데 몰트 부인은 조금 전 자기가 숨을 멈추고 있지 않았나 돌이켜 생각했다.

수이 아네티라는 이름으로 유명했던 수이 데 몰트는 몰트 백작과 결혼하기 전까지 두르넨사에서 배역 명단에 두 번째로 이름을 써본 일이 없는 배우였다. 그만큼 절대적 인기를 누렸다. 아름다운 얼굴과, 비난은커녕 오히려 인기를 끌었던 프리마돈나연然하는 괴팍한 성미의 영향도 있었으나 무엇보다 그녀가 연기와 노래에 출중했다는 점을 부인할 수는 없었다. 수많은 추종자들을 거느렸던 몰트 부인이었기에 오히려 잘 알았다. 어떤 방식으로든 사람을 휘어잡는다는 것이 비록 순간이더라도 얼마나 어려우며, 그것을 해내는 배우의 힘이 얼마나 강력한가를.

사람들이 무어라 떠들든 개의치 않고 조슈아가 다시 입을 열었다.

"대본으로 보셨을 〈일 드 모르비앙의 결혼식〉은 사정상 보름 안에 완성해서 무대에 올려야만 합니다. 배우와 무용수, 연주자들은 연습할 시간이 필요하므로 배역을 결정하고, 대본, 작사, 작곡, 안무를 완성하는 기간은 사흘 정도가 적당하다고 봅니다. 무대와 의상은 연습 기간 동안 제작하는 것이 가능하겠죠. 아, 물론 무대와 의상의 디자인도 앞서 사흘 안에 완성해야 하고요."

조슈아는 말을 그치고 사람들을 둘러보았다. 대뜸 반론이 튀어나오지 않은 것은 사람들이 너무 기가 막혀 무엇부터 말해야 할지 몰랐기 때문이었다.

"따라서 오늘의 오디션은 사흘 안에 극의 기본 틀을, 즉 사전 작업을 완료할 수 있는 사람들을 뽑는 것이 목적입니다. 사실 이 모든 것을 제가 다 할 수 있지만, 시간이 부족하기 때문에 최고의 전문가들을 청해달라고 부탁했습니다. 그러니 제가 제안한 일이 가능한 분들은 이제부터 제게 질문을 해주십시오. 공연 전반에 대한 어떤 질문에도 성실히 답해드리겠습니다. 그런 후에 일을 하실지 마실지 결정하시면 될 겁니다."

그 말이 끝나자마자 세 사람이 벌떡 일어나 인사도 없이 밖으로 나갔다. 조슈아도 의자에서 일어나더니 이미 나가버린 그들을 향해 궁정식 절을 했다.

"관심 없는 일에 초대하여 시간을 낭비하시게 만든 점, 사과드립니다. 안녕히 가십시오."

그리고 바로 상체를 세우며 다시 의자에 앉았다. 귀족들 밑에서 오랫동안 일한 몇몇 사람들은 조슈아의 자세가 귀족 출신 젊은이들처럼 자연스럽다는 것을 알아차렸다.

다른 사람들이 나가지 않은 까닭은 서로 눈치를 봤기 때문이었다. 리기 스트라우즈나 윌 메이콕 같은 사람들이 그대로 있는데 대뜸 나가는 것이 '그들에게' 실례가 될 것 같기도 했고, 또 먼저 나간다면 남은 사람들보다 능력이 떨어진다는 의미로 받아들여질 것 같아 신경이 쓰였다. 다시 말해 그들은 서로의 표정을 살피면서 말도 안 된다고 웃어젖혀야 될지, 화를 내야 할지, 조목조목 따지고 들어야 할지, 태도를 저울질하고 있었다.

그때 조슈아가 불쑥 말했다.

"손 드신 분, 질문하시지요."

맨 뒤에서 다리를 꼬고 삐딱하게 앉아 있던 지오반 한트케는 손을 내리며 허리를 쭉 폈다. 트집거리를 찾는 사람처럼 한차례 올려 떴다가 내린 눈이 조슈아와 마주쳤다.

"아, 히스파니에 씨, 묻고 싶은 것이 한두 가지가 아니지만 일단 가장 먼저 짚고 넘어가야만 할 부분이 있는데. 당신의 대본은 어쨌든 훌륭했습니다만……."

갑자기 지오반은 손을 들어 박수를 몇 번 쳤다. 돌아본 사람들이 어리둥절해하는 것도 아랑곳 않고 도로 팔짱을 낀 그가 말을 이었다.

"흥행용 대본으로서 그보다 명쾌하게 근사하기도 힘들지. 그렇지만 대본과 별개로 정말 배우로서의 자질, 연출가로서의 자질 같은 것도 다 갖추고 있다고 믿어도 되는 겁니까?"

"네."

일말의 망설임도 없이 튀어나온 대답이었기에 몇 군데에서 다시 비웃음이 터져 나왔다. 지오반은 입꼬리만 움직이며 말했다.

"일단은 그 대답이 농담이 아니라고 믿어볼까나. 어쨌든 한 가지 능력은 확인한 처지고. 그럼 당신이라면, 그러니까 만약에 당신이 여러 명이어서 각각의 일들을 따로따로 맡을 수 있다면 작곡을 사흘 만에 하거나, 안무를 사흘 안에 완성하거나 하는 것이 가능하다는 말씀입니까?"

"아뇨."

사람들이 이제 와서 무슨 소릴 하려는 건가 싶어 인상을 찌푸리며 조슈아를 돌아보는데 대답이 이어졌다.

"사흘이나 걸릴 리가."

이번에야말로 사람들은 크게, 그리고 꽤 오래 웅성거렸다. 화를 내는 사람도 있었지만 너무 자신만만한 대답이었기에 오히려 의혹을 느끼고 동요된 사람이 더 많았다.

"작사라면 혹시 몰라도…… 한 공연에 필요한 곡이 몇 갠데 작곡을 사흘 만에 한다는 거야?"

"다른 건 모르겠지만 이것 하나만은 확실하지. 작곡이니 작사니 다 완성되어 대기하고 있다고 해도 연출을 사흘 안에 끝낸다는 것은 불가능해."

"작사도 절대 사흘 안에 될 수가 없습니다. 해본 사람이라면 다 알지요. 사흘의 세 배라도 불가능한 일입니다."

모두 자신의 전문 영역에서는 그런 일이 불가능하다고 생각했고, 떠들다가 서로의 의견을 알게 되자 불쾌한 목소리들이 튀어나왔다.

"뭘 알고 얘길 해야 되잖아? 저 친구는 우리가 하는 일이 뭐라고 생각하는 거야?"

"에테르 씨, 도대체 이런 어린애 장난 같은 일에 왜 바쁜 사람을 불러낸 거요? 지금 이 상황 책임져야 된다는 거 알고 있소?"

"혹시 이 모임 자체가 일종의 공연 아니오? 그렇다면 이런 분들을 오시게 한, 다시 말해 캐스팅한 능력을 높이 사서 한바탕 웃어주고 그만 집에 가겠소만."

조슈아는 사람들의 말을 다 듣고 있었지만 세 손가락으로 턱을 매만지며 빙그레 웃을 뿐이었다. 그때 지오반이 그가 있던 뒷자리에서 벌떡 일어서며 말했다.

"히스파니에 씨."

지오반이 이름을 다시 말했을 때 몰트 부인은 그 이름을 어디에선가 들어봤다는 기분이 들기 시작했다.

"세상에는 자기가 할 수 없는 일을 아무것도 아닌 듯 말하는 사람을 덮어놓고 미워하는 사람들이 많이 있습니다. 자신감도 좋지만, 그걸 표현하는 방법에는 여러 가지가 있는 법입니다."

"충고는 고맙습니다만."

이번에는 조슈아도 일어섰다.

"저도 이유 없이 그런 일을 하지는 않습니다. 자, 다들 터무니없다는 눈빛으로 저를 보고 계시면 뭘 합니까? 제가 말도 안 되는 이야기를 한 것 같습니까? 하지만 그걸 증명할 방법은 얼마든지 있습니다. 여러분은 모두 전문가 아닙니까? 자기 전문 분야의 재능이 있는지 없는지 시험할 방법 하나쯤 없어서야 어디 전문가라고 할 수 있겠습니까?"

조슈아는 사람들의 대응을 기다리지 않았다. 객석으로 걸어 나오더니 맨 앞에 앉아 있던 사람이 대본을 든 것을 보고 말했다.

"아무데나 펼쳐보시죠. 몇 페이지죠? 13페이지? 막시밀리앵이 콩스탕스 드 방드빌 백작부인의 청혼 소식을 듣는 부분이겠군요. 페이지 첫 부분에서 막시밀리앵의 대사가 이럴 겁니다. '그 부인이 마흔 살이 넘었지만 나비처럼 날씬하고 아름답다고? 황금 날개를 갖고 있다면 좋겠군. 그걸 팔아 할 일이 아주 많으니 말이야'."

조슈아는 대본을 곁눈질조차 하지 않았지만 당연히 내용을 정확히 기억하고 있었다. 사람들이 의혹 섞인 눈길을 보내는 가운데 그는 한 걸음 물러나며 즉석에서 노래를 불렀다.

방드빌에서 가장 아름다운
금빛 날개를 지닌 나비와 같은 부인

당신의 날개가 황금이니
그걸 팔아 막내의 대례복을 사줘야지

날개에서 떨어진 황금 가루
그걸 모아 외성벽과 해자를 수리해야지

남은 건 또 뭐가 있나?
날개가 새로 돋을 가능성이 없다고?

이제 날개가 없는 백작부인,
안녕히 가시고 다음 분 대기해주세요

고음부도 없는 단순한 곡이었는데도 조슈아가 노래를 그치자 수 초 동안 기침 소리조차 들리지 않았다. 조금 전까지 하려던 말을 다 잊은 얼굴들이었다.

얼마간의 시간이 흐르고 한 사람이 가까스로 입을 뗐다.

"저…… 미리 곡을 만들어뒀다면 그렇게 말할 것이지 왜 사흘이 어쩌고저쩌고했소? 우릴 놀리는 거요?"

조슈아는 짜증 섞인 눈빛을 보냈다.

"지금 만들었어요."

그러자 여러 사람이 한꺼번에 말하기 시작했다.

"거짓말하지 마시오. 가사 정도는 미리 써두었겠지."

"아냐, 그럴 리가 없어. 곡도 즉석에서 만든 것 같지 않아."

"무슨 소리. 연습하지 않고 저런 노래가 나올 것 같아?"

"그것도 하루이틀 연습한 실력이 아니잖아!"

논쟁하는 목소리가 커지자 조슈아는 이마를 짚었고, 몇 사람은 방금 들은 노래를 되뇌어보는 등 사방이 부산해졌다. 반신반의하는 사람들 사이로 갑자기 악기 소리가 들렸다.

"응?"

바이올린 소리였다. 다시 한번 짧은 멜로디 몇 가지를 연주하더니 조슈아를 향해 빙그레 미소 지어 보인 사람은 리기 스트라우즈였다.

"즉흥곡을 만든다는 게 꼭 불가능한 일은 아니라오."

그러더니 스트라우즈는 앉은 채로 지그jig와 비슷한 곡을 한 악절 연주해보였다. 늙은 음악가의 손놀림은 흐트러짐이 없었고, 떠들던 사람들도 일제히 말을 그쳤다. 활에서 손을 뗀 스트라우즈가 느릿하게 말을 이었다.

"반면 즉석에서 작사하는 것은 내게 힘든 일이겠지. 하지만 그걸 할 수 있는 사람도 이 중에 있지 않소이까?"

스트라우즈는 곁에 있던 셀마 레이슬링크를 흘끗 보더니 이어 몰트 부인을 바라봤다.

"부인, 이 늙은이는 십여 년 전 당신이 대기실 소파에 누운 채 숨 한번 고르지 않고 그 공연의 가장 어려운 곡을 소화해 내던 모습을 아직 기억하고 있습니다."

수이 데 몰트는 얼굴을 붉혔다. 칭찬을 받아서가 아니라 부끄러운 기억이 났던 탓이었다. 당시 음악 감독이었던 스트라우즈에게 클라이맥스의 곡을 자기에게 달라고 고집 부리며 실력을 과시하느라 불렀던 노래였기 때문이다.

"이렇듯 이 모두가 사람이 가질 수 있는 능력인데 다만 그걸 한 사람이 가졌다는 것뿐이라오. 힘든 일이지만 누구도 불가능한 일이라 확언할 수는 없으니."

그때 윌 메이콕이 고개를 흔들며 나섰다.

"대본 작업도, 작곡도, 작사도, 노래도, 연출도, 안무도, 자기 분야에서 일가를 이룬 사람들조차 두세 가지 이상 갖기 힘든 능력입니다. 더구나 그걸 위해 아주 많은 시간을 쏟아부어야 하지요. 하지만 히스파니에 씨는 그런 나이로 보이지 않습니다. 나는 저 소년이 우리를 놀린다는 생각이 드는군요."

리기 스트라우즈가 옹호하고 나서는 바람에 주춤했던 사람들은, 스트라우즈보다 권위가 높으면 높았지 낮지 않은 메이콕의 말을 듣자 다시 의심하는 쪽으로 기울었다. 메이콕이 말을 이었다.

"그러니 히스파니에 씨, 당신이 이곳에 모인 훌륭한 분들과 함께 일하려면 스스로 한 말을 증명하거나, 아니면 겸손하게 철회하고 사과하거나 둘 중의 하나는 해야 할 것이오. 한트케 씨도 말했지만 잊었을지 몰라 다시 한번 말하겠는데, 이곳에 모인 분들이 여러 해에 걸쳐 갈고닦은 전문 분야를 대수롭지 않게 여기며 다 할 줄 안다고 말한 것은, 크흠, 분명히 젊은 사람으로서 무례한 일이었소."

조슈아는 메이콕의 지적에 곤란해하지 않았다. 오히려 자신감 넘치는 표정으로 답했다.

"좋은 말씀이시네요. 자, 어떻게 증명할까요? 이렇게?"

조슈아는 가볍게 몸을 돌려 자신이 등지고 서 있던 벽으로 다가갔다. 벽은 흑갈색 판자를 이어 붙인 것이었는데, 그는 주머니에서 석필 하나를 꺼내 들어 대뜸 가로금을 죽 그었다.

"자, 잠깐, 뭘 하려는 거죠?"

극장주였지만 동시에 건물주이기도 한 에테른의 질문을 무시하고 조슈아는 죽죽 손을 움직여 오선을 그렸다. 그리고 순식간에 음표들을 채워 넣기 시작했다.

"……."

사람들이 말문이 막혀 있는 동안 다음 오선이 그려지고, 또

다시 음표와 기호가 채워졌다. 그런 식으로 조슈아는 쉬지도 않고 단숨에 두 악절의 악보를 그려 벽 전체를 메워버리더니 돌아섰다.

"그럼 가사를 붙여보죠."

다른 사람들이 뭔가를 보고 베끼는 것과 다를 바 없는 속도로 만들어놓은 악보는 보고 있던 사람들을 숫제 칠판 아래 앉은 학생으로 만들어버렸다. 완전한 압도였다. 조슈아는 메이콕을 바라보더니 비교적 정중하게 말했다.

"대본을 갖고 계시다면 그중에 아무 페이지나 골라서 말씀해주시지요."

메이콕은 웃을까 말까 하는 표정으로 대본 갈피를 뒤적이다가 말했다.

"19페이지."

내 방 침대 아래에는
일곱 살 때 선물받은
낡은 인형이 있는데
그 앤 늘 말했어
어서 와, 나의 하녀,
껴안아줘, 놀아줘
예쁜 건 다 내 거야

넌 못생겼잖아

난 그 인형이 좋았어
나와는 달랐으니까
눈도 진짜 파랗거든
나는 늘 대답했어
알았어요, 나의 공주,
금팔찌도 조개 빗도
공주가 다 가져요
난 못생겼으니

사랑이 변하는 건 슬픈 거지, 하지만 어쩔 수 없는 거지
인형이 필요 없는 소녀가 된단 건 얼마나 힘든 일이었는지
세상에 변치 않는 진리가 있다면 소녀가 어른이 된다는 거지
소녀를 괴롭히던 공주 인형은 이제 침대 아래 영영 잠자네

내 방 침대 아래에는
열두 살 때 처박아둔
낡은 인형이 있는데
내 말이 들릴까 몰라
잘 있어, 공주 인형

네 미소도 파란 눈도
이젠 보고 싶지 않아
나오지 말아줘

울지 않는 유리 눈동자를 가진 공주
한 번도 진심으로 웃지 않은 공주
침대 밑 먼지 속에 누워
아직도 똑같은 얼굴로 웃고 있을 공주

잘 있어, 헝겊 인형
작아져버린 침대와 너
난 거기 머물지 않아
난 자라날 거야

방금 벽에 그린 두 개의 악절이 어김없이 주제부를 형성하고 있다는 것도 놀라웠지만, 사람들이 더 경악한 것은 조슈아의 목소리였다. 빼어난 실력도 실력이지만 그건 남자 테너가 낼 수 있는 목소리가 아니었다. 몇 사람이 조그맣게 속삭였다.

"이봐…… 이건 카스트라토나 낼 목소리 아닌가?"

평소의 목소리도 미성이긴 했지만 분명히 남자인데 이렇듯 가볍게 여성 음역으로 넘어가다니. 다들 서둘러 19페이지를 펼쳐보니 조슈아가 방금 부른 곡은 막시밀리앵이 아니라 여주인공인 마리 드 트루아의 노래였다. 더구나 노래로 바꾼 대사는 단 한마디였다. '내가 아직도 인형이나 질투하는 어린애로 보여요?'

몰트 부인이 당혹감을 감추지 못한 얼굴로 물었다.

"저, 이런 질문이 이상하게 들리겠지만…… 아무래도 목소리가……."

조슈아는 싱긋 웃었다.

"여자가 아니냐고 물으시려는 거라면, 유감스러운데요. 고정관념을 버리세요."

"아니, 하지만…… 그게 가능해? 남자가 여자의 음역을 낸다는 게?"

"세상에는 별사람이 다 있으니까요."

간단히 대꾸한 조슈아는 오랜만에 의자로 돌아왔다. 선뜻 올라가 앉더니, 깍지 낀 두 손으로 턱을 괴는 시늉을 하며 사람들을 둘러봤다.

"안무나 연출은 이 자리에서 증명할 방법이 없으니 제 공연의 제작에 참여하신 분들께만 개인적으로 보여드릴까 합니다. 이해하시리라 믿고 그럼, 질문 받도록 하겠습니다. 이제 질문이 나올 만한 분위기도 된 것 같군요. 짧게 짧게 갈까요?"

뒤쪽에서 한 사람이 말했다.

"일정 말인데, 지나치게 촉박한 것은 사실 아니오?"

"아, 네. '사실'입니다. 하지만 제가 될 것 같다고 생각해서 잡은 일정이고, 그러니 될 겁니다."

무례하든 어떻든 대단한 자신감인 것만은 틀림없었다. 다른 사람이 물었다.

"예산을 아끼려고 일정을 짧게 잡은 것 아닌지?"

조슈아는 장난스럽게 한쪽 눈썹을 치올렸다.

"스태프에게 줄 돈이 아까워서냐고요? 죄송합니다만, 저는 돈이 좀 많습니다."

대답이 적나라해서인지 사람들이 헛기침을 몇 번 했다. 조슈아는 씩 웃으며 덧붙여 말했다.

"제가 돈이 없었다면 이처럼 대뜸 극장을 빌리고 자신만만하게 여러분을 초청했을까요? 근방에서 최고의 명성을 자랑하는 여러분을? 만약 제가 돈이 부족했다면 시간이 오래 걸리더라도 저 혼자서 전부 다 만드는 쪽을 택했겠죠. 앞서 말씀드렸다시피 전 그걸 다 할 수 있으니까요."

다른 사람이 말했다.

"그래도 지나치게 짧은데. 솔직히 불가능하다고 보고 있고."

"그래요? 그럼 그게 가능하다는 것을 공연 개막일에 관객으로 와서 확인하세요."

몰트 부인이 킥, 하고 웃음을 터뜨렸다. 조슈아는 마주 미소를 보냈다.

"도대체 그렇게 급하게 완성하려는 까닭이 뭐요?"

"글쎄요, 저도 설명해드리고 싶지만 현재로서는 대외비가 되겠습니다. 그냥 공연 개막일은 제작자가 정하기 마련이라고 속 편하게 생각하세요."

대꾸하고서 스스로도 어이가 없었는지 고개를 숙이며 웃어버렸다. 장난기가 지나친 감도 있었지만 이미 상대가 보통 사람이 아니라고 느끼게 된 까닭인지, 불쾌해하기보다는 신기하게 보는 사람이 많았다.

"언제부터 제작에 들어갑니까?"

"참여하기로 결정하신 분들을 중심으로 오늘 내로 중심 스태프를 정하고, 밤에 회의를 거쳐서 방향을 결정하고, 내일 아침부터 바로 갑니다."

"배우는?"

"추가 스태프들과 함께 내일부터 뽑게 되겠죠. 좋은 배우가 있으면 추천해주세요. 제가 맡을 막시밀리앙 역을 빼면 모두 미정이니까요."

거기까지 말했을 때였다.

"그래서 신청은 지금 받는 겁니까?"

소리가 들린 쪽으로 시선을 보내자 맨 뒤에서 조금 전처럼 한가롭게 손을 든 사람이 보였다. 지오반이었다. 사람들이 당황하여 눈알만 굴리는 가운데 조슈아가 물었다.

"할 마음이 있으신 건가요?"

"그럴까 합니다만."

자기들끼리 쑥덕이던 사람들이 일제히 돌아보았다. 그들 모두와 눈이 마주친 지오반은 겸양하듯 두 손을 내저어 보였다.

"뭐 이렇게까지 관심을 가져주실 건 없는데. 눈빛만 봐도 무슨 말씀을 하고 싶으신 건지 다 알겠습니다만, 여러분의 충고에도 불구하고 이번엔 저도 한몫 끼어볼까 합니다. 마음 정했거든요."

말을 맺자 지오반은 조슈아가 그랬듯 혼자 키득거렸다. 몇 사람이 조슈아 쪽으로 고개를 돌리며 말했다.

"저 사람과 일하기가 간단하진 않을 텐데."

"뭐, 말릴 수야 없겠지만 당신처럼 어린 사람이 쉽게 감당할 만한 인물은 아니라오."

조슈아가 뭐라 대답하기도 전에 지오반이 오만한 태도로 어깨를 들썩이며 킥 웃었다.

"충고가 쏟아지잖아. 자기들은 끼지도 않으면서. 뭐, 마음대로 하시라고. 난 까다로운 사람 맞습니다. 거만하기도 하지요. 마음에 안 들면 협조도 잘 안 합니다. 하지만 일단 마음에 든 것이 있으면 그게 제대로 될 때까지 사람들을 몰아치고, 몰아치는데도 안 하면 다 때려죽여서라도 마음에 들게 해놓는 사람입니다. 선택은 당신 자유예요. 같이 일하든지 말든지."

조슈아는 바로 대답했다.

"물론 같이 일합니다. 난 잘하는 사람을 좋아하니까요."

그리고 다시 사람들을 휘둘러봤다.

"다른 분들은?"

사람들이 아직 머뭇거리는 가운데 스트라우즈가 입을 열었다.

"추천하고 싶은 사람이 하나 있는데, 이 자리에 없는 사람이라 말해도 될지 모르겠군요. 어쨌든 이 자리에 초대하지 않았다는 건 그리 마음에 두지 않았다는 의미가 될 테니까."

조슈아는 고개를 흔들었다.

"상관없습니다. 초대 명단은 제가 만든 것이 아니에요. 얼마든지 추천해주시지요."

"그렇다면…… 내, 빈 올프랑쥬라는 사람을 추천하고 싶은데."

사람들은 깜짝 놀란 얼굴이었지만 거장의 추천이라 섣불리 뭐라 말하지도 못하고 저들끼리 쑥덕거렸다. 그러나 조슈아는 사람들의 말에 개의치 않고 물었다.

"어떤 분야죠?"

"연출."

기가 막힌다는 표정이 사람들 전체로 퍼져나갔다. 몇 사람은 소리를 내어 중얼거렸다.

"이거, 일 하나 또 망쳐놓겠네."

"거참, 뭐라 말할 수도 없고."

그때 윌 메이콕이 입을 열었다.

"나도 분야가 연출이지. 하지만 올프랑쥬 군에게 맡기겠다고 한다면 굳이 끼어들어 가로챌 생각은 없소."

연출을 맡을 생각이 있었다는 의도를 내비치는 메이콕의 말에 사람들은 크게 놀랐다. 몰트 부인이 펄쩍 뛰며 말했다.

"무슨 소리예요! 메이콕 씨가 맡겠다고 한다면 누가 감히 그 자리에 나서겠어요?"

메이콕은 희미하게 웃었다.

"말씀은 감사합니다만 부인, 저 친구도 젊고 올프랑쥬 군도 젊습니다. 이 공연은 어쩌면 젊은 사람들끼리 해나가는 것이 더 어울릴지도 모른다는 생각이 드는군요."

"아니, 아무리 그래도 그렇지. 당신하고 누구를 비교……."

이때 스트라우즈가 입을 열었다.

"내 생각도 메이콕 씨와 같습니다. 여러분이 생각하는 것만큼 올프랑쥬 군이 한심한 사람만은 아니고……. 또 이런 자리에서 선배들이 왜 일을 양보하는지 여러분도 잘 아시지 않습니까? 더불어, 오케스트라 지휘와 음악 감독에는 더 젊은 사람이 나서지 않을 경우 제가 지원해볼까 합니다."

스트라우즈가 겸손하게 웃으며 말을 마치자 동요는 더욱 커졌다. 한 사람이 놀란 듯 물었다.

"저, 스트라우즈 선생님, 선생님 같은 거장께서 이런 불확실한 기획에 참여하시는 이유가……."

"궁금하시오?"

스트라우즈는 손을 뻗어 바이올린 상자를 매만졌다. 상자는 그와 오랜 세월을 함께 한 터라 낡아 있었으나 그래도 튼튼했다.

"나처럼 나이가 들고 나면 젊은 사람이 세상을 바꾸는 것을 보고 싶어지기 마련이지. 스스로 바꾸기에 늦었을 때라면 더더욱 그렇고 말이오."

옆에서 몰트 부인이 싱긋 웃더니 갑자기 장갑 낀 손을 번쩍 들었다.

"나한테는 백작부인 콩스탕스 역을 줘요!"

수이 아네티에서 수이 데 몰트가 된 후로 한 번도 무대에 나서지 않았던 그녀였다. 어떤 방식으로든 컴백해줬으면 하고 기다리는 팬들이 무수한데도, 몰트 성에 꼭 틀어박혀서 배우 지망생들과 한가롭게 지내던 그녀가 다시 무대에 오른다면 이거야말로 대단한 소식이 될 터였다.

"그리고 내가 데리고 있는 아이들한테도 배역 좀 나눠줘요. 물론 테스트는 해보시고."

"나쁠 거 없죠."

고개를 끄덕인 조슈아가 마지막으로 사람들을 둘러봤다.

"다른 분은 더 안 계신지?"

셀마 레이슬링크가 몰트 부인과 소곤소곤 이야기하는 모습이 보였을 뿐, 다른 사람들은 여전히 망설이며 스트라우즈와 몰트 부인, 또는 메이콕을 바라볼 뿐이었다. 조슈아는 더 기다리지 않고 말했다.

"그럼 저는 이제부터 참여 의사를 밝혀주신 중요한 분들과 이야기해야 하니 이 자리는 일단 파하겠습니다. 이 시간 이후 〈일 드 모르비앙의 결혼식〉의 제작에 참여할 마음이 있으신 분들은 극장주 두 분과 조건에 대해 협상하신 후 제게 연락을 취해달라고 부탁하십시오. 서두르시는 편이 좋을 겁니다. 여러분이 지원해주지 않는다고 해서 제작이 늦춰지는 일은 없습니다."

조슈아는 의자에서 일어났다. 사람들이 술렁이며 일어나기 시작할 즈음 그는 피아노 쪽으로 가서 뚜껑을 열더니 무심하게 건반 몇 개를 눌렀다.

댕, 동, 댕.

몇 사람이 돌아보았지만 조슈아는 신경쓰는 기색이 아니었다. 그냥 피아노 앞에 앉더니 사람들이 나가든 서 있든 개의치 않고 내키는 대로 연주하기 시작했다.

처음엔 느릿했지만 곧 빨라졌고, 경쾌해졌다. 마치 사람들을 배웅하는 것 같기도 하고, 남을 사람은 남으라고 하는 것 같기도 하고, 아무래도 상관없다는 것 같기도 한 괴상한 연주였다. 몇 사람은 의아하게 바라보다가 그냥 나가버렸고, 다른 사람들은 얼떨떨해하며 서로 얼굴을 바라보았다. 일어나지 않은 채 턱을 괴고 연주를 듣고 있던 스트라우즈가 그들을 보더니 말했다.

"좋은 연주잖은가?"

결국 사람들은 어깨를 으쓱거리며 대부분 자리를 떴다. 메이콕은 얼마간 곡을 듣고 있다가 일어나서 스트라우즈에게 인사를 하고 나갔다. 몰트 부인은 피아노가 가까운 쪽으로 자리를 옮겼다.

피아노는 계속됐다. 함께 일하게 될 사람들을 위해 작은 콘서트라도 연 것처럼.

불완전

이 불완전한 피조물에게 이름을 지어주자.

이름은 존재를 채워주는 것

이 피조물에게 없는 것을

이름으로 불여주자.

그러면 그것으로 채워져

완전해질 테니까.

그러니 그를 이제부터

'천사'라고 부르기로 하자.

또 한 사람의 조슈아가 있다. 그는 수천 그루의 나무가 들어찬 환형環形의 숲속 성에 살고 있다. 모든 것이 익숙하고, 계단과 회랑은 그 자리에 있고, 뜻밖의 사고는 없고, 창문은 닫혀 있고, 그가 해내야만 하는 일은 전혀 없다. 성에는 많은 사람들이 살고 있지만 그는 그들을 거의 느끼지 못한다. 그림자처럼. 그는 행복했던 시절의 사람들, 이제는 그를 떠나버린 사람들을 생각한다. 그들을 만나러 가고 싶다고 생각한다. 시골로, 그가 어린시절을 보낸 곳으로, 거기에는 친구와 풀과 양이 있겠지. 물고기도, 풍차도, 수도사가 준 괴상한 물도 있을 테지. 그렇게 먼 곳이 아닌데. 그러나 그는 생각만 할 뿐 성을 떠나지 못한다. 정체 모를 힘이 그에게 성에 남아 있으라고 되풀이해서 말한다. 그는 그 말에 따르고, 따르고, 또 따르고, 그러면서 그 복종이 그의 본성과 심하게 어긋나는 것을 느낀다.

비가 오는 날, 그는 피아노 앞에 앉아서 건반을 처음부터 끝까지 하나씩 눌러보았다. 망가진 건반이 없는지 확인하려는 것처럼. 하나쯤은 눌러도 소리 나지 않는 빈 건반이 있을 거라고 생각하면서.

그의 예상과 달리 건반들은 모두 제 소리를 냈다.

딩, 동, 댕, 동…….

아무것도 망가지지 않았다. 그런데 견디기 힘든 기분이었다. 왜 망가지지 않은 건가, 이렇게 많은 건반 중에서 하나쯤, 망가진다 해도 이상하지 않은데, 이가 빠져 있어도 놀라지 않을 텐데, 그런데, 왜 모두 고르게 그대로 있는 거지?

완전한 것이 있을 리 없어, 깨진 부분이 없는 완전한 접시 따위…….

생각할수록 견딜 수가 없어 다시 한번 확인하듯 건반들을 눌러보고, 되풀이해서 눌렀다. 다시 누른다고 해서 어느 건반이 갑자기 소리를 내지 않는 일은 없었다. 정상적인 것, 완벽한 것, 빌어먹을 안정된 것들.

또 한번 건반들을 눌러가던 그는 갑자기 한 개의 건반을 주먹으로 세게 내리쳤다. 여러 개의 건반이 동시에 눌러져 둥, 하고 둔중한 음을 냈다. 다시 한번 쳤다. 주먹이 아플 때까지 때렸지만 건반은 여전히 음을 잃지 않았다. 계속해서 똑같았다. 끝내 그는 피아노 뚜껑을 열어젖히고는 그 건반과 연결된 스트링을 찾아 끊어버렸다.

팅…….

건반의 숨이 끊어지는 소리는 어쩐지 슬픈 듯했다. 너무 쉽게 숨이 끊어져 유언조차 말하지 못한 사람처럼.

한참 동안 침묵하고 있던 그는 손을 뻗어 그 건반을 눌러보았다. 뭔가 미끄러지는 것처럼 틱, 하는 소리가 날 뿐 이제는 아무 음도 내지 않았다. 틱, 틱틱, 틱.

그걸로 충분했을까.

끊어진 스트링이 죽은 식물처럼 팔을 뻗고 있다.

이윽고 그는 피아노 앞에 다가앉았다. 천천히, 두 손을 건반에 올렸다. 그리고 연주했다. 느릿하게 시작했다가 점차 빨라졌다.

물론 몇 번이나 필요한 음 대신 틱, 하는 소리가 울렸지만 그는 상관하지 않았다. 그 소리와 함께 치고 또 쳤다. 빗소리가 거세어졌다. 건반 위로 땀이 떨어졌다. 곡은 아름다웠다.

같은 순간, 먼 곳의 다른 하나도 치고 있던 그 곡은.

돈이 없을 때는

돈이 없는 건 괜찮아. 돈을 원하지 않는 게 문제야.

먹지 않는 건 괜찮아. 먹을 줄 모르는 게 문제지.

거짓을 말하는 건 괜찮아. 거짓인 줄 모르는 게 문제일 뿐.

죽은 건 괜찮아. 죽은 줄 모르는 거야말로 문제라고.

"야."

목소리가 어쩐지 심상찮았다. 침실 한구석에 놓인 작은 탁자에 붙어 앉은 조슈아는 돌아보지 말아야겠다고 생각했다. 그러나 머릿속을 들여다본 것 같은 다음 말이 들려왔다.

"돌아봐."

"바쁜 척도 통하지 않네."

도리 없다는 듯 두 손을 들며 앉은 채로 빙그르르 몸을 돌렸다. 막시민은 팔짱을 낀 채 내려다보고 있었는데 목소리만큼이나 얼굴에서 느껴지는 분위기도 심상찮았다.

"리체한테서 얘기를 들었는데."

"들었구나."

무슨 얘기를 하려는 건지 문 밀고 들어올 때부터 알고 있었으므로 설명을 끝까지 들을 필요는 없었다. 조슈아는 두 손을 모아 붙이며 꼬마들처럼 배시시 웃었다.

"그 대본……."

"응, 그 대본."

"……나냐?"

이제 와서 인정하지 않는대봤자 의미가 있을 리 없었다.

"너냐고? 아…… 조금은 그럴까나."

"그렇다면……."

이쯤에서 이야기가 끝나고 실력 행사가 아닐까 생각했는데 이상하게도 이어지고 있었다.

"응?"

"내놔."

막시민은 받을 것이 있다는 것처럼 당당히 손을 내밀었다.

조슈아는 손바닥을 내려다보다가 머뭇거렸다.

"아? 하지만 대본은 이미 수십 권이나 베껴서 뿌렸는데 이제 와서 원본을 가져가봤자……."

막시민은 고개를 흔들었다.

"그거 말고."

"말고? 말고 뭐?"

조슈아는 확실히 천재였지만 그의 세계와 전혀 다른 법칙 아래 돌아가는 세계도 있는 법이었다.

"저작권료."

막시민은 음침하다 못해 태연한 얼굴로 내려다보고 있었다. 조슈아는 막시민이 이런 단어도 알았나 생각하며 반문했다.

"저작권료라니? 무슨 저작권인데?"

그쯤에서 막시민은 갑자기 오른발로 바닥을 한번 세게 굴렀다. 빚쟁이를 독촉할 때 유용한 방법이었다.

"내 독창적인 착상을 가져다가 멋대로 팔아먹을 생각이잖냐! 당연히 원작자에게 돈을 내놔야지! 농담이 아니라고!"

그제야 조슈아도 상황을 알아차리고 눈을 가늘게 떴다.

"이것 봐, 막군. 원작이라는 것은 말 그대로 '원본 작품'이라는 뜻인데, 네 인생이 작품이야? 넌 그냥 살아간 것뿐이잖아. 어떻게 살지 미리 정해놓고 그대로 따라 하며 살아온 건 아니잖아?"

"내 인생이, 그럼 내가 만든 거지, 네가 만든 거냐? 작품이고 인생이고 어쨌든 간에 내 거라고!"

"그래도 그게 원작은 아닌데."

"또 쓸데없는 단어에 집착하네. 하여튼 그럼, 살아 있는 사람의 이야기를 딴 사람이 맘대로 갖다가 쓰는 건 문제가 없단 말이냐? 저 어딘지 모를 동네에 사는 누군가가 골칫덩어리 천재 자식 데모닉 조슈아의 이야기를 어디선가 얻어듣고 제멋대로 노래로 만들거나 소설로 써버려도 넌 상관없겠냐?"

조슈아는 아픈 데를 찔린 것처럼 대뜸 반응했다.

"내가 참을 것 같아!"

"그러면 난 왜 참아야 되는데!"

"그렇다 쳐도 넌 왜 돈을 달라는 거야?"

"그게 바로 최소한의 예의야!"

"예의라고?"

"멱살잡이 대신 돈으로 달라고 하다니 이 얼마나 온화하고 고상하냐? 평화주의자 같은 대안이로구만."

조슈아는 갑자기 상처 입은 눈빛으로 막시민을 쏘아봤다.

"너무하는군."

"뭐가 너무하냐?"

"'저 어딘지 모를 동네에 사는 누군가' 하고 날 똑같게 생각하다니. 좀더 친구다운 대안은 없는 거야? 기껏 돈이라니,

정말 각박한 녀석이네."

그러나 막시민은 당황하기는커녕 바로 대꾸했다.

"아무렇게나 내뱉은 단어나 기억하고 있을 게 아니라 생각을 해봐. 내가 한 말의 핵심은 그 뭐냐, '어느 동네에 사는 누군가'가 아니라 그다음에 이어지는 '맘대로'란 말이다. 네가 내 얘기를 쓰고 싶었다면 나한테 먼저 물어보고 동의를 구해야 될 거 아냐? 넌 내 인생이, 그까짓 동의 한 번도 구할 필요가 없다고 생각될 정도로 시시해 보였냐?"

마지막 말은 일견 농담 같았지만 어조는 그렇지 않았다. 조슈아는 목소리를 가라앉히더니 말했다.

"그래, 네 말이 맞아. 그러는 것이 옳았을 거야. 하지만 이미 이 지점에 도달한 이상 진실은 그렇지가 않지. 만일 내가 너한테 사전에 물어봤다면 네가 허락해줬을까?"

"할 리가 있냐!"

"거봐!"

"……."

둘은 한동안 서로를 흘겨보며 다음 할말을 궁리했다. 먼저 입을 연 사람은 막시민이었다.

"내가 허락해주지 않을 걸 알았기 때문에 일단 멋대로 쓰고 나중에 몇 대 맞는 걸로 때울 속셈이었지? 그렇겐 안 되지, 이 나쁜 자식아. 나도 너 못지않게 내 얘기가 사람들의 웃음거리가 되는 게 싫다. 이건 진지한 문제라고."

"네 얘기를 웃음거리로 만들지 않아."

조슈아는 자리에서 일어나며 뒤적이고 있던 대본을 탁 덮더니 표지를 손가락으로 짚었다.

"넌 내가 단지 소잿거리가 궁해서 이런 얘길 썼을 거라고 생각해? 난 널 그렇게 가볍게 여기지 않아. 그리고 네가 이 공연을 꼭 봐줬으면 해. 네가 소설이니 연극이니 하는 것에 취미가 없다는 건 알아. 하지만 이건…… 그래, 네 동의를 구하지 않은 것은 미안해. 하지만 부주의해서 그런 건 아냐. 무신경해서 그런 게 아니라고. 착상이 딱 떠올랐을 때 네가 허락할 리 없다 싶었어. 그래서 오히려 일단 써버린 뒤에 혼나면서 허락받자, 하고 생각했지."

"네가 나쁜 의도로 썼을 리 없다는 건 안다. 하지만 나한테도 취향이라는 게 있다. 웃기든 안 웃기든, 난 내 얘기를 남이 아는 것부터가 싫어. 전혀 얘깃거리도 안 된다고 생각하고."

조슈아는 약간 웃었다.

"하지만 아무도 네 얘기인지 모를 텐데."

"관객 중 한 명은 알 거 아냐."

"너?"

"그래."

조슈아는 시선을 잠시 내리깔았다.

"그래……. 그 말도 맞겠지. 그럼 내가 어떻게 했으면 좋겠어? 이 대본은 폐기할까? 완전히 새로운 것을 쓰면 될까?"

"……."

막시민은 대꾸 없이 조슈아의 얼굴을 째려보더니 중얼거렸다.

"새로 쓴다고? 이제 와서? 쳇, 그런 걸 아무렇지도 않게 말하는 빌어먹을 놈이라니."

조슈아는 막시민의 얼굴을 흘끔 보더니 말했다.

"새로 착상이 떠오르려면 하루이틀쯤은 걸릴지도 모르지만 그래도 어떻게든 할 수는 있겠지. 사람들은 내가 설득할게."

"……."

이쯤 되면 반협박이었다. 막시민도 알고 있었다.

"이미 그 대본 갖고 스태프를 모아놨고, 회의도 했고, 내일 아침부터 당장 제작에 들어갈 판이잖아! 돈 벌자고 나선 일에 내가 앞장서서 재 뿌릴 수도 없는 노릇이고! 시작한 네 녀석이 나쁘다 이 말이다! 그러니 저작권료를 내놓으면 되잖아! 그러면 나도 내 얘기를 팔아먹어 돈을 번 게 되니까 스스로 납득되잖냐!"

조슈아는 미안하다는 듯 고개를 푹 숙였지만 실은 웃음을 참느라 그런 것이었다. 그렇구나, 납득의 문제였구나. 돈이 생긴다면 뭐든 팔 수 있다는 것이 인생의 지론인 녀석이었으니.

"좋아. 그렇게 할게. 아참, 그러고 보니 하는 김에 지난번 것도 정산해줘야 될까?"

"지난번이라니?"

조슈아는 짓궂은 미소를 감추지 못하며 말했다.

"전에, 막스 카르디 시절에 말이야. 〈바이올린 연주자〉라는 공연을 한 일이 있거든."

막시민은 무슨 소린가 생각하는 것처럼 잠자코 있다가 다음 순간 펄쩍 뛰었다.

"뭐야, 처음이 아니란 말이냐!"

"아, 하하하, 너란 녀석은 워낙 이야깃거리가 많은지라……. 물론 아주 인기가 있었어. 특히 극장주가 대본을 마음에 들어 했어. 주인공의 성격을 좋아했지."

"극장주라면, 파냐나인가 뭔가 하는 사람 말이냐?"

"응. 주인공이 건방져서 좋다고 하더라고. 아, 물론 네 얘기가 아니라 어디까지나 〈바이올린 연주자〉의 주인공이……."

막시민은 이 녀석을 어떻게 응징하면 좋을까 생각하는 것처럼 한쪽 눈을 가늘게 찡그렸다. 그런데 조슈아가 다시 빙그레 웃으며 말했다.

"근데 말이야, 그 돈이란 거 말인데……."

"얼마냐고?"

막시민도 액수를 생각해보진 않았던 모양이었다. 즉시 생각해내려 하는데 조슈아가 손을 내저어 막았다.

"얼마의 문제가 아냐. 나, 돈이 없다."

"……."

대륙에서 가장 크고 부유한 나라 아노마라드의 수도 켈티카에 왕의 궁전에 버금가는 성을 갖고 있는 아르님 공작의 하나뿐인 후계자인 소공작 조슈아 폰 아르님이, 돈이 없다니! 젠장! 가만히 생각해보니 너무 당연하잖아! 애당초 돈이 있으면 공연을 왜 하고 있겠어!

"돈 없는 소공작 따위 진짜 쓸모없군."

조슈아는 뻔뻔스럽게 양 손바닥을 펴 흔들어 보였다.

"우리의 여정을 돌이켜 생각해봐. 넌 내가 입은 옷도 벗겨 팔았으면서. 내 주머니에 네가 모르는 돈이 한푼이라도 있을 리 없잖아. 있었으면 네가 가만히 뒀겠어?"

막시민의 대안은 간단했다.

"어음 써라."

이튿날 날이 밝았을 때, 조슈아는 스태프들을 만나러 극장에 가기 전에 다른 곳부터 가야 했다. 아침 일찍 회의 약속이 있다고 말했더니 아예 아침도 못 먹고 끌려왔다.

"자, 다 왔어."

일행이 묵고 있는 칼라이몬 선장의 집에서 창문을 열고 내다보면 바로 왼쪽으로 보이던 장소였다. 아침 8시, 아침 식사를 마친 갈매기가 한가롭게 가로지르는 바다의 풍광을 딱 절반 정도 가리고 있는 적색 벽돌집의 이마에는 '칼라이소 선박조합'이라는 간판이 소금물에 반쯤 탈색된 채 걸려 있었다.

"선박조합인가."

잠에서 덜 깬 목소리로 중얼거리는 조슈아를 끌고 보무당당하게 조합 사무실로 들어간 리체는 탁자 너머에 버티고 앉은 몸집 큰 선원을 발견하자 눈썹을 올렸다 내렸다 하며 말했다.

"자, 어제 하던 얘기를 계속해볼까요?"

조슈아는 어제 하던 얘기가 뭔지도 몰랐다. 왜 하필 자신을 데려왔는가에 대해서도 막시민은 아침에 깨우기가 까다로우니까, 정도밖에는 떠오르지 않았다.

선원은 리체처럼 의욕이 충만한 상태가 아니었다. 헝클어진 머리에 면도도 안 했거니와 눈빛을 보아 하니 전날 술을 잔뜩 마셨던 게 틀림없었다. 따라서 나올 거라고는 하품 섞인 대답뿐이었다.

"하아…… 하아암, 또 왔나? 그 얘긴 계속해봤자 소용없다니까 그러네."

"이쪽도 마찬가지예요. 계속 그렇게 나와봤자 줄 돈 따윈 없다니까요."

아, 이것도 돈 이야기였다. 조슈아는 빈속에 생선 냄새 풀

풀 나는 곳으로 끌려와 속이 좋지 않았지만 친구가 중대하게 여기는 주제에는 진지해져야 한다고 생각했다. 선원은 게트림을 하며 대꾸했다.

“그래, 그래. 나도 어제 조합장님한테 이럴 땐 어떻게 하느냐고 물어봤어. 그분 말씀이 원칙적으로는 요 며칠 동안 정박한 몫도 계산해야 하지만, 끝끝내 그렇게 나온다면 당장 배 끌고 바다로 나가는 것도 말리지는 않겠다던데.”

리체가 고개를 저었다.

“미안하네요. 기껏 그거라도 생각해냈는데 이쪽에선 받아들일 입장이 아니라서. 하지만 이럴 줄 다 알고 있었죠? 우리가 당장 나갈 처지가 아니란 걸 모를 것 같지는 않은데요.”

그쯤에서 조슈아도 한마디 거들어야 할 것 같았다.

“정확한 주제가 뭐야? 그러니까 선착장 사용료랄까…… 그런 걸 내란 얘기야? 그런 거라면…….”

리체가 조슈아의 말을 끊으며 외쳤다.

“네 말이 맞아. 하지만 우리 배의 선적船籍이 칼라이소가 아니라고 해서 무려 두 배나 되는 사용료를 내라잖아!”

조슈아는 리체의 달아오른 얼굴을 보며 저도 모르게 푭, 하고 웃고 말았다. 리체는 당연히 화를 냈다.

“넌 이 상황에서 웃음이 나오니?”

조슈아는 웃음을 그쳤지만 여전히 재미있어하는 표정이

었다.

"두 배라면 기분이 나쁘긴 하겠네. 그런데 궁금한 게 있는데, 두 배의 기준이 뭐야?"

"그거야 물론 칼라이소 선적을 가진 배들이지!"

"그래? 그럼 말이야, 사실은 칼라이소 선적을 가진 배들만 사용료를 절반으로 깎아주고 있는 거 아니야?"

"뭐라고?"

리체가 어안이 벙벙한 표정을 짓는데 선원이 낄낄거리며 웃기 시작했다.

"그거 명답이네! 아가씨, 바로 그거요. 아가씨네 배가 내야 되는 돈이 정상이고, 칼라이소 배들은 절반 감면인 거요! 낄낄낄!"

리체는 화가 나서 발끝으로 조슈아의 뒤꿈치를 걷어찼다.

"넌 날 도와주러 온 거니, 방해하러 온 거니?"

조슈아는 웃음을 참으며 말했다.

"사실 왜 왔는지도 몰랐어."

"뭔가 똑똑한 해결책이라도 내놔줄 줄 알고 데려왔더니 한다는 소리가 겨우……. 아저씨, 안 돼요. 얘 얘기는 내 생각하고 전혀 다르다고요. 하루에 엘소노 은화 쉰 개는 완전히 사기예요, 사기! 우리 고향에서는 그 절반도 안 하는데!"

"혹시 네 고향은 어부들이 거룻배나 대는 시골 항구 아니냐?"

리체는 바로 발끈했다.

"무슨 소리예요! 내가 태어난 곳은 하이아칸에서도 제일 부자들만 모여 사는……."

거기까지 말했을 때 조슈아가 갑자기 리체를 슬쩍 옆으로 밀며 선원 앞으로 나서더니 짧게 말했다.

"얼마죠?"

선원은 조슈아가 돈을 내놓을 것처럼 보였는지 장부의 해당 면을 펼쳐서 보라고 밀어주었다.

"그동안 댄 것하고 오늘 치까지 합하면…… 조합장님께서 그냥 엘소 금화 두 개만 받으라고 하시더라고. 고블룬으로 하면 네 개가 되겠고. 그리고 앞으로도 죽 댈 거라면 선금을 줘도 좋고."

조슈아는 장부를 눈으로 죽 훑더니 주머니 안쪽에서 봉투를 하나 꺼내 들며 말했다.

"이 안에는 어느 존귀한 귀족께서 발행하신 어음이 들어 있습니다. 이것을 꺼내 보이기 전에 먼저 어디에서도 그분의 이름이나, 또는 이 어음의 존재를 발설하지 않겠다고 약속해 주셔야 합니다."

선원은 이들이 하이아칸의 귀족 시종들이라고 알고 있었으므로 약간 당황하며 말했다.

"자, 잠깐만, 존귀한 귀족이라고? 그런 문제는 내가 아니라 조합장님이랑 얘기하라고. 잠깐 기다려봐."

벌떡 일어난 그가 바로 뒤에 있는 문을 두들겼다. 그리고 대답이 들리기도 전에 문을 열고 몇 마디 외치더니 두 사람에게 들어가자고 손짓했다. 조슈아가 앞장서서 들어가고, 리체는 조슈아의 손에 들린 봉투를 의혹에 찬 눈길로 바라보며 따라 들어갔다.

선원이 먼저 나서서 설명하고 말고 할 것도 없었다. 조슈아는 성큼성큼 조합장 앞으로 가더니 봉투를 책상 위에 놓고 손끝으로 가볍게 누른 채 입을 열었다.

"제 주인님과 친교가 두터운 아노마라드의 존귀한 귀족께서 제게 주신 어음입니다. 그분은 켈티카에 성을 지니신 대귀족으로 이 정도 금액은 잔돈에 불과하니 명시된 결제일에 그분께 청구하면 확실히 주시겠지요. 저는 이것으로 장기 정박료를 정산할 생각입니다. 물론 돈이 남겠지만, 일단 정박일이 며칠이 될지 모르겠으니 출항할 때 남은 금액을 정산해주시면 됩니다."

갑작스러운 얘기를 들은 조합장이 미간을 찌푸리자 조슈아는 선원 쪽으로 시선을 주며 말했다.

"며칠 동안 제 친구하고 얘기가 오가서 사정을 아시겠지만 저희에게는 현재 지불할 수 있는 돈이 전혀 없습니다. 그러니 이거라도 받지 않으시면 저희는 배 바닥에 구멍을 뚫어 바다에 빠뜨리거나 하는 것밖엔 달리 방법이 없습니다."

곤란해진 선원은 눈치를 보다가 슬금슬금 밖으로 나가버렸다. 조합장은 두 사람을 빤히 바라봤다. 항구에 떠도는 소문의 집합지가 되기 마련인 자리의 특성상 그는 조슈아와 리체가 하이아칸 귀족의 시종으로 현재 칼라이몬 선장의 집에서 머물고 있다는 것, 또 칼라이몬이 지분을 절반 갖고 있는 극장과 관련해서 무슨 일을 하려 한다는 것을 대충 알고 있었다.

조합장은 악랄하거나 꽉 막힌 성품도 아니었고 무엇보다 칼라이소 뱃사람이라면 누구나 겁내며 몸을 사리는 칼라이몬 선장과 관련된 일에서 미움을 살 행동은 하고 싶지 않았다. 비록 칼라이몬 선장의 주먹처럼 가까이 있진 않지만 하이아칸에 있다는 이들의 '주인'도 무시하기엔 껄끄럽고 말이다.

하지만 그렇다고 덥석 어음을 받아들고 금화를 받은 셈 치기에는 그도 입장이 좋지 않았다. 누구나 어음보다는 진짜 금화를 좋아하기 마련이니 말이다. 그런 제안에 응하려면 뭔가 다른 좋은 점이 필요하다고 생각할 즈음 조슈아가 다시 말했다.

"물론 결제일이 미뤄지는 셈이니 그에 따라 액면가 이하로 넘겨드릴 생각이므로 손해는 보지 않으실 겁니다. 음…… 절반 정도면 괜찮을까요?"

절반이라는 말에 조합장이 화들짝 놀라며 대꾸했다.

"그럼 자네한테 큰 손해 아닌가?"

"아뇨. 저는 돌아가서 제 주인께 청구하면 됩니다. 해적을 만난 것은 저희의 힘으로 어찌할 수 없는 일이었으니 주인님의 배를 지키기 위해 제 어음을 처분했다고 하면 손해를 벌충해 주실 테니까요. 저는 전혀 걱정하지 않습니다."

"도대체 얼마짜리 어음이오?"

"1500엘소. 엘소 금화로 지급."

"으음."

조합장은 생각에 잠겼다. 두르넨사는 상업이 융성한 나라로 조합에 소속된 크고 작은 상회들이 전 대륙에 퍼져 있었다. 협력망도 잘 구축되어 있어서 그들끼리는 수표나 환어음, 심지어 신용장에 가까운 것도 어렵지 않게 돌았다. 아노마라드나 켈티카에 머물며 장사하는 조합원도 얼마든지 있었다. 그들 쪽으로 돌리면 아노마라드 귀족의 어음을 돈으로 바꾸는 것쯤은 수월했다. 절반이라면 어린애 장난처럼 쉬운 돈벌이다 싶어 은근히 군침이 넘어갔지만 시치미 뚝 떼고 물었다.

"그럼 그 어음이 도대체 어느 분의 것이오?"

"그 이야기인데……."

조슈아는 몸을 약간 굽혀 조합장을 내려다보며 신중하게

말을 이었다.

"그분의 명예를 위해, 이 어음을 보여드리기 전에 한 가지 약속해주셔야겠습니다."

"뭐요?"

"저는 아시다시피 시종인데, 그분처럼 고귀한 분께서 이런 자에게 어음을 발행했다는 것이 알려지면 그분의 명예에 누가 되지 않겠습니까? 당시의 부득이한 사정을 일일이 알아줄 사람은 없을 테니까요. 그러니 이 어음을 만일 다른 상인에게 넘기실 것이라면 이곳에 이름이 적힌 제가 사실은 시종이란 사실을 발설하지 말아주십시오. 그 약속을 해주시지 않으면 전 이 어음을 보여드릴 수 없습니다."

"그까짓 거 어렵겠나. 약속하지. 자, 자, 어서 보여주게."

조슈아는 짚고 있던 손을 미끄러뜨리며 봉투를 집어 들고 안에 든 종이를 뽑아 펼쳤다. 종이는 귀족들이 신임장 같은 것을 쓸 때 사용하는 고급스러운 것으로 머리에 키 모양의 문장이 그려져 있었고, 다음과 같은 글이 씌어 있었다.

이 문서를 가지고 있는 '조 히스파니에' 또는 그 지시인에게 이 문서와 상환하여 1500엘소를 엘소 금화로 지불하겠다. 지급일은 따로 정하지 아니한다.

990년 3월 19일

재스퍼 공작 프란츠 폰 아르님

어음에 쓰인 이름을 본 리체는 갑자기 튀어나오는 기침을 참기 위해 무진 애를 써야 했다. 조슈아가 조합장에게 물었다.

"성함이 어떻게 되시죠?"

"베이먼 엘워즈."

조슈아가 책상 위의 펜을 뽑아 들고 그 아래에 다음과 같이 썼다.

위에 적힌 금액을 아래 배서인 '베이먼 엘워즈' 또는 그 지시인에게 지급해주십시오.

990년 6월 5일

조 히스파니에

"여기 서명하시죠."

조합장이 그 아래에 서명을 하자 모든 것이 완료되었다. 조슈아는 문밖으로 나가 장부를 들고 돌아왔다.

"그럼 1500엘소의 절반인 750엘소를 장기 정박을 위한 정박료로 지불했다고 장부에 적어주십시오."

조합 장부에 '선금 750엘소'가 적히자 조슈아는 조합장과 가볍게 악수를 나누고, 어음을 넘겨주고, 리체와 함께 돌아서서 밖으로 나왔다. 리체는 무척 궁금한 얼굴로 기다리고 있던 선원에게 다소 거만하게 장부를 들이밀어 보여주었다.

"자, 됐죠?"

선원은 신비한 일을 본 것처럼 두 사람을 번갈아 훑어보더니 장부를 집어넣고 장기 정박선 명부를 꺼내 펼쳐주었다. 조슈아가 리체를 흘끔 보더니 쿡 찔렀다.

"네가 써."

조금 전까지 혼자 알아서 척척 처리하더니 갑자기 미루는 까닭을 몰라 리체는 눈을 깜빡거렸다.

"왜 내가?"

"네가 우리 둘을 먹여 살리는 책임자잖아."

"……."

하긴 칼라이몬 선장 앞에서 그 책임자 소리 한 것 때문에 조합을 들락거리며 문제를 해결하려 애쓴 것이긴 했다. 조슈아도 그 점을 알았을까?

결국 리체가 펜을 잡았다. 이곳에서 쓰기로 한 가명인 "밀라르 쥬시탕트"(리체도 이름 재활용의 대열에 동참했다)를 쓰고 나서 옆 칸을 보니 "배 이름"이라고 적힌 곳이 눈에 띄었다.

"이름?"

명명식용 포도주를 마셔버리는 바람에 아직껏 이름이 없다기보다는…… 이름 따위 생각도 않고 있었기에 떠오르는 것이 없었다. 쥬스피앙처럼 비행선이라고 부를 수도 없는 노릇이고. 이번엔 리체가 조슈아를 쿡 찔렀다.

"이름이래."

"으응?"

선원이 이상한 눈으로 그들을 쳐다보고 있었다. 배 명판은 항해 도중에 떨어질 수도 있지만 이름 없는 배가 출항하는 일만은 불가능하니 말이다. 그러나 무심코 배 이름을 지으려고 하니 떠오르는 것은 쥬스피앙의 낯뜨거운 찬사뿐이었다.

"아…… 음, 미의 극치호."

선원의 표정은 일전에 쥬스피앙의 찬사를 직접 들었던 세 사람이 지었던 것과 아주 비슷했다. 그리하여 배 이름 칸에는 '미의 극치호'라는 보기에도 듣기에도 거북한 이름이 적히고 말았다.

조합 밖으로 나와 몇 걸음 걷자마자 리체는 조슈아를 붙들고 앞뒤로 흔들어댔다.

"도대체 어떻게 된 거야? 말 좀 해봐."

"걸으면서, 걸으면서 얘기하자고."

조합에서 어느 정도 떨어져 주택가로 접어들 즈음 리체가 도로 붙잡고 뒤흔들 태세인 걸 알아보고 조슈아가 웃었다.

"금을 꺼내 쓸 순 없잖아."

"그거야 그렇지만, 그래도! 게다가 거기 쓰인 건 너희 아버지 이름이었잖아? 정말 그…… 공작께서 준 거야? 왜 그런 게 있다는 걸 지금까지 말하지 않았어요?"

리체는 조슈아에게 반말을 해오다가 그의 아버지가 공작이라는 것을 상기하자 말이 좀 꼬였다.

"있었으면 진작 내놨게."

"그럼?"

조슈아는 바지 주머니에서 꼬깃꼬깃 접은 종이 한 장을 꺼내 건네주었다. 리체가 받아들고 정성껏 펴보니 그건 조금 전 조합장에게 넘겨준 것과 거의 똑같은, 그러나 구석에 잉크 번짐이 있는 종이였다. 깜짝 놀라고 있는 리체에게 조슈아가 말했다.

"가짜 어음과 귀족의 사인 위조, 잡히면 켈티카까지 압송되는 범죄지."

두르넨사도 어음 종류의 취급은 꽤 까다로웠다. 이것도 소액이라 통했지, 고액이었다면 틀림없이 상대도 이렇듯 쉽게 정산해주었을 리 없었다. 오히려 영주에게 끌려가 온갖 추궁을 당하게 됐을지도 모른다.

"그럼…… 이거, 직접 그린 거란 말이야?"

"어제 막군이랑 얘기하다가 어음 한 장 만들 일이 생겨서 말이지. 그 김에 몇 장 더 만들어본 것뿐이야. 나도 오늘 당장 사용하게 될 줄은 몰랐지만."

리체는 '위조'와 같은 일을 쉽사리 생각해내지 못하는 보통 사람답게 무척 긴장한 얼굴이었다. 하지만 잉크가 번진 부분 하나를 제하면 테두리 무늬와 문장이 얼마나 정교하게 짜맞춰져 있는지 아무리 들여다봐도 가짜라고 생각하기 힘들었다. 하긴, 아르님 가문의 문장을 조슈아만큼 정확히 아는 사람도 없을 테고, 원본이 없어도 동일하게 그릴 수 있다는 점에서도 최적의 조건을 갖춘 건 틀림없었다. 게다가 아버지의 사인도 어렵지 않게 위조할 수 있고 말이다.

조슈아가 종이를 도로 받아 접어 넣으며 느긋하게 말했다.

"잡혀가봤자 아버지하고 대면하게 되겠지 뭐."

"그, 그럼 잡혀가는 쪽이 더 좋은 건가?"

"글쎄, 그 어음이 돌고 돌아 아버지 손까지 갔다가 우릴 다시 찾아오기까지 우리가 여기 있다간……."

그 뒷말은 할 필요가 없었다. 리체가 어깨를 부르르 떨었던 것이다.

"그래, 역시 그렇겠지."

하지만 조슈아가 리체에게 어음의 용도를 다 설명했던 것은 아니었다.

이네스 아가씨

난 그녀를 알지 못했지만 그녀는 날 알았지.
그녀는 날 알았기에 내가 원하는 것을 알았지.
그녀는 날 알았기에 내게 물어보지도 않았고
그녀는 날 알았기에 내게 원하는 것도 없었지.
그리하여 내가 모르는 사이에 그녀는 내 자리에 서 있었네.
난 그녀를 잃고서야 그녀가 누구인지 알았지.

챙 넓은 모자를 쓴 소녀 한 명이 이튿날 아침 다이아몬드 러쉬 극장을 방문했다. 그녀가 원하는 대로 극장주에게 안내

받기까지는 약간 시간이 걸렸다. 단지 약속을 안 했기 때문만은 아니었다.

소녀는 접객 홀 중앙에 선 채 주위를 둘러보았다. 그녀보다 먼저 온 사람들이 분장실을 점령하는 것도 모자라 접객 홀의 의자들마저 모조리 차지하고 있었기에 앉을 자리가 없었다. 그녀는 아무렇지도 않게 공연 홀로 오르는 계단 맨 아래에 걸터앉아 턱을 괴었다. 비단 리본이 달린 우아한 크림색 모자에 비해 입은 옷은 너무 빨아서 색이 바랜 낙엽빛 드레스였다. 그나마도 짧아져서 종아리가 드러날 정도였다. 다만 다른 사람들의 얕잡아보는 시선에도 부끄러워하는 기색은 없었다. 그냥 조용한 얼굴이었다.

극장 밖에서 우는 매미 소리가 로비까지 들려왔다. 아침부터 부지런히 시끄러운 놈들이었다. 로비의 대기자들이 하나둘씩 극장주의 방으로 들어갔다가 나와 사라지고, 꼭 한 시간 반 정도 지나서 드디어 그녀의 차례가 되었다. 에테른은 서류뭉치에 코를 박고 있다가 곁눈으로 들어오는 사람을 흘끔 보고 십 수 번째 똑같은 인사를 날렸다.

"어서 와요. 당신이 스물세 번째예요. 하지만 대충 평가하진 않을 테니 안심해요."

"스물세 번째라고요?"

에테른은 그제야 고개를 들고 방문객의 얼굴을 뜯어보더니 말했다.

"하긴, 여주인공 역 응모하러 온 것 같진 않군요."

소녀는 치렁치렁한 곱슬머리를 대충 양 갈래로 동여맸고, 작은 키에 볼품없이 마른데다 창백한 얼굴은 영양 상태가 나빠 보였다. 다시 말해 노래를 잘할 것 같지도, 춤을 잘 출 것 같지도 않은 외모였다.

"이네스 올프랑쥬라고 해요."

에테른은 고개를 조금 기울이다가 곧 생각을 해냈다.

"아, 올프랑쥬 씨의 동생?"

에테른이 이어 말하기 전에 이네스가 재빨리 말을 가로챘다.

"네. 맞아요. 저기, 사과드리려고 왔어요. 물론 오빠 얘기고요. 모처럼 일거리를 주시려고 대본까지 보내주셨는데, 정말 죄송한 말씀이지만요, 어려운 답을 드려야 할 것 같아서요. 너무 운이 없는 것 같지만, 오빠가 며칠 전부터 심하게 열이 올라서 밖에 나가지도 못하고 오트밀도 제대로 못 넘기고 있거든요. 금방 낫는다는 보장만 있으면 당장이라도 하고 싶지만요, 만일 낫지 않으면 분명히 폐를 끼칠 것 아니겠어요? 이쪽 일정도 다 잡혀 있을 테고요. 그래서 어쩔 수 없이, 호의에는 정말 감사드리지만, 할 수가 없을 것 같다는 얘기를……."

에테른은 앞에 선 소녀의 횡설수설을 인내심 깊게 들었지만 점차 입가가 올라가는 것을 감출 수 없었다. 하지만 상대가 워낙 열을 올려 말하고 있다 보니 무턱대고 웃거나 자르지도 못하고, 끝까지 듣고 있자니 여간 고역이 아니었다.

"……이번 일로 오빠를 너무 나쁘게 생각하지 말아주셨으면 해요."

"나쁘게 생각하지 않아요."

에테른은 나오려는 폭소를 누르며 가까스로 부드럽게 웃었다. 이네스의 당황한 표정을 보는 것이 재미있었다.

"그렇게 생각해주신다니 정말 고맙습니다."

"나쁘게 생각할 이유가 없는걸요."

"네에?"

이제는 이네스도 에테른이 괴상한 표정으로 웃고 있다는 것을 눈치챘다.

"왜 나쁘게 생각하겠어요? 올프랑쥬 씨는 지금 저쪽 연습실에서 얌전히 배우 오디션을 참관하고 있는데."

이네스의 얼굴이 빨개지는 가운데 에테른은 이네스가 결코 밝히고 싶지 않았던 이야기를 무심하게 덧붙였다.

"아마 오빠가 집을 나갔었던가 보죠?"

소연습실에 모인 사람들은 서로의 면면을 보며 저도 모르게 머쓱한 표정을 지었다. 존경받는 노음악가, 은퇴한 프리마

돈나, 외국물 먹은 까다로운 안무가, 스물여덟에 늙은이처럼 삐딱한 입 모양을 가진 연출가, 각양각색의 여주인공 지망생들, 그리고 뒤에서 물심부름이나 하면 알맞을 나이의 어린 제작자.

"이거 어쩐지, 좀 어울리지 않는 조합이네."

안무가 지오반 한트케가 제일 먼저 솔직한 감상을 말하고는 히죽 웃었다. 몰트 부인은 빈 올프랑쥬를 흘끔 쳐다보고 말했다.

"환상의 팀이네."

빈은 몰트 부인이 한 눈짓의 의미를 바로 알아챘지만 처음이라 비교적 온화하게 자기가 앉은 걸상 다리를 툭툭 찼다.

"으흠."

스트라우즈가 점잖게 목을 가다듬었다. 모인 사람들이 어색해서 입을 다물고 있는 것처럼 보여도 사실 그들 모두는 안면 있는 사이였고, 기다리는 이유는 한 사람 때문이었다. 이 자리에 실수로 낀 사람처럼 한구석에서 종이뭉치들만 열심히 뒤지고 있는 제작자가 한마디해줘야 인사 이상의 무엇을 할 수 있으니까.

이윽고 종이뭉치에서 고개를 든 조슈아가 사람들이 아니라 천장을 바라보며 첫마디를 냈다.

"아아."

무슨 뜻일까?

서로를 흘끔거리기만 하던 그들이 서서히 의기투합하고, 이윽고 오가는 눈빛만으로 제작자에게 무슨 말이든 전달하자는 합의를 도출해내기까지 조슈아는 곁에 아무도 없다고 생각하는 사람처럼 목운동도 하고, 펜대 끝으로 벽도 두드리고, 종이가 몇 장인지 세기도 하고 그러면서 한마디 말도 해주지 않았다.

드디어 장시간의 눈빛 회의 끝에 3 대 1의 지지를 얻어 대표로 선출된 지오반이 일어나서 조슈아 곁으로 갔다.

"이보쇼, 조 히스파니에 씨. 이렇게 다들 첫 대면을 했는데 친히 한마디하셔야지. 언제까지 덩굴에 열린 조롱박들처럼 얼굴만 멀뚱멀뚱 보고 있게 할 겁니까?"

조슈아는 지오반의 얼굴을 보더니 갑자기 빙그레 웃었다. 마치 방금 마주친 사이처럼. 조금 전까지는 어디에 있다가 왔을까?

"그럼, 하나 만들어봅시다."

조슈아가 벌떡 일어나 몸을 한 바퀴 돌렸다. 한 손에는 펜 꽂힌 잉크병, 또 한 손에는 빈 종이 한 장을 들고 그들이 둘러앉은 테이블 앞에 와 섰다.

"이걸로 시작하죠."

종이가 테이블 한가운데에 놓이자 사람들의 의아한 시선이 그곳으로 향했다. 다짜고짜 뭘 만든다는 건지 이해가 되지 않았다.

“몰트 부인, 마리 드 트루아의 장면 하나만 골라주세요.”

몰트 부인이 고개를 갸웃거리더니 오디션 보러 온 사람들 사이에 섞여 선 자기 제자들을 흘끔 바라보고, 대본을 뒤적거려 한 장면을 펼쳤다. 펼친 페이지를 곁눈질한 조슈아는 펜을 뽑아 텅 빈 종이 위에 빈 오선을 여러 줄 긋고, 음표를 그려 넣는 대신 그 아래에 가사를 써 내려갔다.

“초고지만.”

조슈아는 종이를 스트라우즈 앞으로 밀어놓고 펜을 넘겨줬다. 스트라우즈는 조슈아를 잠시 바라보다가 의도를 알아챈 듯 마주 미소를 짓더니 오선에 음표를 채워 넣기 시작했다. 편곡이 없는 멜로디라 해도 일단은 얼마간 시간이 걸렸다. 완성되자 조슈아는 깍듯이 고개를 숙여 보이고는 종이를 빼내 첫 번째 참가자에게 밀어줬다.

“그럼?”

그녀는 당황하며 몰트 부인에게 곁눈질을 했으나 도와줄 기색은 보이지 않았다. 조슈아는 마지막으로 빈을 바라보았다.

“무대를 부탁해도 될까요?”

“…….”

이미 스트라우즈는 바이올린을 꺼내 들고 있었다. 종이를 받아든 참가자가 눈썹을 모으며 항변했다.

"이런 식으로 대뜸 오디션을 해요? 곡은 난생처음 보는 거고, 당연히 연습도 안 됐고……."

조슈아는 어깨를 가볍게 올렸다.

"여기 연습된 사람 아무도 없어요."

"그렇지만 다른 사람들은 내가 한 것을 보고 따라 할 수 있을 거 아니에요? 제일 먼저 하는 사람이 당연히 손해잖아요. 맨 끝에 하는 사람은 당연히 엄청 잘할 테고……."

사람들은 조슈아의 얼굴을 바라보며 그가 얼마나 멋들어진 해명을 내놓을지 기대했다. 하지만 기대는 어긋났다. 조슈아는 미간을 찌푸리더니 검지를 쳐들어 흔들었다.

"아휴, 시끄러워요. 당신이 잘하면 내가 못 알아볼 것 같아요? 잔소리는 집어치우고 노래나 해봐요."

"……."

갑자기 일어선 빈이 처음에 조슈아가 있던 쪽의 테이블을 치우고 공간을 만든 다음, 뒷벽에 맞대어 놓인 테이블 위에 의자 두 개를 올려놓았다. 그러자 조슈아는 이해했다는 듯 고개를 끄덕거리더니 바로 테이블 위로 올라가 그 의자에 앉았다. 그런 채로 창문 밑을 내려다보듯 턱을 괴고 여전히 종이를 쥔 채 망설이고 있는 참가자에게 손짓했다.

"시작."

도리 없었다. 참가자는 테이블 위의 조슈아를 올려다보고 숨을 한차례 내쉰 다음 스트라우즈의 바이올린이 잡아준 음에 맞춰 노래를 불렀다.

숨어 계신 왕자님,
아니, 젊은 백작님
세레나데라니 우습죠, 하늘엔 달도 없고

거기까지 했을 때 조슈아는 눈동자를 천장으로 굴리며 자기가 앉아 있던 의자 옆을 탁탁 쳤다.

"그만. 불합격이에요."

참가자의 입가가 일그러졌다.

"그거 봐요! 내가 손해라고 했잖아요!"

"걱정 말아요. 시녀장 역할에는 어울릴 것 같으니까."

"난 시녀장 안 해요!"

"그래요? 그럼 안녕히 가세요."

조슈아가 고개를 돌리자 바로 다음 차례로 뽑히지 않으려고 우르르 물러나 벽에 붙어있는 참가자들이 보였다. 조슈아는 눈썹을 약간 올렸다.

"언제 하든 마찬가지일 텐데. 몰트 부인, 한 사람 보내주세요."

그리하여 뽑힌 다음 참가자는 첫 번째 참가자의 노래가 그진 지점에서 바로 다음 소절을 부르게 되었다.

여긴 장미 정원도 아니고
그리고 난 아가씨예요.

그것만으로 결판이 났다. 조슈아는 참가자의 기분을 살피지도 않았고 다른 사람의 의견도 묻지 않았다. 아니라고 생각되는 순간 바로 끊어버리고, 나가는 사람에게 혹시 모르니 기다리라는 말도 하지 않았다. 자신의 기준에 맞지 않는 것에는 관심조차 없어 보였다.

다음 사람은 시작도 하기 전부터 겁먹은 얼굴이었다.

자는 체하는 분

음부터 틀려서 탈락.

아니, 웃고 있는 분
아침 찬송가를 불러야죠, 해도 떠버렸고
우린 슬픈 연인도 아니고
그리고 떠날 시각이에요.

조슈아가 손을 저어 노래를 멈추게 하더니 말했다.

"알베르띤느 공주 역 어때요?"

이쪽은 실망한 표정이긴 해도 비중이 있는 역인 까닭에 그럭저럭 수긍했다.

그다음.

우리가 함께했던 지난밤

아니, 실은 서로를 속였던 밤

"소피 에브델 역."

당신의 거짓말은 귀여웠죠, 난 다 알았죠.

진심을 숨길 수 있는 사람도 아니잖아요.

그리고 당신의 동생들도 알던데요?

"누이동생 이렌느 역."

자, 이리로 내려와요.

목소리부터 불합격.

여긴 장미 정원이 아니지만

눈을 가늘게 뜬 조슈아는 불합격이라는 말도 해주지 않고 다음 사람을 불러달라고 손짓했다.

앵초와 억새 정도는 있고

우리 둘의 죄를 사해줄 사제도

턱시도 차림으로 지저귀고 있고

"당신이야말로 시녀장을 하겠다면 해도 되겠는데."

몇 명 안 남은 참가자들 사이에서는 어느새 숨소리도 나지 않았다. 아니다 싶으면 몇 초 안에 손짓으로 퇴장을 표시하는 모습은 어린애가 장난감을 고르며 마음에 안 드는 것은 뒤로 내던져버리는 것과 비슷했다. 지켜보던 사람들 중 몇 사람이 기침을 했고, 몰트 부인도 목을 몇 번 가다듬었다. 결국 삐딱하게 앉아 있던 빈 올프랑쥬가 입을 열었다.

"결정이 너무 빠른 것 아닌지?"

즉각 수긍하는 대답이 나왔다.

"네, 그렇죠."

"세 명 남았는데 이들마저 다 이런 식으로 잘라버리면 여주인공은 어디서 구할 생각입니까?"

"새로운 참가자가 있겠죠."

"새로 오는 사람들도 지금처럼 마구 쳐내버릴지 압니까? 준비 기간도 촉박하다고 알고 있는데."

"아무리 시간이 없어도 실력 없는 사람과는 같은 무대에 못 서요."

"당신의 기준이 너무 높은지도 모릅니다. 좀더 들어보면 괜찮은 실력일지도 모르잖습니까?"

"저 무척 기준 낮춰 듣고 있습니다."

오만하다 못해 불쾌하게까지 들리는 대꾸를 한 조슈아는 테이블 위에 올라앉아 있는 것이 지겨워졌는지 일어나 아래로 뛰어내렸다.

"그런데도 건질 사람 하나 없군요."

빈도 차갑게 대꾸했다.

"이러다간 우리 모두 여주인공 없이 무대를 준비하게 되겠군요."

"끝까지 못 구하면 대본을 고쳐드리지요."

"마리의 비중을 줄이는 쪽으로?"

"아뇨. 배역을 없애버릴 겁니다."

듣고 있던 지오반이 어이가 없어 입으로 바람 빠지는 소리를 냈다.

"지금 마리 드 트루아가 나오지 않는 쪽으로 대본 바꾼단 소립니까? 그럼 도대체 누가 나오지?"

"막시밀리앵이 뒤뜰의 고양이와 사랑에 빠지는 걸로 써드리죠."

사람들의 표정은 가관이었다. 서로 얼굴을 마주보기까지 했으므로 그들 스스로도 가관을 감상할 수 있었기에 곧 웃음소리가 터져 나왔다. 가장 먼저 웃기 시작한 사람은 몰트 부인이었다.

"하, 하, 하하, 내가 올해 들은 말 중에 가장 웃기는 말이었어."

"이봐요, 몰트 부인. 저 친구 농담한 것 같지 않은데."

"어때요, 웃기기만 하면 되지. 나 웃겨죽을 것 같아, 쓰러질 것 같네. 하하, 하하하……."

조슈아는 몰트 부인을 물끄러미 바라보고 있다가 불쑥 노래를 불렀다.

숨어 계신 왕자님,

아니, 젊은 백작님

세레나데라니 우습죠, 하늘엔 달도 없고

여긴 장미 정원도 아니고

그리고 난 아가씨예요.

자는 체하는 분
아니, 웃고 있는 분
아침 찬송가를 불러야죠, 해도 떠버렸고
우린 슬픈 연인도 아니고
그리고 떠날 시각이에요.

우리가 함께했던 지난밤
아니, 실은 서로를 속였던 밤
당신의 거짓말은 귀여웠죠, 난 다 알았죠.
진심을 숨길 수 있는 사람도 아니잖아요.
그리고 당신의 동생들도 알던데요?

자, 이리로 내려와요.
여긴 장미 정원이 아니지만
앵초와 억새 정도는 있고
우리 둘의 죄를 사해줄 사제도
턱시도 차림으로 지저귀고 있고
은 한 조각 나지 않아도 당신의 땅
그곳에 발 딛고 선 내가 있어요.
당신을 기다리며 선 내가 있어요.

노래를 그쳤을 때 주위가 고요해진 것은 물론이었다. 조슈아는 참가자들 쪽을 돌아봤다.

"알고 계신지 모르겠지만 제가 바로 막시밀리앵 역입니다. 시간이 없으니 저와 듀엣을 부르실 수 있는 분만 나와주십시오. 안 될 것 같은 분은 남은 배역이 단역뿐이니 그거라도 하려면 남으시고, 아니면 돌아가세요."

결과는 뻔했다. 남은 참가자들마저 다 나가버린 연습실에서 조슈아가 당황한 듯 중얼거렸다.

"역시 뒤뜰의 고양이인가."

"자기 노랠 듣고 남을 애가 있을 거라고 생각하면 오산이잖아. 푸훗훗."

몰트 부인의 목소리를 듣고 돌아본 조슈아는 아, 하며 말했다.

"부인이 해보시는 게 어때요? 대본은, 막시밀리앵이 콩스탕스 드 방드빌 부인의 돈과 중후한 매력에 홀려 결혼하는 쪽으로……."

"도대체 대본을 뭘로 생각하는 거야!"

"대본 정도 고치는 거야 어려울 거 있나요? 원하시면 하룻밤에 열두 가지로도 써드리죠."

몰트 부인은 지오반을 돌아보며 어깨를 으쓱했다.

"저 말도 농담 같지 않네. 안 그래요?"

"뭐, 그렇네. 지금 대본도 하루인가 이틀 만에 썼다잖습니까?"

하지만 빈 올프랑쥬는 나이든 사람들처럼 유연하지 못했다. 팔걸이를 탁 치며 일어선 그가 말했다.

"농담은 정도껏 하시죠. 일정은 마음대로 짧게 잡아놓고, 제대로 만들 생각이 있기는 한 겁니까? 대본 고친다는 얘기는 못 들은 걸로 하겠습니다. 몰트 부인께서 가르치시던 학생들 중에서 이 자리에 온 사람들이 제일 실력이 괜찮다고 들었는데, 이런 식으로 쫓아버리고서 그보다 나은 사람을 어디서 찾을 생각인지? 오늘 내로 마리 역을 뽑을 다른 방법이 없다면 지금 조연을 맡기로 한 사람들 중에서 하나 고르는 수밖에 없겠군요."

조슈아는 뜻밖으로 씩 웃었다.

"그래요? 그럼 당신 생각엔 누가 좋을 것 같은가요?"

빈은 순간 얼른 대답하지 못하고 눈을 몇 번 깜빡거렸다.

"자, 누가 좋겠어요? 알베르띤느? 소피? 이렌느? 시녀장? 얼른 골라봐요. 난 도저히 못 고르겠던데."

"내 생각엔……."

빈은 참가자들을 돌아보고 미간에 주름을 잡은 채 어떻게든 한 명을 지목하려 했다. 그러나 쉬운 일이 아니었다. 그들의 실력이 문제라기보다는 빈에겐 한 마디나 두 마디 노래만 듣고 그들을 파악할 능력이 없었던 것이다.

문이 열린 것은 그때였다.

처음엔 몇 사람 돌아보지 않았으나 곧 모두 돌아보게 되었다. 한 사람이 들어와 다짜고짜 빈에게 다가가더니 무릎을 냅다 걷어찼던 것이다. 동시에 커다랗게 외쳤다.

"이젠 돌아온다 해도 절대로, 문도 열어주지 않을 거야! 어디, 아무데서나 제멋대로 살아봐!"

다른 사람이 있거나 말거나 조금도 신경쓰지 않고 쏘아붙이자마자 바로 몸을 돌려 문 쪽으로 걸어갔다. 문간에는 그녀를 뒤따라온 에테른이 이 뜻밖의 상황을 어떻게든 수습해보고자 당황한 사람들과 하나하나 눈을 맞추려 애쓰고 있었다. 그런데 소녀는 정말 앞도 안 보고 걸어간 것인지 그런 에테른에게 그대로 머리를 들이받고 화들짝 놀라 물러났다.

"어?"

모든 사람이 하던 생각을 멈추고 소녀를 쳐다보았다. 몇 사람은 입까지 약간 벌리고 있었다. 그제야 사람들의 시선을 느낀 소녀는 얼굴이 새빨개져서 들쭉날쭉 숨을 내쉬다가 급기야 엉엉 울기 시작했다.

"잠깐, 어, 이것 봐요. 네? 올프랑쥬 양?"

에테른이 어떻게든 달래보려고 더듬거렸지만 그녀는 자상

한 역할에 서툴렀다. 이네스 올프랑쥬는 누구한테 기대려 하지 않고 고개를 푹 숙인 채 두 손으로 얼굴만 가리고 있었다. 손가락 사이로 눈물이 줄줄 떨어졌다. 그런데도 빈은 석상이 된 것처럼 동생에게 가볼 생각을 하지 않았다. 표정을 보아하니 무척 창피했던 모양이었다.

그때 조슈아가 사람들 사이를 가로질렀다. 그러면서 빈을 돌아보더니 말했다.

"왜 싸웠는지 모르겠지만 누이가 우는데 거기 서서 뭘 해요?"

이네스에게 간 조슈아는 몸을 약간 낮추며 그녀의 얼굴을 들여다봤다.

"이봐요, 그만 울어요."

"……."

이네스는 대꾸하지 않았다. 에테른은 안도의 한숨을 내쉬었다. 갑작스러운 침입자를 데려온 셈이 됐으니 조슈아나 다른 사람들이 오디션을 망쳤다고 화를 내도 할 말이 없었던 것이다. 그나마 '올프랑쥬 양'이라는 말 때문에 빈의 누이라는 것이 밝혀져서 사람들이 화를 내지 못하고 있는 것이기도 했다.

"울지 말고, 나하고 얘기 좀 해요. 할 얘기 있어요."

지오반을 비롯한 사람들이 이네스를 데리고 나가라고 에테른에게 눈짓을 보냈지만 조슈아는 거꾸로 그녀를 데려와 의자 하나를 주어 앉혔다.

"그냥 하는 말이 아니고, 진짜 할 얘기가 있거든요."

이네스가 겨우 손을 약간 떼며 눈물범벅이 된 눈으로 조슈아를 흘끔 보았다. 언뜻 보이는 얼굴이 또래였던 까닭인지 갑자기 창피한 생각이 든 그녀는 도로 얼굴을 감춰버렸다.

"어, 그러니까 눈물 좀 닦아야겠네."

조슈아가 손수건을 꺼내주자 조금 후 손수건은 도로 빨아서 쓰고 싶지 않을 법한 물건이 되어버렸다. 그걸로도 모자라서 조슈아가 주위를 두리번거리자 곁에서 지오반이 괴상한 표정으로 자기 손수건을 꺼내 건네주었다. 그 손수건도 곧 마찬가지 신세가 되었다.

"미안해요."

입속으로 중얼거리는 것 같긴 해도 한마디가 나와서 조슈아는 안도의 한숨을 내쉬었다.

"겨우 말하네. 이제 내 용건을 얘기해도 되겠죠?"

"용……건이라니요?"

"그러니까……."

조슈아가 말을 이으려 하는데, 갑자기 이네스가 말을 가로챘다.

"돈 없어요."

조슈아는 눈을 동그랗게 떴다가 고개를 흔들었다.

"돈이라니? 갑자기 왜 그런 생각을?"

"돈은요, 오빠한테 청구해요. 오빠는 일자리를 얻었으니 얼마라도 받겠죠. 방해해서 미안해요. 그럼 저 갈게요."

이네스가 자리에서 벌떡 일어나려 하자 조슈아가 팔을 붙들었다.

"기다려요! 말을 듣고 가야지, 자기 말만 하고 가버리면 어떻게 해요?"

"하지만 난!"

"돈 얘기 아니에요!"

이네스는 팔을 잡힌 채 엉거주춤한 자세로 조슈아를 내려다봤다.

"그럼 도대체 저 같은 사람한테 무슨 볼일이 있어요?"

조슈아는 억지로 팔을 잡아당겨 그녀를 도로 앉히고 눈을 똑바로 보며 말했다.

"오디션 봐요."

"네?"

이네스도 놀랐지만 다른 사람들도 놀라기는 마찬가지였다.

"오디션이라니?"

조슈아는 표정을 조금 부드럽게 했다.

"조금 전에 소리지를 때 당신 목소리를 지극히 높이 평가했습니다. 실력을 알기 위해선 두 마디면 충분하죠."

그리고 사람들을 돌아보며 빙그레 웃었다.

"아직껏 원석을 갈고닦아본 적은 없지만, 저는 저 자신을 잘 알기 때문에 뭐 그것도 그냥 잘할 것 같습니다. 그러므로 제 역할을 하나 더 추가하죠. 오늘부터 이분, 제가 후원합니다."

루시 에테른이 수리가 되어가는 상황을 살펴보고 극장을 나와 집으로 향한 시각은 저녁 7시였다. 기간이 촉박한 만큼 수리공들은 그날 밤을 새우며 작업할 예정이었다. 진척 상황은 하루 정도 여유를 둔다면 무난히 끝날 듯했다.

요 며칠 에테른은 무척 지쳐 있었다. 오디션을 진행시키고, 추가 연습실을 확보하고, 지시 사항과 다르게 수리된 곳을 한차례 뜯어내어야 했고, 일당 인부들에게 지불할 임금을 확보해야 했다. 스태프들과 면담을 통해 급료를 결정하고, 작업 기간도 조율해야 했고, 추가로 필요한 스태프를 위한 예산을 책정하고, 그러는 동안에도 홍보를 위한 각종 구상이 머릿속에서 굴러갔다. 어쨌든 조슈아가 연이어 저질러놓은 일들을 뒤처리할 사람은 그녀뿐이었다.

밤이 되어 더위가 한풀 가신 거리를 걸어간 에테른은 가게에 들러 내일 먹을 빵 한 덩이와 식료품을 조금 샀다. 그녀는 집에서 요리를 거의 하지 않았지만 장은 직접 보곤 했다. 아버지와 둘이 사는 그녀는 어린시절부터 함께해온 하녀에게 집안일을 맡기고 있었다.

빵을 담은 바구니를 옆구리에 끼고 걷는 동안에도 왼손에 든 종이 몇 장을 줄곧 흘끔거렸다. 거리에는 사람이 많았다. 몇 사람이 바구니 모서리를 치고 지나갔지만 에테른은 바구니를 놓치지 않았다. 그녀는 늘 여러 가지 일을 한꺼번에 했지만 놓치고 떨어뜨리는 일은 거의 없었다. 고작 빵이 든 바구니라 해도 야무지게 움켜쥐고 사람들 사이를 뚫고 나아갔다.

그리고, 맞닥뜨렸다.

처음에는 벌어진 일을 얼른 깨닫지 못했다. 바구니 손잡이는 여전히 그녀의 팔꿈치 언저리에 걸려 있었다. 그러나 빵과 종이로 싼 버터, 토마토 다섯 개와 우유병이 포석 깔린 바닥에 산산이 흩어졌다. 빵은 쓰레기 더미까지 굴러갔고, 깨진 병에서 나온 우유가 돌 틈으로 흘렀다.

"어?"

눈앞에 어떤 남자가 서 있었다. 모자를 눌러쓰고, 여름인데도 두툼한 재킷 차림에 왼손엔 우산을 하나 움켜쥐고 있었다. 이질적인 계절감 때문에 에테른은 어리둥절해졌다. 그리고 다시 한번 바구니를 내려다봤다. 손잡이 아래로 찢어져버린 바구니의 잔해가 건들거렸다. 칼로 찢은 것도 아니고 때려서 우그러뜨린 것도 아니었다. 누군가가 아주 센 힘으로 잡아 찢은 것처럼, 그렇게 절반이 뜯겨 나갔다.

남자가 말했다.

"미안합니다."

사람들은 여전히 그들을 스쳐가고 있었다. 몇 사람은 쏟아진 우유를 흘끔거렸지만 큰 관심 없이 곧 멀어져갔다. 에테른은 치맛자락에 튄 우유를 내려다봤다. 화가 치밀어야 할 텐데, 그리고 큰 소리로 따져야 할 텐데 이상하게도 마음이 착 가라앉았다. 에테른이 아무 말도 하지 않자 남자가 말했다.

"배상하지요."

남자가 왼손을 움직여 품속에서 은화 한줌을 꺼냈다. 그걸 바구니의 남은 절반 속에 스르르 떨어뜨렸다. 에테른은 은화의 짤랑임이 멎는 순간까지도 멍하니 있다가 문득 상대의 얼굴을 올려다보았다.

남자의 얼굴이 보였다.

흰 얼굴에 인중이 또렷하고 입술이 얇았다. 옅은 금발이 귀언저리에서 짤막하게 잘려 있었다. 선이 가는 턱과 움푹 들어간 뺨, 살짝 말려 올라간 입꼬리, 보이는 것만으로는 음악가나 화가가 아닐까 싶은 생김새다.

모자에 가려져 눈은 보이지 않았다.

"……."

에테른이 여전히 대답하지 못하는 동안 남자는 그녀의 얼굴을 쏘아보았다. 잠깐, 그러나 시선을 분명히 느낄 정도의 시간.

"그럼 이만."

예의는 바르지만 건조한 목소리로 말하고 남자는 지나쳐 갔다. 에테른은 조금 후 정신을 차렸다. 찢어진 바구니에 든 은화를 내려다보고, 고개를 몇 번 흔든 다음 그 자리를 떠났다. 그러나 스쳐간 것처럼 보인 남자가 몇 걸음 너머에서 돌아서서 그녀를 보고 있는 줄은 몰랐다. 들을 사람 없는 입술이 말했다.

"조용한 여자로군그래."

술의 용도

그대에게 권하는 술이 약이 아니듯, 내가 마시는 술도 독이 아니라오.

옛날 먼 옛날, 북부의 오를란느 공국에서도 배를 타고 더 북쪽으로 가야 하는 섬, 그 섬의 이름은 모르비앙, 다시 말해 '일 드 모르비앙l'île de Morbihan'이라고 했다.

섬은 작았고, 바람이 많았고, 성채 언덕과 포구 골짜기로는 날마다 파도가 기어올랐다. 그래도 바닷바람이 덜 닿는 섬 안쪽의 손바닥만 한 들판에는 작고 파란 사과가 열리는 과수

원도 있었다. 날씨는 들쭉날쭉, 해가 비치면 구멍 같은 집에서 일제히 뛰어나와 빨래를 말렸다가 북풍이 밀려올 즈음엔 치즈 물어 가는 생쥐보다 빠르게 걸어 사라지는 사람들이 모여 사는 곳이었다.

곡식이 조금밖에 나지 않는 모르비앙 섬에서는 소와 양을 길렀다. 고기잡이도 했다. 그러나 북쪽 해안 언저리에 있는 은광이야말로 이 섬의 주민들을 먹여 살린 근원이었다. 은은 섬의 주인인 백작의 할아버지의 할아버지 시절부터, 또는 더 옛날부터 바닥이 없는 것처럼 나왔다. 그래서 이 작은 섬에 빵과 술은 물론 고급 옷감과 도자기 그릇에 이르기까지 많은 것을 들여오도록 해주었다.

그 고마운 은이 갑자기 딱 끊어진 때로부터 이야기는 시작된다. 이런 상황을 한 번도 예상해본 일이 없었던 백작은 흥청망청 쓰던 버릇을 갑자기 바꾸지 못하고 몇 년 더 살아가다가 덜컥 죽고 말았다.

백작에게는 여덟 명의 아이들이 있었다. 맏아들 막시밀리앵은 열일곱 살에 취주악과 붉은 주단은커녕 전날 저녁까지 입고 있던 윗도리에 아버지의 망토 한 자락만 걸치고 소년 백작이 되었다. 백작이 되자마자 가문의 재산을 조사해보니 마지막 은술잔 하나까지 다 써버리고 간 아버지 덕택에 남은 것이라고는 돌봐야 할 일곱 명의 동생과, 오랫동안 수리하지 않아 지하실로 파도가 들락거리는 성, 그리고 텅 빈 뒤주에 갇혀 굶은 쥐처럼 눈이 퀭해진 몇천 명의 백성들밖에 없었다. 어린 모르비앙 백작이 이 상황에서 할 수 있는 일은 무엇이었을까?

"하긴 뭘 하겠어. 할 수 있는 일이 전혀 없구만."

"얘가 남의 얘기라고 막 하네. 뭔가 해야 스토리가 진행될 거 아니야?"

"그거야 조군 자식이 알아서 하겠지. 내가 알 게 뭐냐."

막시민은 의자 등받이에 몸을 기대며 구부러진 테이블 다리에 발을 척 올려놓았다. 소란스러운 술집이었다. 막시민과 리체는 어떤 사람을 기다리고 있었다. 그자가 언제 나타날지 분명치 않았기에 막시민은 느긋하게 술을 시켜둔 참이었다.

테이블에는 맥주잔과 텅 빈 재떨이 외에도 대본 한 뭉치가 흩어져 있었다. 막시민은 첫 페이지와 둘째 페이지의 셋째 줄까지밖에 읽지 않았지만 벌써 다 파악한 것처럼 뒤로 물러앉아 어깨만 으쓱거렸다. 리체가 말했다.

"마저 읽어보면 알 것 아냐?"

"아, 아, 귀찮아."

"그래도 친구가 쓴 건데 진지하게 평하지는 못하더라도 읽어보는 척은 하는 게 예의 아냐?"

"내 얘기라는데 내가 궁금할 게 뭐 있겠냐? 글 나부랭이 비평 따위 소질 없다. 난 내가 잘할 수 있는 일만 한다고."

막시민의 위아래를 훑어본 리체가 잘라 평가했다.

"하긴 네가 지금 술을 마시고 있긴 하구나."

핵심을 찔렸는지 대꾸가 없던 막시민은 조금 후 괜스레 눈을 깔며 중얼거렸다.

"술은 아주 기능적인 물건이야."

리체가 아랫입술을 내밀었다.

"내가 보아온 바로는 술을 마셔봤자 바보가 될 뿐이던데."

"그거야 네가 옆에서 '보기만' 했으니 그렇지."

"그럼 그거 말고 무슨 기능이 있는데?"

막시민은 맥주를 한 모금 마시고 말했다.

"감기에 걸렸을 때는 박하차가 좋지. 배탈이 나면 애기똥풀을 달여서 먹어야지. 두통에는 양귀비 진액을 조금 먹으면 무척 효과가 좋지. 잠이 안 오면 데운 우유 한 잔, 추위를 잊으려면 브랜디. 문제가 있으면 답이 있는 법. 그럼 화가 날 땐 뭘 먹을까? 슬플 때는? 짜증나는 일이 있으면? 해결 안 되는 문제로 하루하루가 힘들고 답답할 때는 어때?"

리체는 시답잖은 소리를 한다는 듯 픽 웃었다.

"술을 먹으면 그런 게 해결된단 말이야? 웃겨. 그래봤자 잠깐 동안 기분이 좋아질지는 몰라도 옆 사람이 보기엔 바보가 됐구나 싶을 뿐이고, 다음날 아침엔 괜히 머리만 아픈 거 아니니?"

막시민이 어깨를 움츠리며 키득 웃었다.

"마셔본 것처럼 말하네."

"그래, 나도 마셔봤다. 아무 쓸데 없더라."

문득 옛날 생각이 났는지 리체는 탁자에 팔꿈치를 짚고 턱을 괴며 조그맣게 한숨을 내쉬었다. 막시민이 보니 처음 만났던 때보다 많이 해쓱해진 옆얼굴이 언뜻 눈에 걸렸다. 그게 내 탓인가, 조슈아 그 자식 탓이지…… 하고 생각하며 다시 술잔을 드는데 리체의 목소리가 들렸다.

"무척 멀리 와버렸네. 여기가, 그러니까 말로만 듣던 두르넨사지. 생각보다 잘 적응하는 나한테 놀랐어. 집이 아니어도 잠도 잘 자고, 남의 나라 음식도 잘 먹고, 아프지도 않고…… 술이 필요한 일도 없네. 네가 말한 대로라면 말이야. 화도 안 나고 슬프지도 않고."

"바보는 감기에 안 걸린다는 말 알아?"

막시민이 불쑥 말하자 리체가 턱을 괸 채 고개를 돌리며 눈을 가늘게 떴다.

"내가 지금 바보라고 말하려는 거야? 그리고 바보가 왜 감기에 안 걸리니? 바보도 사람인데."

"바보는 말이야, 감기에 걸려도 모르기 때문에 감기에 걸리지 않았다고 생각하거든. 아파서 쓰러지면 그때나 알까."

"막시민, 너……."

리체가 발끝으로 걷어차려 했기 때문에 막시민은 가볍게 의자를 뒤로 물렸다.

"너 정말 혼나볼래!"

"술이나 마셔."

그렇게 말하며 막시민은 지나가던 급사에게 맥주 한 잔 더 달라고 말했다. 리체가 쏘아붙였다.

"안 마신다니까!"

"감기에 걸린 줄도 모르는 녀석이. 약을 주면 잠자코 있어."

거품 그득한 맥주가 날라져 와 놓이자 리체는 마시지 않는다고 소리친 건 잊어버렸는지, 빤히 보다가 번쩍 들어 숨도 안 쉬고 일곱 모금이나 삼켰다. 탁자에 탕 소리가 나게 잔을 내려놓더니 고개를 숙이고 잠시 숨을 골랐다.

"잘 마시네."

"그래. 걸린 줄도 몰랐던 감기가 낫나 어디 보자고."

리체가 약 효과를 기다리는 사람처럼 눈썹에 잔뜩 힘을 주고 도사려 앉아 있었으므로 막시민은 목을 이리저리 움직이며 풀다가 입 한쪽으로 쯧읍 하는 소리를 내며 말했다.

"꼭 먹으면 죽는 약 먹고 반응 오길 기다리는 사람 같네."

"참견 마. 사람마다 마시는 방법도 다른 거 아냐?"

"다르다기보다는 음, 기발하구만."

리체의 표정은 점차 달라졌다. 눈썹을 찌푸렸다 폈다를 반복하다가 코를 찡그렸고, 그다음엔 입술을 깨물었다가 풀었다. 그렇게 서서히 변했기 때문에 막시민이 상관하지 않고 혼자 술을 마시게 됐을 즈음에야 갑자기 허공을 향해 말하기 시작했다.

"생각해보면 그렇게 오래된 일도 아니야. 조슈아는 조금 더 일찍 얼굴이라도 봤지만, 너랑 안 건 한 달도 안 된 건가? 어쨌든 좋아. 날짜가 중요한 건 아니지. 우린 참 악연이었어. 만나선 안 될 사이였지. 처음에는 좀 이상한 인연이네, 내가 운이 없었나, 정도의 생각이었지만 조슈아가 혼수상태였을 때 지배인님네 시계포 2층에 앉아서 네 얘기를 들으면서 생각이 점차 바뀌었지."

리체는 잠깐 말을 끊더니 막시민 쪽으로 고개를 돌리며 쏘아봤다.

"그때 내가 너희를 어떻게 생각했는지 알아?"

어쩐지 대꾸해줘야 할 것 같은 느낌이었다.

"어떻게 생각했는데?"

"둘 다 똑같이 빌어먹을 놈들 같으니. 이런 일 벌어지기 전에 어디 가서 콱 죽어버릴 것이지. 그게 안 된다면 나라도 죽여버려야겠어."

막시민은 조금 당황한 듯했지만 애써 표정을 바로잡으며 말했다.

"물론…… 너로선 남의 일에 말려들어 날벼락을 맞게 됐으니 그렇게 생각할 수도 있겠지."

"날벼락뿐이야? 너희 두 녀석은 그래놓고도 날마다 자기 고민뿐이고 내 문제는 풀코스 정찬 다 끝나고 나오는 코딱지만 한 푸딩 취급했지. 세상 고민은 저들이 다 뒤집어쓴 것처럼 조슈아 걔는 날마다 이게 고민이고, 저것 때문에 괴롭고, 그럼 너는 너만 괴롭냐, 나도 괴롭다고 야단치고, 엄청 잘난 것처럼 잔소리 퍼부어대지만 내가 보기엔 너도 자기 잘난 것을 감당 못 해서 코끝으로 비웃음 날리는 종류지 뭐."

그런 말을 표정도 한번 바꾸지 않고 또박또박 하고 있으니 막시민은 어느 시점에서 말을 끊어야 할지 몰랐다. 리체 입장에서 불만이 없다면 이상할 상황이긴 했지만 그래도 이렇게 적나라하게 말할 줄은 상상 못 했기에, 그로서는 드문 일이지만 말문이 막혀 일방적으로 듣고만 있는 꼴이 되었다.

"그런 주제에 내가 필요할 것 같은 일이 있으면 빠짐없이 써먹었지? 말도 못 하게 멋있는 두 사람 사이에 끼어서 내 할 일이 뭔지도 잊어버리고, 둘이 싸우면 중재해줘야 되고. 너, 내가 이랬다저랬다 하고 말한 것도 다 잊어버리는 성격인 것 같지?"

"아니……."

"맞아, 나 잘 잊어버려. 머리는 별로 좋지 않고, 그럴듯한 생각도 못 해내는 애야. 그렇지만 말이야, 너희는 감기 걸렸는지도 모르는 바보가 아니잖아? 너희는 똑똑하잖아? 그러면서 내 입장은 까맣게 잊은 것처럼 자기들 본연의 고민에만 너무 충실한 것은 아닌가 생각해보라고. 물론 너나 조슈아나 그리 편안하게 살고 있는 게 아니란 거 알고, 당장 조슈아에게 닥친 일이 크다는 것도 알아. 하지만 사실 그게 나랑 상관있니? 두어 달 전만 해도 열심히 바느질이나 하면서 하루하루가 빨리 가서 얼른 봉급날이 오기만 기도하고 있던 나야."

리체는 다시 술잔을 들어 두 모금 정도 마셨지만 손이 흔들리거나 하지는 않았다.

"그래, 다 좋아. 넋두리는 그만둬. 더 떠들어봐야 전에 들었던 사과 또 들을 뿐인데 그딴 게 뭐 대수라고. 사과받아봤자 뭐가 달라지기라도 해? 하지만 돌이켜보니 재미도 있었으니 됐다는 식으로 마무리하려는 것도 아냐. 나라고 너희 속을 다 알겠어? 하지만 분명한 건, 막시민 너는 반경 안에 들어온 극소수를 제외하면 나머지는 될 대로 되란 식으로 대하는 애야. 그 반경도 무척 좁아서 한 달쯤 같이 지낸 걸로는 어림도 없고. 그래도 나름대로 괜찮은 건 반경 안에 든 사람은 아주 끔찍하게 여긴단 거지. 뭐, 따져보자면 어차피 난 그 반경에 들어갈 일이 없을 것 같으니 아무래도 상관없지만 말이야.”

“…….”

막시민은 술잔을 비웠다. 그가 칼라이소에서 지내는 동안 이 술집에 얼마나 자주 왔던지, 주문도 안 했는데 급사가 와서 가득찬 술잔을 내려놓고 갔다. 조슈아는 죽도록 바쁜 모양이지만 그에겐 한가한 나날이었으니 말이다.

“그리고 조슈아는…….”

막시민이 고개를 드는 바람에 리체는 말을 끊었으나, 곧 이었다.

“너보다 더 심해. 그 앤 아예 반경 같은 것도 없어. 자기 세상에는 자기 자신뿐이고, 심지어 자기한테 미쳐 있다고. 난 가끔 걔가 무서워. 너에 비하면야 예의도 바르고, 평소엔 착하고, 애들처럼 순진하게 굴지만 본질에는 구멍이 뻥 뚫려 있는 것 같아. 이상한 세계로 통하는 구멍. 보통 사람은 절대 알 수 없는 거 말이야.”

리체는 다시 한 모금 마셨다.

“그래, 어쩌면 넌 나한테 한 가지는 좋은 일을 했어. 슬프고 화나는 나한테 약이랍시고 술이라도 줬잖아. 술맛이 어떤 건지는 여전히 모르겠지만.”

막시민은 안경다리를 만지작거리다가 벗어 테이블에 놓고 눈가를 비볐다.

"남의 얘기 그만하고."

리체가 고개를 들어보니 막시민은 옷깃으로 안경을 닦고 있었다.

"네 얘기나 해보는 게 어때? 나도 묻자. 너 여기서 요즘 뭘 하냐?"

"뭘 하다니? 내가 할 일이 뭐가 있니?"

"네가 한가하게 지내지 않는다는 거 알고 있어. 빌어먹을 두 녀석 때문에 엉뚱한 데로 끌려왔지만, 너는 너잖아? 두 얼간이의 고민이 뭐였든 너한텐 너의 살아가는 방식이 있는 거지. 리체 넌, 할 일이 없다고 해서 나날을 휴가처럼 보내는 녀석이 아니잖아."

리체가 얼른 대답하지 않자 막시민이 한마디로 물었다.

"다 했냐?"

"……제대로 된 건 하나뿐이야."

막시민은 고개를 끄덕였다.

"그래. 넌 그렇지. 살아 있는 한 자기 방식을 버릴 수도 없고, 버릴 필요도 없는 거야. 솔직한 얘기 하나 하자. 난 네가 그놈 못지않게 특별한 데가 있다고 생각한다."

"……."

이번엔 리체 쪽에서 말이 없었다.

"너의 힘은 네 손끝에 있지. 무언가를 잇고, 매듭짓고, 가

다듬어놓지. 다른 사람이 그걸 할 수 없다고 말하려는 게 아냐. 넌 그런 식으로 생각을 하는 거야. 손끝으로. 작지만 아주 구체적이고 완전한 세상을 창조하는 거지. 네 목소리를 내는 방법은 추상적인 속삭임이 아니라 무척 뚜렷한 거지."

"왜 갑자기 그런 소릴 하니? 나한테 미안한 마음에 칭찬이라도 해야겠단 생각이라면 그만둬. 기쁘지 않으니까."

"내가 그렇게 그럴싸한 생각을 해낼 녀석으로 보이냐? 아깐 어떤 놈들인지 잘 파악한 것 같더니. 끝까지 듣기나 해. 다시 말해 넌 그렇기 때문에, 조슈아처럼 괴이한 능력을 마음으로부터 받아들일 순 없는 거야. 뚜렷하고 꽉 짜인 것, 모순 없는 것에 능숙한 사람이니까 저도 모르게 불가지한 힘에 대한 이해를 거부해버리지. 언뜻 보면 잘 적응해서 평범한 사람처럼 대하는 것 같지만 실제로는 조슈아가 아닌 조슈아를 닮은 인형과 지내는 셈이라고."

"갑자기 왜 조슈아 얘길 하니? 나하고 조슈아가 무슨 상관인데?"

"너, 질투하잖아."

리체는 갑자기 자리를 박차고 일어날 것처럼 움찔하다가 애써 평정을 가장하며 대꾸했다.

"내가? 무슨 소리야? 나처럼 머리도 나쁘고 잘하는 거라곤 바느질밖에 없는 애가, '데모닉'을 놓고 질투가 가당키나

한 소리니? 너 정말 이상한 소릴 하는구나."

막시민은 입가에 쓴웃음을 머금었다.

"이봐, 다리 밑에서 먹고 자는 거지도 사실은 다리 위로 행차하시는 공주님을 질투하고 있다고. 질투는 모든 사람의 천성 같은 거야. 질투하는 데 가진 능력의 격차는 중요한 게 아니지. 다만 사람 성격에 따라 얼마나 진지하고 강렬한가 하는 차이가 있을 뿐이라고. 당연한 얘기지만 데모닉은 모든 사람의 질투, 다시 말해 증오를 불러일으키는 본질을 타고났지. 그런 존재의 곁에 있으면 누구나 자기 세계가 이지러지는 꼴을 보게 돼. 강한 자기장처럼, 자신이 가꿔온 안전한 세계의 귀퉁이가 일그러져버리는 거야. 그러니 누가 좋아하겠어? 게다가 우린 매우 가까이 있어. 너도, 나도."

"너도?"

막시민의 미소가 일순 시니컬해졌다.

"나조차도 그 녀석을 전적으로 좋아하지만은 않으니 말이다."

리체의 눈이 약간 커졌다.

"그래도 난 녀석을 어려서부터 봐왔지. 쓴맛에 익숙해지는 것처럼 녀석이 이미 익숙해. 하지만 넌, 아마 스스로 느끼지 못했다 해도 많이 놀랐을 거야. 네 세계 전체가 놀라는 거야. 속이 어떻게 생겨먹었든 자신의 세계는 아주 소중한 거니까.

귀퉁이라도 찢어질 것 같으면 비명을 지르며 방어적이 되고, 때론 선제공격도 하게 되고."

리체는 가만히 있다가 기분 나쁜 목소리로 말했다.

"네 말은 알겠어. 하지만 이젠 그만둬. 그래봤자 달라지는 게 뭐 있니? 확인하면 마음만 아프지. 난 물론 내가 데모닉처럼 대단한 존재가 되길 기대한 적은 없어. 하지만 네 말대로 옆에 있으면 내 세계가 초라해져서 기분이 나빠. 그런데 내가 왜 그 애의 옷을 만들고 있을까? 이거야말로 정말 불가사의네. 누가 시킨 것도 아니고, 돈도 안 생기고, 그 사람을 좋아해서 무보수 노동을 자청한 것도 아니고, 왜 할까?"

"하는 게 즐거워?"

"아? 음……."

리체는 옆 테이블을 곁눈질하며 잠깐 생각하다가 명쾌하게 답했다.

"맞아! 재미있어. 본래 옷 만드는 것을 좋아하지만, 그 애의 옷이라고 생각하면 훨씬 더 열의가 생기는 것 같아. 입혀볼 것을 생각하면 흥미진진한 기분도 들고. 뭐 진짜로 입을 것 같진 않지만…… 아! 역시 그래서 만들고 있는 건가? 그런데 왜 다른 옷보다 재밌는 걸까?"

"사랑에 빠졌냐?"

"미쳤어?"

둘 다 농담인 걸 알기에 혀를 내밀며 웃었다. 막시민이 말했다.

"내 생각엔 이런 심리가 아닐까 싶은데. 네가 그릇을 만드는 사람이라 치자. 그런데 네 그릇에 왕실 전속 요리사가 만든 요리가 담길 예정인 거야. 그러면 만들 때 더 흥미롭지 않겠냐?"

"어…… 그럴 것도 같은데. 하지만 그게 전부란 말이야?"

막시민은 고개를 저었다.

"그게 전부냐고 말할 정도로 단순한 게 아니야. 만약 자기 그릇에 자부심이 없다면 거기에 훌륭한 요리가 담기고 왕과 왕비가 맛보는 만찬에 나간다는 소리를 들으면 즐거운 게 아니라 겁이 나거든? 어울리지 않을 것 같아 창피할 거 아니겠냐? 하지만 자신이 있으면 이야기가 다르지."

"그럼 그 말은, 내가 내 옷에 자부심이 있기 때문에 데모닉 조슈아처럼 훌륭한 배우에게 입히고 싶어 하는 것이고, 그 애가 입고 무대에 서는 상황을 겁내지도 않는단 말이야? 아……."

리체는 고개를 떨어뜨리더니 생각에 잠겼다. 막시민은 리체가 생각을 하도록 내버려두었다.

"난 아직 나이도 어리고 미랭게트 선생님처럼 디자인을 능숙하게 하지도 못하지."

한참 만에 입을 연 리체는 고개를 기우뚱하게 한 채 양쪽 손가락 끝을 마주 댔다 뗐다 했다.

"하지만 계속 나아질 거라는 기대만은 확실히 갖고 있어. 데모닉은 아니지만 언젠가 나도 뭔가 되겠지. 그래, 자부심이 없다면 질투 같은 건 왜 하겠어. 질투 같은 말은 인정하기 무척 싫은 단어지만. 나도 어쩌면 내가 할 수 있는 방식으로 그 질투란 것에서 벗어나서 내 가치를 입증해보겠다고 아등바등한 거 아닐까나. 미쳤는지 이 와중에 옷도 세 벌이나 만들고. 두 갠 버릴 거지만."

"그새 세 벌이나 만들었냐?"

막시민은 놀란 시늉을 하더니 갑자기 입맛을 쩝쩝 다셨다.

"이거 나만 놀고 있는 것 같네."

리체의 얼굴은 한결 나아 보였다. 그리고 이것저것 생각이 많아진 모양이었다. 막시민은 넌지시 떠보았다.

"그런데 아까 너 처음에, 그거 술 취해서 한 소리 아니지?"

리체는 턱을 쳐들며 당당하게 대꾸했다.

"그럼 한 잔 마시고 취하는 사람도 있니?"

"쩝, 잘도 말하는군."

"더 듣고 싶으면 얼마든지 말해."

"아니, 사양이야. 듣자니 무척 곤란한 기분이더군."

"네 성격에 곤란은 무슨."

그런 말을 나눴지만 묘하게도 둘 다 기분이 상한 얼굴은 아니었다. 리체는 속 시원하게 말하는 것만으로도 기분이 한결 나아진 모양이었고, 막시민은 납득할 만한 이야기를 들었으니 별 불만 없다는 얼굴이었다. 원망 듣는 데 익숙한 인생을 살아온 그였으니까.

남은 술을 한꺼번에 마셔버린 막시민은 문득 입구 쪽을 보며 손을 번쩍 들었다.

"어이, 여기요!"

리체가 돌아보니 키가 큰 남자 한 사람이 보폭도 넓게 걸어 들어와 맞은편 자리에 앉았다. 막시민이 삐딱하게 기댔던 상체를 세우며 입을 열었다.

"항해사를 구하고 싶은데."

남자는 서른쯤 된 사람으로 막시민이 하는 말로 보아 일종의 브로커가 아닐까 싶었다. 항구에서 쓸 만한 뱃사람을 구하는 선주나 선장을 선원들과 연결해주는 사람. 물론 돈 떼인 사람과 돈 먹은 사람을 연결해주거나 길이 엇갈린 원수들이 우연히 만날 자리를 주선해주기도 하는 사람 말이다.

남자는 손을 흔들어 럼 한 잔을 시켜놓고는 팔짱을 꼈다.

"항구에 항해사야 널리고 널렸지. 제대로 된 놈을 찾기 힘들 뿐. 조건을 말해보셔."

"배는 작지만 초보 선원 서넛 데리고 선장 노릇 할 정도는 되어야 하는데. 나이는 서른 미만으로, 젊을수록 좋고. 두 달 정도 일할 수 있으면 되고, 될 대로 되라는 낙천적 성격이면 더할 나위 없겠어. 참, 돈은 섭섭하지 않게 줄 수 있고."

"어이, 그 정도면 조건이 꽤 까다롭군. 능력 있는 인간은 나이를 먹었고 젊은 놈들은 쓸모가 없지."

남자가 자기 정보의 가치를 올리고 싶은지 얼른 대답하지 않고 꾸물대자 리체가 막시민에게 입술만 움직여 물었다.

—또 하늘에서 떨어져 바다에서 헤맬 가능성을 배제할 순 없다 이거지?

—두 번은 절대 싫다.

—돈은?

—조군 녀석이 벌어 올 텐데 뭐가 걱정이냐.

그때 남자가 말했다.

"적당한 사람이 하나 있긴 해. 그런데 딱 한 명뿐이거든. 그 친구가 다른 일을 하는 중이라면…… 빼 오기가 힘들지."

결국 웃돈을 내놓으라는 얘기일 게 뻔했다. 막시민은 관대하게 고개를 끄덕거렸다.

"지불은 넉넉히 한다고 했잖아. 데려오기나 해줘."

"그럼 연락을 취해볼 테니까 돈주머니나 착실하게 준비해 놓으라고. 시간은 좀 걸릴지도 몰라."

"나흘 드리지."

그렇게 말하고 일어선 막시민은 나가면서 남자가 시킨 술값도 계산했다. 이 동네 토박이라도 되는 것처럼 거리낌 없는 태도였다. 밖으로 나왔을 때 리체가 말했다.

"너도 네가 할 수 있는 일을 하고 있는 거네. 어쩌면 너만이 할 수 있는 일이고."

막시민은 웃지 않고 입꼬리만 조금 올려 보였을 뿐이었다.

극장가를 가로질러 가는 길은 여전히 불빛이 휘황했다. 그 길에 발을 들여놓으며 막시민이 중얼거렸다.

"이제 개막일까지 닷새 남았나."

리체가 막시민을 흘끗 보더니 자신도 거리를 바라보며 중얼거렸다.

"그때까지 별일 없으면 좋으련만."

감상적인 기분이 된 리체와 달리 막시민은 새롭게 실질적인 문제에 집중하여 주위를 두리번거리고 있었다. 그는 거리 저편에 불 켜진 여관을 발견하고 고개를 끄덕거렸다.

"좋은 생각이 났어. 잠깐 여관 순례 좀 하자."

두 소녀의 비밀 놀이

풀밭에 누워서 구름을 보았지.
해가 숨어들어 서늘한 그늘에
그 애의 땋은 머리는 풀꽃 속에 놓이고
내 곱슬머리엔 나비가 앉는 언덕.
내겐 딱 한 번 친구가 있었는데
해가 났을 때 그 앤 이미 없었지.
구름 그림자 보며 옷 털고 일어나니
묘석엔 이미 노을이 걸렸어라.

지붕 밑 방이라 해야 할까. 극장이란 곳의 구조가 흔히 그렇듯 몇 층인지 집어 말하기 어려운 그 방은 공연 홀 위에 초승달처럼 길쭉하게 휘어져 자리잡고 있었다. 창문은 차양막으로 그늘지고 좀약 냄새가 아련히 감돌며 한나절이 가도록 들여다보는 사람도 없는 곳. 숨바꼭질하는 아이들이 좋아할 비밀과 미로와 숲, 모두를 갖춘 곳이다.

수백 벌의 옷으로 만든 그 숲을, 숨바꼭질하기엔 너무 키가 커버린 소녀가 거닐었다. 손끝이 스칠 때마다 빛을 머금은 의상들이 바스락거리며 고요를 깼다. 산호빛 부푼 소매, 얌전한 여우 털, 금갑충의 외투를 빌린 광대의 모자, 은빛 꽃이 박힌 청비단 치마, 건드리면 살아 있는 것처럼 떨리는 파팅게일Farthingale의 소리. 무용수들을 요정으로 만드는 레이스와 시폰과 모슬린으로 가득찬, 누구나 홀리고 말 것 같은 이곳을 탄성도 한숨도 없이 지나가는 아이라면 분명 바늘과 실을 아는 재봉사다. 옷들 사이로 속삭임이 퍼져나간다. 옷의 목소리를 꿈결처럼 엿듣기보다 뚜렷한 언어로 알아듣고, 고르고 집어내어 필요하다면 수십 조각으로 자르기도 하는 재봉사가 왔다고.

옷걸이가 걸린 봉을 이어 만든 열은 여섯이나 되었다. 그 사이를 걷고 있자니 회양목을 다듬어놓은 정원 사잇길을 걷는 기분이었다. 스르륵 건드리며 지나가던 리체의 손에 한 벌이 잡혔다. 옷걸이에서 벗겨 들여다보더니 금방 눈살을 찌푸렸다. 하얀 가슴 앞판에 생긴 얼룩은 지우다 말았고, 러플ruffle이 접힌 곳마다 먼지가 뽀얗게 앉은 형편이니 옷의 아름다움은 이미 둘째 문제였다.

자세히 보니 다른 것들도 상당수 마찬가지였다. 여우 털은 군데군데 좀이 슬었고, 접시 모양의 목둘레 칼라는 싸구려 바이어스가 닳아 너덜거리고, 가짜 금색 비단은 거무스레하게 변색되는 중이고, 망사는 꿰매 이은 자국투성이였다. 한쪽엔 짝이 안 맞는 구두가 뭉쳐져 있었고, 최근까지 쓰던 의상도 정리되지 않은 모양새로 뭉텅 쌓여 있는 꼴이 보였다.

제대로 관리하는 사람도 없으리라. 필요할 때마다 이 옷 저 옷 만들라고 했다가 필요가 없어지면 쌓아두고 잊어버리는 무신경한 극장의 전형적인 의상 보관실이었다. 청소부만은 부지런한지 바닥만 먼지 없이 말끔했다.

몇 열 살펴보다가 슬슬 흥미를 잃은 리체는 바닥에 주저앉아 다리를 펴고 종아리를 두드렸다. 앉을 만한 데도 없고, 주위에 아무도 없으니 뭐 어떠랴 싶었다.

"까다로운 조군이 봤으면 다 갖다 버리라고 했겠네."

조금 있다가 다시 중얼거렸다.

"내가 왜 여길 와서 이러고 있담."

그때 옷이 잔뜩 걸린 봉 너머에서 인기척이 있었다. 큰 소리는 아니고 강아지 한 마리가 주춤하다가 앉았나 할 정도였지만 분명히 있었다. 리체는 무심코 놀랐다가 곧 놀랄 필요가 없지, 하고 마음을 고쳐먹고 상대를 불러보았다.

"거기 누구세요?"

"에……."

머뭇거리는 목소리가 나오다가 멈췄다. 언뜻 들어도 여자아이였다. 또래일 것 같다고 생각한 리체는 일어나서 맞은편으로 가보려다가 옷이 줄줄이 길게 걸려 있어 빙 돌아가야 한다는 것을 떠올렸다. 대신 허리를 틀어 마룻바닥과 걸린 옷 틈새를 들여다보자 자기처럼 주저앉아 있는 소녀의 빈약한 다리와 치마가 눈에 띄었다.

"넌 누구니?"

"넌?"

소녀도 눈치를 챘는지 비슷한 자세로 허리를 굽혀 이쪽을 들여다봤다. 곧 눈이 마주쳤다. 얼굴은 반밖에 보이지 않았지만 서로를 알아볼 정도는 되었다.

"아, 너 어디서 본 것 같아. 누구더라?"

"……나도."

"난, 리…… 밀라르라고 하는데."

가짜 이름을 쓰고 있다는 것을 깜빡 잊고 본명을 말할 뻔했지만 겨우 제때 생각해냈다. 소녀가 고개를 끄덕였다.

"네가 쥬스틴느 양이구나. 사람들한테 네 얘기 들었어."

"쥬스틴느가 아니고 쥬시탕트야."

어느 쪽이든 어차피 남의 이름이었지만 그래도 고치는 것이 예의일 것 같았다.

"아, 미안해."

차분하고 조심스러운 목소리로 보아 이 소녀는 리체와 성격이 다를 듯했다. 소녀는 자세가 힘든지 허리를 앞뒤로 비틀다가 말했다.

"난 이네스야. 이네스 올프랑쥬."

리체가 눈을 동그랗게 떴다.

"아, 그럼 네가 그 마리 드 트루아야?"

"잘 아는구나."

이네스의 입가에 희미한 미소가 스쳤다. 리체도 마주 미소를 보였다.

"얘기 들었어. 네가 큰 소리를 질러서…… 오디션에서 합격했다면서. 너 목소리 되게 좋은가 봐."

"별로 안 그래. 지금 들어보면 알잖아."

리체는 고개를 갸웃거리다가 말했다.

"글쎄. 솔직히 그런 거 알아들을 귀가 없어서 모르겠어."

대답이 너무 솔직했던 건지 이네스는 잠시 말이 없었다. 하지만 리체는 별로 오래 기다리지 않았다.

"그런데 넌 여기 왜 온 거야?"

"그냥, 옷 좀 구경하려고. 나 무대에 서본 적이 없거든. 이런 데 와본 적도 없고. 그래서……."

"구경할 게 거의 없잖아?"

이네스가 조그맣게 웃었다.

"맞아."

조금 후 이번엔 이네스가 물었다.

"쥬시탕트 양은 여기서 뭐했어?"

"난, 음…… 그러니까…… 잘 모르겠네."

"으응?"

이네스가 이상한 표정으로 바라보았다. 리체는 아랫입술을 실룩이다가 불쑥 말했다.

"우리, 이 자세 좀 힘들지 않니?"

"아…… 그런 것 같아."

"내가 해결책을 보여줄 테니 따라해봐."

리체는 굽혔던 허리를 펴고 몇 번 두드리더니 풀썩 뒤로 누워버렸다. 얼굴의 위치는 바뀌었지만 옷과 마루 사이로 들여다볼 수 있는 것은 같았다.

"이래도 똑같지. 어때?"

이네스가 어떤 표정을 지었는지는 멀어서 잘 보이지 않았다. 그러나 잠깐 시간이 흐르고, 이네스도 리체와 똑같이 눕는 것이 보였다. 고개를 돌리자 두 소녀는 마주보게 되었다.

먼저 웃은 사람은 이네스였다.

"푸후훗……."

리체가 따라 웃기 시작하자 조용하던 의상 보관실은 작은 키득거림으로 가득찼다. 그렇게 얼마간 웃고 나자 어쩐지 마음이 가벼워졌다. 리체는 곤란한 질문을 받기 전에 먼저 질문을 던져야겠다고 생각했다.

"아까 말이야, 사람들이 내 얘기 했다고 했잖아. 그 사람들이 누구야?"

"같이 준비하는 분들이지, 뭐."

"그…… 말 없고 점잖은 음악가 할아버지나, 까다롭지만 감동 잘하는 배우 아줌마, 잘생기고 얌전한 피아니스트 오빠, 성격 괴상하고 아무데서나 건들건들 춤추는 안무가 아저씨, 뭐 이런 사람들?"

이번에는 이네스의 웃음소리가 컸다. 하지만 금방 멈추더니 말했다.

"네 말이 핵심을 찔러서 웃었어. 그렇게 생각한 적 없지만 네 말 듣고 보니 딱 그런 것 같네. 응, 맞아. 그런 사람들이지."

리체는 이상한 열의가 생겨서 다시 물었다. 최근 자신에 대한 평가에 민감해져서 무슨 얘기든 듣고 싶었다.

"그러니까 그 사람들이 나에 대해서 뭐라고 했는데?"

하지만 이네스의 대답은 예상과 완전히 어긋났다.

"제작자님의 여자친구라고……."

"푭!"

리체가 갑자기 천장으로 고개를 돌려서 이네스는 상대의 표정을 볼 수 없었다. 조금 후 대답이 들려왔다.

"내가 이미 누워 있어서 다행이야. 놀랐어도 자빠질 일이 없어서. 아냐, 그럼 벌떡 일어났어야 했을까? 하여간에 어이없어. 그런 소릴 누가 제일 먼저 한 거야? 자기들 멋대로 잘도 만드네."

그 말만으로도 충분히 답이 되었지만 이네스는 조심스럽게 다시 물었다.

"그럼 아닌 거야?"

"당연하지! 말도 안 되는 소리야. 같이 다니면 다 사귀는 거니?"

"그럼 사귀는 것도 아닌데 왜 같이 다녀?"

리체는 말문이 막혔다. 이걸 뭐라고 설명한다? 미친 살인자가 쫓아와서 다 같이 도망가는 중이라고?

이네스가 의아한 기색으로 바라보는 것이 느껴졌다. 어쩔 수 없으니 대강 얼버무려야겠다고 마음먹다 보니 막시민이 했던 거짓말이 생각났다. 아, 그게 있었지.

"음, 우린 사실 그렇게 잘 아는 사이가 아냐. 각자 다른 저택에서 다른 귀족들을…… 응, 주인님들을 시중드는 처지지만, 음……… 그분들이 이상한 내기를 해서 항해를 나온 건데 그럭저럭 다니다 보니까…… 왜, 그런 거 있잖아. 그냥 같이 지내다 보니 저절로 친해진 거."

막시민처럼 능숙하게는 아니라 해도 그럭저럭 설명했다 싶었는데 이상하게도 이네스가 눈을 크게 뜨고 있었다.

"주인님을 시중든다고? 그러면…… 제작자님도? 그분도 시종이란 말이야?"

그제야 리체도 깨달았다. 저 애는 칼라이몬과 아는 사이가 아니고 당연히 칼라이몬에게 했던 거짓말도 알 리 없었다. 칼라이몬이 그런 이야기를 동네방네 떠들었을 것 같지도 않았다. 더군다나 이 애는 최근에야 극장에 오게 된 입장이 아닌가. 다시 말해 완전히 엉뚱한 헛소리를 떠든 셈이었다.

"아 그게, 아니야. 좀 달라. 시종이 아니라…… 아주 신임받는…… 비서가 아니고…… 음악가야! 귀족들은 훌륭한 음악가들을 후원하잖아? 조군은 노래를 잘하니까 귀족들의 성에서 노래도 부르고, 어, 음악도 만들고, 그런 일을 했어. 시종보다는 훨씬 중요한 일이지."

말이 된 건가? 옆을 흘끔 보니 이네스는 어쩐지 안도한 얼굴이었다.

"그렇구나."

그 표정을 보던 리체는 문득 기분이 이상해졌다. 미간을 찌푸리면서도 이유를 정확히 몰랐다. 왜지?

하지만 이네스는 기분이 좋아진 듯 계속해서 말을 붙였다.

"그런데 쥬시탕트 양은 제작자님을 '조군'이라고 부르는구나. 여자친구가 아니어도 역시 친하긴 한가 봐. 난 처음부터 이런 관계로 만나서 그런지 나이가 엇비슷해도 좀 어렵게 생각되거든. 노래도 배우고 있어서 어쩌면 선생님 같기도 해. 편하게 말할 수 있어서 좋겠다. 참, 그런데 제작자님은 취향이 까다로워? 여기 옷들이 좀 지저분해졌긴 하지만 세탁만 하면 참 예쁠 것 같은데……."

리체는 저도 모르게 툭 쏘았다.

"까다롭고말고. 안목이 무척 높지. 직접 디자인도 할 정도거든. 물론 걔가 디자인하면 죄 없는 재봉사만 여럿 죽어나갈 테니 굳이 시키지 않는 편이 좋겠지만."

말하다 보니 옛날 생각이 떠올라 어조가 퉁명스러워졌다. 이네스는 즉시 알아챘다.

"내가 기분 나쁘게 했니? 미안해. 왠지는 모르겠지만……."

바로 사과하는 목소리를 듣자 리체도 미안해졌다. 그래서 계면쩍은 미소를 지으며 말했다.

"그게…… 나, 사실은 재봉사라서."

"재봉사야? 진짜?"

재봉사라면 별것 아닌 허드레 일꾼으로 아는 사람이 많은데 이네스는 무척 놀란 표정을 지었다.

"와, 대단한데? 그럼 여기 있는 이런 옷도 만들 줄 아는 거야?"

아니, 이런 건 아직 못 만들고……라고 말하는 것이 일반적 전개이고 겸손하게도 보였을 테지만 사실이 그렇지 않았으므로 리체는 대꾸했다.

"여기 것들보다야 잘 만들지."

"정말? 그럼 여기서 일하는 의상 담당자보다 더 잘 만드는 거야? 너 정말 대단하구나. 네가 이번 의상도 만들면 좋을 텐데."

픽 비웃을 수도 있었을 텐데 이네스는 정말 곧이듣는 태도였다. 상대가 거짓말을 할 필요가 없다고 생각하는 소녀였다. 실제로 거짓말이 아니었지만 리체는 약간 어색해졌다. 자화자찬 같은 거, 취미가 아닌데.

"실제로 보기도 전에 그렇게 감탄하지 마. 그냥 나만의 착각일 수도 있잖아. 잘났다고 떠드는 사람들 말을 다 믿는대서야 세상에 멍청한 사람은 한 명도 없게."

이네스가 푸훗, 하고 웃었다.

"너 참 희한하다. 그렇게 말하면 널 믿지 말란 얘기가 되잖아. 하지만 네가 거짓말쟁이라면 그런 말은 안 할 테니까 역시 널 믿을게."

이네스도 단순한 바보는 아니었다. 리체는 얼굴을 붉히며 웃을 수밖에 없었다. 이네스가 말했다.

"내가 왜 그렇게 감탄했냐 하면, 난 바느질 정말 못하거든. 예전에 엄마가 살아 계실 때도 늘 야단맞았어. 엄마는 항상 말씀하시길……."

"나중에 삯바느질이라도 할 줄 알아야 굶지 않지, 라고 하시지 않았어?"

"어머? 혹시 너희 엄마도?"

"세상 가난한 엄마들의 레퍼토리가 다 똑같지 뭐."

두 소녀는 누운 채로 허리를 구부리며 킥킥 웃어댔다. 자라온 곳은 달랐지만 처지가 똑같다는 것이 왜 이렇게 우스운지 몰랐다.

"수를 놓다 보면 실이 꼬여버리고, 매듭을 지으면 축 늘어져 있고, 뜨개질을 하다 보면 너무 꽉꽉 당겨서 도로 다 풀어야 했지. 엄만 나한테 손에 호박을 달고 다닌다고 그러셨어."

"호박? 그게 무슨 뜻이야?"

"무거운 호박을 매달고 있으면 손을 제대로 못 놀릴 것 아니겠어. 손재주가 없고 더듬거리는 사람을 놀리는 말인 거지.

하필 호박인 건 호박이 둔하게 생겨서일 거야."

"그 말 되게 웃긴다. 우리 동네엔 그런 말 없었는데."

"있었다 해도 쥬시탕트 양은 그런 말을 들을 기회가 전혀 없었을 텐데, 뭐."

"자꾸 쥬시탕트 양이 뭐야. 그냥 음…… 밀라르라고 해."

"그럴게. 아, 그러니까 알았다. 밀라르 너는 재봉사니까 옷을 얼마나 잘 만드는지 보러 온 거구나? 근데 보고 실망했나 보네. 배울 만한 게 없어서."

"그런 건 아니고……."

옷을 살펴보러 온 건 맞았다. 나름대로 충분히 이유가 될 법했다. 그러면 아까 이네스가 '여기서 뭘 했느냐'고 물었을 때 왜 그렇게 대답하지 않았을까? 어째서 잘 모르겠다고 말해버렸을까?

대륙에서 의상실이 가장 발달한 곳은 켈티카, 그리고 다음이 소드-라-샤펠 근처의 섬들이라고 들었다. 대륙 곳곳을 가보지 않았어도 충분히 믿을 만한 얘기였다. 큰 도시에도 한두 곳이나 있을까 말까 하다는 고급 의상실들이 리체가 살던 블루코럴섬에는 거리를 이룰 정도로 수두룩했으니 말이다.

그런 곳에서 재봉을 배웠고 그중에서도 잘했던 자신이었다. 진짜 귀족들의 옷을 만들던 안목으로, 귀족들의 옷을 그럴듯하게 흉내나 내는 싸구려 극장에서 배울 만한 것을 찾아

낼 가능성은 거의 없었다. 배울 만한 것이 없어도 그냥 관심은 가질 수 있겠지만, 그렇다고 생각하기에는 몇 벌 살펴보고 금방 시큰둥해진 자신은 어떻게 설명할까?

여기 왜 왔을까? 그것도 조슈아에게 굳이 열쇠까지 받아다 달라고 해가면서 말이다.

"글쎄 뭐랄까, 뭔가…… 확인하러 온 것 같기도 하고."

스스로 말해놓고도 잘 이해가 되지 않는 말이었다. 이네스도 고개를 갸웃거렸다.

"여기 수준을?"

"그런 건 아니고……."

리체는 머뭇거리다가 갑자기 상체를 일으켜 앉았다. 그러자 눈앞에 길게 뻗은 옷의 열이, 수백 벌의 의상들이 보였다. 갖가지 빛깔을 반짝이며 뭔가를 기다리는 것처럼 거기에 있었다.

"잘…… 있는지 말이야."

"옷들이?"

"아니."

조금 구체적인 느낌이 왔다. 잡힐 것 같다. 한마디만 더 하면 될 것 같다. 옷이 잔뜩 있는 이곳에서, 무언가가 잘 있는지 확인하기 위해서…….

"내가."

정신을 차리고 고개를 돌리니 둘 사이를 막고 있던 옷과 옷의 틈이 벌어지고 이네스가 얼굴을 내민 것이 보였다. 그런 상태로 이네스는 생긋 웃으며 고개를 갸웃했다.

"무슨 뜻일까?"

멋있는 미소였다. 리체는 일어섰다. 그리고 얼굴이 보이지 않게 된 이네스를 향해 말했다.

"그런 애 좋아하지 마. 마음만 다쳐."

"응?"

당황한 듯한 목소리가 들리고, 이네스도 일어섰다. 긴 드레스들이 걸려 있는 곳이라 옷 너머로는 상대의 머리 꼭대기만 보였다.

"쉽게 감당할 만한 사람이 아냐. 똑똑하고…… 똑똑한 것 이상이지. 보통 사람이 이해할 수 없어. 그 애가 하는 생각이나 행동 말이야. 물론 사귈 수도 없지. 그냥 친구가 돼. 그게 제일 좋아."

이네스는 잠깐 말이 없다가 갑자기 먼지투성이 옷들 사이를 뚫고 리체가 있는 쪽으로 건너왔다. 리체는 흠칫 놀랐다. 마주서자 이네스는 리체보다 키가 작은데도 얼굴 생김새가 어른스러웠고, 깡말랐지만 자세가 곧고 우아한 데가 있었다.

"네가 하려는 말이 뭔지……."

부인하거나 변명하려 한다고 생각한 리체는 눈썹을 약간

올렸다. 그녀는 본디 솔직했고, 호의로 한 말을 취소하는 성격도 아니었다.

그러나 이어진 말은 달랐다.

“알아.”

“안다고?”

“나보다 가까이 있었으니까 네가 더 잘 알 거라고 생각해. 충고도 고마워.”

리체에 비해 치렁하기만 할 뿐 볼품없는 머리카락이 이네스의 빈약한 어깨를 덮고 있었다. 흔히 아름답다고 할 만한 외모는 아니지만, 자신의 목소리로 무대에 오르려는 사람이기도 했다. 조심스러운 성격이라고 생각했던 이네스의 어조는 또렷했다.

“하지만 그다음 일은 내 문제일 거야. 아직은 아무것도 결심한 게 없지만, 다른 사람의 한마디에 내 마음을 취소하지도 않아.”

생각보다 대담하게 나오는 말에 리체가 도리어 놀랐다. 가벼운 호감이겠지 싶었고, 어차피 얼마 뒤 떠나버릴 소년에게 관심 가져봤자니까 괜히 마음고생하지 않게 돕고 싶었던 것뿐이었다. 물론 데모닉 조슈아는 평범한 사람이 이해할 만한 사람이 아니었고 아마 여자친구를 사귈 수도 없을 거라고 생각해온 것도 사실이었다. 게다가 더더욱 심각하게도, 리체가 끔찍하게 무서워하는 '유령'까지 붙어 있고 말이다. 하지만 그런 얘기를 해줄 순 없는 노릇이었다.

"네 말이 맞아. 내가 주제넘게 말했나 봐. 괜히 엉뚱한 소릴 꺼내서 미안해. 그냥 그 애가 잘생겼지만 까다롭다고 말하려 했던 것뿐이야."

"밀라르, 그렇지만 말이야."

이네스가 살짝 웃었다. 리체는 이 소녀의 표정이 무척 다양한 감정을 표현한다는 것을 느꼈다. 조금 전의 이지적인 소녀가 금방 다정한 친구처럼 보이니 말이다.

"그런 말을 하는 너도, 실은 좋아하는 것 아니니?"

"어…… 내가?"

리체는 일순 멍한 표정이 됐다가 풋, 하고 웃었다.

"내가 아까 아니랬잖니. 아니 그래, 솔직하게 말하면 난 그 애가 너무 잘나서 좀 불만스러워. 너한텐 어떻게 보이는지 모르겠지만 그 애는…… 옆에 있으면 계속 열등감이 자극되는 종류의 사람이거든. 그리고 난 그런 데 민감하고."

"열등감을 자극한다고?"

"모든 면에서 따라잡지 못할 영역에 있어서 기분이 나빠지는 거야. 누구나 자신에 대한 자부심 같은 건 갖고 있잖아. 그런 게 만날 때마다 꺾여버린다고. 사실 나도 그 애를 만나기 전에는 몰랐어. 내가 이렇게 자존심이 강한지."

뜻밖으로 이네스가 고개를 끄덕였다.

"나도 알아. 같이 일하는 다른 분들도 모두 말해. 히스파니에 씨는 그분들이 하는 일을 모두 해낼 수 있는 사람이라고."

"그런데도 넌 괜찮아?"

"물론 괜찮지 않지. 보면서 많이 감탄하기도 하고 자신감을 잃기도 하고 그랬지. 그런데 난 그래서 더 좋은 모양이야. 내가 이상한 걸까? 어쩌면 내가 하기로 한 일에 확신이 별로 없어서, 그러니까 너만큼 자신이 없기 때문일지도 몰라. 그런데 말이야, 분명 다르긴 하지만 어쩌면 너도 나하고…… 방식만 다를 뿐일지도 모른다고 생각해."

이네스가 한 말의 뜻을 잠깐 생각하던 리체는 갑자기 목소리를 높였다.

"아니라니까!"

이네스는 다시 한번 웃었다. 이번에는 친구의 마음을 잘 아는 현명한 소녀의 미소였다.

"난 네가 여기 옷을 보러 왔을 거라고 생각해. 그 사람이 입게 될 옷도 이런 것일 테니까. 어쩌면 넌 히스파니에 씨가 입을지도 모르는 옷을 만들고 있을 거야. 그래서 여기서 확인하고 싶었던 것 같아. 네가 만드는 옷이, 여기의 옷보다 확실히 더 좋다고 말이야. 그런 방법으로……."

이네스는 손을 뻗어 옆에 있는 옷들을 스륵 쓰다듬었다.

"너 자신을 찾기도 하는 거지."

그 말을 들으며 리체도 자신의 마음을 좀더 정확히 바라보게 되었다. 그래서 이네스가 말을 맺었을 즈음에는 자신의 생각을 분명히 말할 수가 있었다.

"조금 달라. 내가 이곳의 옷을 보고 이 옷들이 내가 만드는 옷보다 못한지 확인하고 싶었다는 건 사실일 거야. 그리고 내 옷을 조군한테 입히고 싶고, 그 일에 자부심을 느끼는 것도 맞을 거야. 그 애가 까다로운 사람이었든 열등감을 자극하는 사람이었든, 분명한 건 훌륭한 배우라는 거지. 내가 최선을 다해 만든 옷을 입어도 될 만큼. 그런 방법으로 내가 내 자부심을 만족시키려 할 때 말이야, 거기에……."

차양막 틈으로 햇빛이 들어와 둘의 얼굴을 비추었다. 리체는 자신 있는 미소를 짓고 있었다.

"내가 반드시 그 애를 좋아해야 한다는 전제는 필요 없다고."

뱀의 혀

저길 봐. 뱀의 머리로 된 혀를 가진 자를. 그 뱀이 제 혀를 날름거리며 그의 눈을 보고 있지. 그자는 슬픔에 젖어 있어. 왜냐하면 그런 혀로는 어떤 것도 먹지 못하거든. 그는 말라 비틀어졌지. 이제 뱀이 독을 내뿜으면 그는 눈이 멀게 될 거야. 비틀거리며 어디로 가는지도 모르고 걷겠지. 걷도록 내버려둬. 절대 손을 잡아주지 마. 잡는 순간, 당신을 물어뜯을 테니까. 혀가 제 손을 물어뜯고 심장을 파먹을 때까지, 마침내 모조리 먹어치울 때까지, 손을 내밀어주지 마. 뼈조차 남지 않으면 결국 그도 멈출 테니까.

6월 17일, 다이아몬드 러쉬 극장 소연습실.

"칼라이소의 전성기는 역시 '수이 아네티'가 여신처럼 군림하던 시절이겠지. 그게 십 년 전쯤이던가?"

"어이, 문제의 수이 아네티가 자신이 아닌 것처럼 말하지 말라고요."

몰트 부인은 키득키득 웃으며 노래로 답했다.

내가 작은 꽃을 꺾어 들고서
그대에게 꽃이 아름다운지 묻고
고개 끄덕이는 그대 앞에서
웃으면서 말을 지체한다면
내가 하고 싶은 말을 알아줘요.
눈치 없는 그대여

"그 꽃은 어디 있는 건데?"

"여기 있잖아."

피아노에 기대선 몰트 부인이 자신의 드레스에 붙어 있던 화려한 분홍빛 코르사주를 떼더니, 곁의 테이블로 몸을 굽히고 대본을 뒤적이고 있던 조슈아에게 건넸다. 조슈아는 코르사주를 받아들어 자신이 입고 있던 검은 조끼의 주머니에 달더니 다시 허리를 굽히며 대본으로 주의를 돌렸다.

몰트 부인은 싱글거리며 노래를 이어 불렀다.

내가 보낸 사랑의 전령이
그대의 주머니 속에서
그대가 본 것을 함께 보고
내게 이야기해줄 거야
그러니 난 걱정 없어요
그대는 못 달아나요

"몰트 부인, 당신이야말로 현실 도피잖아. 죽은 남편이 당신한테 전령을 보내주진 않았소?"

"보내긴 했지. 나한테 자식 하나 못 얻어서 무덤 속에서도 섭섭해죽겠답디다."

"그래서 남편 원 들어준다는 핑계로 늘그막에 딴 데서 하나 얻으려고?"

"왜, 못 할 것도 없지."

몇 사람이 동시에 웃음을 터뜨렸지만 조슈아는 자기가 쓴 대본에 푹 빠져서 옆에서 무슨 얘기를 하든 듣고 있지 않았다. 그러더니 갑자기 펜을 뽑아 들고 옆의 빈 종이에 뭔가 죽

적어 내려갔다. 엄청나게 빠른 글씨였다.

옆에서 한 사람이 고개를 빼고 기웃거리더니 장난스레 세운 손가락을 입가에 대며 사람들에게 소식을 알렸다.

“쉿, 우리 사랑스러운 제작자께서 또 한 곡 써내시고 있어.”

내일 아침부터 시작될 총연습을 앞두고 배우와 무용수들에게 처음으로 하룻밤 집에 다녀올 시간을 준 참이었다. 일정 조율을 위해 남은 사람들은 메인 스태프들뿐이었다. 연출가 빈 올프랑쥬, 음악 감독 리기 스트라우즈, 작사가이자 각색가로 합류한 셀마 레이슬링크, 스트라우즈가 죽 함께 일하던 오케스트라에서 데려온 리허설 피아니스트 모리스 두아르테, 안무가 지오반 한트케, 그리고 뭐가 그리 좋은지 도무지 집에 갈 생각을 하지 않는 수이 데 몰트가 그들이었다.

조슈아가 솔로로 부르는 곡이라면 언제 쓰더라도, 심지어 공연 전날 써내더라도 문제가 되지 않는다는 것을 이미 모두가 이해했다. 그렇기에 조슈아가 자기 세계에서 빠져나오도록 다들 느긋하게 기다렸다. 지오반이 히스파니에만 찾던 무용수들의 군기를 확 잡은 이야기나, 이네스의 실력이 신기할 정도로 일취월장하고 있다는 이야기들을 하면서 말이다.

“조?”

조금 전 연습을 구경한다면서 찾아온 루시 에테른이 조슈아가 들여다보고 있는 테이블 맞은편으로 가서 마주 허리를 굽힌 채 불렀다. 두 번 정도 더 부르자 그제야 조슈아가 고개를 들었다. 들자마자 눈앞에 에테른의 얼굴이 있는 것을 보고 흠칫 놀라기까지 했다.

"자아, 자기 작품에 빠져 있는 것도 좋지만 간식 좀 먹고 하자고요. 다들 지쳤으니까."

"아, 그럴까요?"

에테른이 입구로 가서 문을 열자 직원 한 사람이 신선한 과일과 세 가지 종류의 케이크, 찻주전자와 찻잔들이 놓인 트롤리trolley를 밀고 들어왔다. 셀마가 제일 먼저 손뼉을 치며 반겼다.

"어제도 그렇고, 오늘도 마침 배고파죽을 지경이었는데. 이 타이밍 좀 봐. 에테른 씨는 역시 프로라니까!"

에테른이 웃으며 대답했다.

"어느새 제때 간식 내오는 것이 제 전공 분야가 됐군요."

옆에서 몰트 부인이 핀잔을 주었다.

"셀마, 열심히 먹는다고 이 나이에 작달막한 네 키가 커지겠니."

그러면서 제일 먼저 산딸기 무스 케이크로 손을 뻗는 그녀를 향해 셀마가 짓궂은 비웃음을 날렸다.

"너야말로 파노자레 삼나무 같은 키에서 더 커지고 싶지 않다면 케이크는 아껴 먹으렴."

둘은 포크를 케이크 위에서 찔러대며 견제 동작을 해 보였다. 둘이 오래된 친구인 걸 모르는 사람이 없었으므로 진짜로 다툰다고 오해하는 사람은 없었다.

조슈아는 펜을 놓고 사람들이 있는 쪽으로 오긴 했지만 생각에 잠긴 듯 멍해져 있어서 음식에도 손을 대지 않았다. 스트라우즈가 차를 마시며 말을 붙였다.

"뭘 그리 생각하시오, 제작자님?"

"아, 막시밀리앵이 떠난 줄 알았던 마리를 다시 만나는 장소 말이에요. 성보다 정원이 좋을 것 같은데, 그러려면 배경이 따로 필요하겠고, 기존 무대에서 그걸 효과적으로 전환하거나 대체하는 방법이 있을 것 같은데……."

스트라우즈가 손을 저으며 말을 막았다.

"그보다 이 차나 좀 드시오. 향이 아주 좋다오."

"아? 네."

옆에서 모리스의 손이 다가와 조슈아의 손에 따뜻한 김이 오르는 찻잔을 쥐여주었다. 얼결에 받아들고 시선을 드니 사람들이 조슈아를 향해 미소를 보내는 것이 보였다.

"자아, 조금 먹고 해요."

"제작자님, 어제오늘 너무 무리하고 있어요. 잠깐이라도 쉬지 않으면 머리가 어떻게 돼버려요."

"그렇게 가사를 다 써버리면 내가 할 일이 없잖아요. 그러면 난 창피해서 돈을 받아갈 수 없을 거라고요, 안 그래요?"

피아니스트 모리스를 제외하면 다들 조슈아보다 나이가 두 배, 또는 세 배나 많은 이들이었다. 처음에는 조슈아의 재능을 신기해하고 또는 낯설어하던 그들은 함께 일해보면서 생각이 달라졌다.

만약 그들이 좀더 젊었다면 질투하거나 불쾌해했을지도 모른다. 그러나 그들 대부분은 인생의 황금기를 다 보내고 은퇴를 바라보거나, 이미 은퇴한 사람들이었다. 자기 앞에서 막이 내려오는 것을 멀거니 보고 있는데 갑자기 누군가가 나타나 내려오던 막을 멈춰버리고 그들에게 무대로 올라오라고 손짓했던 것이다. 그들이 이 어린 제작자를 귀여워하는 것도 무리가 아니었다.

그러나 조슈아는 사람들의 기분을 아는지 모르는지, 외톨이 꼬마처럼 케이크에 얹힌 딸기 조각을 포크 끝으로 집적거리고 있을 뿐이었다. 조슈아의 얼굴을 살피던 에테른이 문득 생각난 듯 말했다.

"참, 초대장은 다 됐어요. 발송도 끝났고."

"몇 장이죠?"

조슈아는 결국 딸기를 먹는 대신 포크로 뭉그러뜨리고 말았지만 에테른의 말에는 즉각 반응했다.

"모두 잘 들어갈지는 모르겠지만 일단 삼백 장쯤 돌렸어요. 한 가문에 세 장씩은 갔으니까."

"초대장을 돌려?"

몰트 부인이 의아한 얼굴로 다가앉았다.

"초대장이라면 그거 공짜 표잖아? 그걸 삼백 장씩이나?"

그 말에 다른 사람들도 고개를 돌렸다. 지오반의 목소리가 들렸다.

"공짜 표를 돌려? 이게 무슨 소리야?"

"그게 사실이에요?"

"우리가 이번 공연 준비를 어떻게 하고 있는데 공짜 표를 돌리다니? 말이나 되는 소린가요? 설명 좀 해봐요."

놀라고 실망한 눈빛들이 쏟아지자 에테르은 크게 당황했다.

"아니, 여러분. 그런 의미가 아니에요. 초대장이라는 것은……."

"그럼 무슨 의미죠? 초대는 하지만 표는 와서 사라는 의미? 단순히 알리자는 의미? 어느 쪽이에요?"

"몇 장 정도면 몰라도, 삼백 장이면 극장 꽉 채우고도 한참 남겠는데. 첫날 공연에 그렇게 사람이 없을 것 같소? 솔직히 말해 기분 별론데."

다들 한다하는 쟁쟁한 실력자들이고 자기들의 이름값이 결코 낮지 않다고 여기기에 모욕으로 느끼고도 남을 상황이었다. 그때 조슈아가 일어섰다.

"설명이 필요하면 제게 물으셔야죠. 제 계획이니까."

분위기가 싸늘해졌다. 사람들이 뜻밖의 말에 눈썹을 찌푸리는 가운데 스트라우즈가 고개를 끄덕였다.

"그럴 거라고 생각했소이다. 이번 일의 총책임자는 히스파니에 씨가 아니오? 제작자가 찬성하지 않은 일을 에테른 씨 혼자 진행했을 거라고는 생각하지 않아요."

"네, 맞습니다. 그리고 무엇보다도 먼저 하고 싶은 말은."

조슈아는 사람들을 휘둘러보며 손을 들어 자신을 가리켰다.

"여러분보다 더하면 더했지 못하지 않은 자부심이 있는 제가 설마 공연이 실패할까 봐 공짜 티켓을 돌릴까요? 지금까지 보여드린 제 자신감을 허세로 보신 거라면 실로 유감입니다."

사람들은 얼른 대답하지 못하고 초조한 표정, 수긍하는 끄덕임, 의혹의 눈빛 등을 다양하게 보였다. 조슈아는 몰트 부인에게 고개를 돌렸다.

"몰트 부인, 우리가 준비하는 이 공연의 입장료가 얼만지 아시나요?"

"글쎄요, 최고급으로 쳐서 50고블룬 정도?"

"틀렸습니다. 그 스무 배입니다."

몰트 부인은 얼른 그 말을 이해하지 못했다. 다른 사람들도 마찬가지였다.

"아…… 네, 뭐라고요?"

상대의 반응이야 어떻든 조슈아는 거침없이 죽 읊었다.

"특별석 1000엘소, 일반석 700엘소, 그리고 2층 뒷자리를 비롯한 염가석이 500엘소입니다. 박스석은 일단 여덟 군데밖에 없지만 1300엘소쯤 받을까 합니다."

에테른을 제외한 모든 사람이 매우 비현실적인 표정으로 그 이야기를 들었다. 놀라지도, 화를 내지도, 웃지도 않고 이게 어느 남의 나라 이야기인가 하는 얼굴들이었다.

한참 만에 셀마가 입을 열었다.

"당최 무슨 소리인지…… 좀더 이해가 가도록 설명해줄 수 없을까요?"

스트라우즈가 말했다.

"아니, 그 말만으로는 아주 이해가 잘되지만, 무슨 의미에서 그런 계획을 세웠는지 말해줄 수 있겠소?"

"아니 스트라우즈 씨, 저 이야기를 진짜라고 생각하시는 거예요?"

스트라우즈는 미미한 미소를 입가에 머금었다.

"히스파니에 씨가 지금껏 공연 일로 농담하는 사람이었소?"

조슈아가 바로 이어 말했다.

"네, 농담 안 합니다. 가격이 저렇게 책정된 것은 아시다시피 공연이 딱 2회로 끝날 것이기 때문입니다. 20~30회는 해야 할 공연을 2회로 끝내려니 비쌀 수밖에요."

드디어 몰트 부인이 키득키득 웃기 시작했다.

"이것 봐요, 우리 제작자님. 그럼 그렇게 터무니없는 가격을 책정해놓고 아무도 오지 않을 것 같으니 공짜 초대권을 돌린단 말이에요? 그런 말도 안 되는 방법이 어딨어요? 그러면 우리한테 지불할 돈이나 극장 대관료는 어떻게 할 것이며, 결정적으로 이 공연을 하는 의미는 어디에 있죠? 물론 돈이 다는 아니지만 그렇다고 우리가 준비하는 게 자선 공연은 더더욱 아니잖아요?"

조슈아는 짓궂게 턱을 쳐들었다.

"그럴 리가요. 돈은 법니다. 예상 수익은 10만 엘소 정도고 자리 배치에 따라 조금씩 달라질 수도 있겠죠."

그때 빈 올프랑쥬가 조슈아 앞으로 걸어나오며 말했다.

"알 만하군요. 그 금액은 2회째 공연의 수익금이겠죠? 1회 공연은 초대권으로 좌석만 채우고 2회에서 수익을 얻는다?"

조슈아가 싱긋 웃으며 고개를 끄덕이자 빈은 인상을 찌푸렸다.

"어린애가 아니라고 들어서 그런 줄 알았더니, 사람 완전히 잘못 보았군요. 1회 공연에 입소문이 나서 2회에 사람이 들도록 한다는 거야 누구나 생각할 수 있는 방법이지만, 당신이 책정한 입장료는 평범한 사람이 일 년 내내 일해도 벌기 힘든 돈이란 말입니다. 아무리 훌륭한 공연이라고 소문이 널

리 퍼져도 누가 그 돈을 내고 공연 같은 걸 보러 옵니까? 당신은 물가도 몰라요? 특별석 티켓을 전부 모으면 소형 외돛범선 한 대를 살 지경인데. 아, 그런데……."

빈은 에테른을 돌아봤다.

"그러고 보니 극장주님께서는 이 일을 알고 계셨던 모양인데 저런 이야기를 듣고 수긍하셨단 말입니까? 세 살 먹은 애도 곧이듣지 않을 것 같은 계획을?"

그때 스트라우즈가 빈을 향해 손을 내저었다.

"올프랑쥬 군, 그만두게. 제작자나 극장주에게 이 무슨 당치 않은 무례인가?"

스트라우즈가 말하자, 침착하던 빈의 얼굴이 갑자기 발갛게 달아올랐다.

"아니, 스트라우즈 선생님, 그럼 선생님은……."

"난 제작자님께서 좀더 이야기를 해주실 거라고 믿고 있어."

"선생님!"

조슈아가 얼굴에서 웃음을 지웠다.

"조금 안타깝네요. 그렇게밖에 보지 못하다니."

빈이 고개를 홱 돌렸다.

"지금 무슨 소릴 하는 거지? 나한테 한 소린가?"

상대의 말이 반말로 바뀌었지만 조슈아는 개의치 않고 대답했다.

"네. 사람마다 환경이 달라서겠죠. 연출가께서 예로 들어 준 물가는 가난한 사람의 물가입니다. 하지만 돈이 많은 사람의 물가는 전혀 다르죠. 돈 많은 상인이나 귀족 들에게 그 정도 티켓 가격은 전혀 비싼 것이 아닙니다. 부자가 되어본 일이 없다면 이해하기 힘들긴 하겠지만……."

빈의 얼굴은 이제 붉다 못해 검어 보였다. 감정을 가누기 힘들어 말도 얼른 나오지 않는 모양이었다. 빈이 이번 공연에 합류하기 전까지 수년간 돈 문제로 얼마나 심각한 고통을 받았는지 조슈아는 몰랐고, 알 기회도 없었다.

곁에서 모리스가 조금 주저하며 말했다.

"물론 부자는 돈이 많으니까 그 정도 돈은 아무것도 아닐지 모르지만, 누구든 자기 돈을 가장 효과가 좋은 일에 쓰기 마련 아닐까요? 다시 말해 대부분의 사람들이 공연 티켓 가격은 30고블룬이나 50고블룬쯤이라고 믿고 있는 상황에서 갑자기 터무니없는 가격을 매긴다면 다른 공연을 찾고 말지 그 공연을 굳이 보려 하지 않겠죠. 그리고 부자한테 오늘 쓸 1000엘소가 있다 해도 내용도 잘 모르는 공연 대신 그 돈으로 좋은 양탄자를 사는 편이 낫다고 생각하면 그만이잖아요. 돈이 많다고 해서 길거리에 뿌리겠다고 생각하는 사람이 없는 걸 보면 장님처럼 돈을 쓰고 싶어 하는 사람은 아무도 없는 것 같은데요."

조슈아는 고개를 끄덕여 보였다.

"제일 그럴듯한 얘길 해줬네요. 하지만 부자나 귀족은 말이죠, 말했다시피 1000엘소로 양탄자도 살 수 있고 안락의자를 살 수도 있지만, 그 돈으로 공연도 볼 수 있는 거죠. 그의 하루 용돈일지도 모를 1000엘소는 어디엔가 결국 쓰이게 됩니다. 그 돈이 내 공연장으로 오게 하겠다는 결심에서부터 계획이 시작됩니다. 한번 그 생각을 따라가볼까요."

조슈아는 웃지 않았지만 표정은 가벼워 보였다. 대본 보충할 때 쓰던 종이 한 장을 들고 구깃구깃 접으면서 말을 이었다.

"자, 칼라이소 근방에 사는 어느 귀족이 있습니다. 그는 돈이 많지만 그동안 양탄자든 뭐든 살 만큼 샀을 거고, 시간은 많은데 재미있는 일은 얼마 없습니다. 구체적인 결심은 아니라 해도, 자기한테 누가 재미있는 것을 보여준다면 상당한 돈을 지불할 마음도 있을 겁니다. 그런 그에게 초대장이 한 장 날아듭니다."

조슈아는 그사이 다 접은 종이비행기를 들고 허공을 가로질러 날리는 시늉을 했다.

"자, 초대장을 펼쳐보니까 집에 걸어놓아도 될 법한 그림이 그려진 팸플릿, 그러니까 안내지가 들어있고, 거기에 세상에서 제일 훌륭한 공연이라고 소개하는 화려한 문구가 씌어 있습니다."

조슈아는 종이비행기를 도로 펼쳐 들었다. 그러자 놀랍게도 비어 있던 종이에 공연을 소개하는 문장이 씌어 있는 것이 아닌가? 사람들은 깜짝 놀라 서로의 얼굴을 보았다.

하지만 그 글씨가 획이 다소 예스러운, 즉 조슈아가 쓴 글씨가 아니란 점은 얼른 깨닫지 못했다.

"그는 조금 흥미를 갖겠죠. 그래서 뭐가 더 있나 봉투를 살펴보니 초대권이 한 장 나옵니다. 초대권은 기분 좋게도 '무료'입니다. 그런데 거기에는 이 공연의 실제 좌석 가격이 무려 1000엘소나 된다는 이야기도 함께 적혀 있습니다. 하지만 고귀하고, 예술에 대한 안목이 높고, 참석하는 것만으로도 자리를 빛내주실 것 같은 문제의 귀족님만은 특별히 무료로 초대한다고 씌어 있습니다."

그쯤 되자 의혹에 사로잡혀 있던 사람들은 괴상한 표정들이 되어 서로의 얼굴을 흘끔흘끔 봤다. 이야기가 어쩐지 납득가는 방향으로 진행될 것 같은 느낌이 들었던 것이다.

"더구나 거기엔 이 공연이 단 2회로 마감되며, 그 이유는 하이아칸에서 온 최고로 훌륭한 배우의 일정 때문이라고 설명되어 있습니다. 한마디로 아주 특별한 공연이고, 오늘 보지 않으면 나중에 번거롭게 하이아칸까지 쫓아가야 할 것 같은 느낌이 듭니다. 이 귀족은 무거운 엉덩이를 일으켜 극장에 가기로 마음을 정할 가능성이 아주 높습니다. 그렇게 생각하지 않으시는지?"

사람들은 웃을까 말까 하는 얼굴로 고개를 끄덕이거나, 어깨를 움츠리며 다른 사람을 바라보았다. 조슈아가 말을 이었다.

"그리하여 그는 1회 공연을 보게 됩니다. 그리고 뭐, 설명할 필요도 없는 일이겠지만 이곳에 모인 분들과 같은 최강의 스태프들과 저처럼 뛰어난 배우가 힘을 합쳐 만든 공연인지라 일생 한 번도 느껴보지 못했던 감동에 휩싸이게 되겠죠."

몇 사람이 드디어 참지 못하고 피식피식 웃기 시작했다. 말이 안 된다고 생각해서 웃는 것이 아니었다. 분위기가 풀어지는 중이었다.

"그는 이 공연에 2회가 있다는 것을 생각해냅니다. 물론 2회가 마지막이기도 하죠. 그는 직접 다시 보고 싶은 것은 물론이고, 가족이나 친구들에게도 꼭 보여주고 싶다고 생각하게 될 겁니다. 더구나 이렇게 좋은 공연을 소개한 걸로 그들에게 생색도 내고 안목도 자랑할 수 있을 테니까 아주 좋은 기회죠. 1000엘소라고 했던가? 처음에 말했다시피 그는 1000엘소를 하루 용돈으로 쓸 수 있을 정도로 부자입니다. 그 가격이 그에게 문제가 될까요, 안 될까요?"

조슈아의 얼굴에 오랫동안 갈고닦아온 매력적인 미소가 떠올랐다. 사람들은 얼빠진 표정으로 바닥을 내려다보거나 천장을 올려다봤다. 그들은 납득되고 말았던 것이다. 처음엔 농담으로도 곧이들리지 않던 황당한 이야기에.

"10만 엘소 이상 버는 방법도 얼마든지 있죠. 농담 같은 얘기지만 2회 표를 미리 사놨다가 나중에 몰려드는 사람들에게 암표상을 가장해서 웃돈을 붙여 팔면 그것도 수입이 상당히 좋을걸요."

사람들이 웃음을 터뜨리고, 몇 사람은 박수를 치기까지 하며 상황은 마무리되었다. 에테른도 겨우 안도했다. 몇 사람은 오늘 밤새워 총연습을 준비하자며 의욕을 보이기까지 했다.

다만 한 사람만은 여전히 자신의 분노를 누르지 못한 채 억지로 감추고 있었다.

새벽 3시경에 마지막으로 극장에서 나온 빈 올프랑쥬는 먼저 나간 다른 사람들의 마차가 뿔뿔이 흩어질 때까지 기다렸다. 자신의 표정을 아무에게도 들키고 싶지 않았던 것이다. 이윽고 거리가 텅 비자 그는 길을 건너기 위해 십자로를 가로질렀다. 누군가가 그의 어깨를 툭 칠 때까지.

"빈 올프랑쥬 씨."

돌아보니 검은 중절모를 눌러쓴 남자였다. 낯선 자가 자신의 이름을 부르자 흠칫 놀랐지만, 다시 생각해보니 수많은 빚쟁이들 중 하나일 것이 뻔했다. 그렇지 않으면 누가 이런 한밤중에 그를 기다리고 있겠는가? 동네 야채 가게에서부터 세가 밀린 집주인에 이르기까지 그에게 돈을 요구할 사람은 줄을 서 있었다.

"아, 저…… 누구신지 모르지만 혹시 돈 문제라면 이번 달이 가기 전에 마련해서 드릴 수 있습니다."

그렇게 말했지만 상대가 반응이 없자 빈은 의아해져서 물었다.

"누구신지?"

"난 당신에게 행운을 가져다줄 사람이오."

남자의 목소리는 낮았다. 마치 땅 밑에서 들려오는 것 같기도 했다. 빈은 갑자기 두려워졌다. 주위에 그들을 보고 있는 사람은 없었다. 사방이 캄캄했다.

"그런 밑도 끝도 없는 얘기는 듣고 싶지 않습니다. 이만 가죠."

"겁내지 마시오. 그렇게 겁을 내니까 나이도 어린 제작자가 당신을 그처럼 거만하게 무시하는 거요."

얼굴에 피가 확 몰렸다. 빈은 참지 못하고 고개를 홱 쳐들어 상대의 얼굴을 쏘아봤다.

"당신은 누구요? 누군데 남의 사정을 갖고 멋대로 말하는 거요? 극장 사람인 모양인데, 끼어들지 말고 자기 일이나 똑바로 하는 게 좋을 거요."

"아니, 난 그 어린 제작자를 당신처럼 싫어하는 사람일 뿐이오. 난 이번 공연에서 그가 실패하게 만들 작정이오. 우쭐거리는 그자에게 실패가 무엇인지 가르쳐주려고 말이지. 또한 돈 없는 서러움도 겪어보게 되길 바라오."

말끝에 웃음소리가 낮게 새어 나왔다. 두렵다는 생각은 갑자기 사라지고 빈은 미간에 힘을 주며 상대를 바라보았다. 그의 말이 자신의 마음속 한 점을 찔렀던 것이다. 스스로 만들고 있으니 성공을 빌어야 마땅할 공연에 대해, 조금 전부터 저도 모르게 품었던 감정을.

"그래서요?"

"나와 잠시 이야기하지 않겠소?"

빈은 잠깐 망설였지만, 정말로 잠깐이었다. 잠시 후 둘은 방향을 바꾸어 다른 길로 걷기 시작했다.

일 드 모르비앙의 결혼식

LE MARIAGE SUR L'ÎLE DE MORBIHAN

배경 : 오를란느 북쪽, 가상의 섬 모르비앙

1막.
장면 1

막이 오르면 무대는 어둡고 아무것도 보이지 않는다. 무대 왼쪽에서 노래가 들려온다.

이렌느 : (노래한다)

아름다움은 오래가지 않고

행복은 오래가지 않고

파티의 술은 떨어지기 마련.

(펑, 하는 소리와 함께 스포트라이트가 켜져 왼쪽 구석에 있는 선물과 꽃으로 듬뿍 채워진 아기 침대를 비춘다.)

내가 태어났을 때 가문의 첫딸이라고
기뻐 밤새 파티를 벌였다지만
내 뒤로 여섯 명이나 태어날 줄
누가 알았겠어?

(스포트라이트가 꺼졌다가, 다시 무대 중심에서 나타나 누군가를 찾듯이 이리저리 움직인다. 이윽고 한가운데 선 이렌느를 비춘다.)

일곱 살에 의자 덮개에 수를 놓으니까
의젓하다고 다들 칭찬했다지만
장차 부지깽이 아가씨로 불릴 줄
누가 알았겠어?

(이렌느는 치마 뒤에 숨기고 있던 부지깽이를 꺼내 들고 위협적으로 휘두른다. 그러자 사람들이 달아나는 발소리가

들린다.)

아름다움은 오래가지 않고
행복은 오래가지 않고
파티의 술은 떨어지기 마련.

(달아났던 발소리가 다시 살금살금 모여들고, 이윽고 무대 전체가 밝아진다. 이렌느의 주위를 여섯 동생들이 둘러싸고 있다. 배경은 낡은 성이고 주위에는 농가에서 쓸 법한 허름한 손수레나 농기구 들이 흩어져 있다.)

이렌느와 동생들 : (노래한다)
모르비앙섬은 북쪽 국경의 끄트머리
바위투성이 험한 섬이라지만
이 작은 땅에 은이 땔감처럼 날 줄
누가 알았겠어?
모르비앙섬은 축복받은 곳이라고
대륙 사람들 부럽다 했지만
어느 날 땅속 금고가 끝장날 줄
누가 알았겠어?

아름다움은 오래가지 않고

행복은 오래가지 않고

땅속의 은은 떨어지기 마련.

(셋째 뤼디가 갑자기 주머니에서 은으로 된 잔을 꺼내고, 이렌느를 제외한 다른 형제들이 빼앗으려고 난리를 피운다. 결국 이렌느가 잔을 빼앗아 주머니에 넣어버린다.)

이렌느 : (부지깽이로 을러대며) 조용히! 너희가 누구인지 잊었어? 돌아가신 아버지께서 보시면 뭐라고 하시겠니?

뤼디 : 아버지라면 그 은잔 팔아서 대륙에서 최신 유행의 털 조끼 한 벌 사 오라고 하셨을 것 같은데.

리샤르 : 혈통 좋은 사냥개 새끼 한 마리 사셨을 것 같은데.

앙통 : 오십 년 묵은 포도주나 한 통 사셨을 것 같은데.

이렌느 : 시끄러워! 돌아가신 분께는 예의를 지키라고. 그렇게 예절 없이 행동하다간 모처럼 온 손님들도 돌아가버릴걸.

뤼디 : 손님이라고?

리샤르 : 갑자기 웬일이야?

이렌느 : 그렇게 됐어. 그렇게 됐으니까, 그런 줄 알고 모두 준비하란 말이야. 오늘이 아냐. 열흘 뒤에 도착하기로 되어 있어. 그날 밤엔 파티가 있을 거야.

뤼디 : 우리 가문에 아직 파티를 열 돈이 남아 있었나?

이렌느 : 네 은잔 있잖니?

(뤼디는 이렌느에게서 다시 잔을 빼앗으려고 하지만 실패한다.)

뤼디 : 도대체 파티를 왜 여는지는 알아야 할 거 아냐!

이렌느 : 그건 말이지……. 수십 년 만에 우리 가문에서 드디어 결혼식이 있을 예정이거든.

뤼디 : 에엑, 설마 누나가?

(이렌느는 부지깽이로 바닥을 땅땅 친다. 뤼디는 움찔하지만 여전히 개구쟁이답게 싱글거린다.)

이렌느 : 일에는 차례가 있는 법이잖아? 나이도 찼고, 작위도 받았고, 비록 불평이 많고 성격도 나쁘지만 우아하고 잘생겼으니 대충 수지가 맞는…….

남동생들 : 형님이?

여동생들 : 오라버니가?

(모두 뒤로 물러나며 무척 놀란 시늉을 한다. 넷째 리샤르

가 갑자기 손을 내저으며 뛰어나온다.)

리샤르 : 잠깐, 그런데 누구랑 결혼하는데?

이렌느 : 그걸 이제부터 정하려는 거 아냐. 조용히 해봐. 얘기해줄 테니까. (모두 모여들자) 열흘 뒤의 파티는 결혼식이 아니라, 결혼 상대를 찾기 위한 거야. 대륙 곳곳의 한다하는 가문마다 초대장을 쫙 뿌렸더니 지금 답장이 줄을 잇고 있어. 흥! 왜 그런 눈으로 보는 거니? 넌 그럼 사람들이 오라버니 같은 사람은 거들떠보지도 않을 줄 알았니?

뤼디 : 말이야 바른 말이지. 형님 성격을 견뎌낼 여자가 많을 것 같진 않은데.

이렌느 : 그런 사실을 아는 건 너나 우리뿐이란 말야. 대륙 사람들이 알 게 뭐니? 모르비앙 가문이라면 땅속에 무한한 금고를 갖고 있는 축복받은 알부자니까, 소년 백작과 결혼하면 수지맞을 것 같다고 생각할 게 뻔하지.

리샤르 : 잠깐, 그 금고는 이미 바닥났잖아?

이렌느 : 그것도 그 사람들이 알 게 뭐니? 철없는 우리 아버지께서 지난 몇 년간 전과 다름없이 돈을 쓰셨으니, 우리 주머니는 탈탈 털렸지만 반면 거지가 됐다는 소문도 안 났다고.

뤼디 : 그럼 누나, 지금 사기치는 거잖아?

동생들 : 사기치는 거잖아?

(이렌느가 허리에 손을 얹고 동생들에게 눈을 부라린다.)

이렌느 : 사기는 무슨 사기야! 자기들이 멋대로 그렇게 생각하고 온다는 거잖아! 내가 그 사람들한테 보낸 편지엔 단지 젊은 모르비앙 백작이 결혼 상대를 찾고 있다는 내용뿐이라고! 내가 '우리 섬의 은광은 아직 건재해요'라고 써서 보냈을 것 같아?

리샤르 : 그래봤자 오히려 의심받을 뿐이잖아.

뤼디 : 맞아.

(모두 웃는다.)

앙통 : 그게 바로 우리 누님의 뛰어난 점 아니겠어? 뤼디 형, 리샤르 형, 누님이 큰형님을 팔아서 좀 먹고 살아보겠다는데 잔소리만 하고 있을 거야? 누님이 시킨 대로 파티 준비를 해보자고. 혹시 알아? 어느 돈 많고 눈먼 레이디께서 형님의 겉모습에 혹해서 우리까지 먹여 살려줄지?

이렌느 : 앙통 말대로야. 손가락만 빨고 있다가 죽을 거니? 자, 어서어서 서둘러!

(모두 흩어진다. 막내 마리안느가 혼자 남는다.)

마리안느 : (노래한다)
오라버니는 당당한 소년 백작이신데
새 예복 한 벌도 없어서
아버지 옷을 줄여서 입었지만
누구 탓을 하겠어?

체면을 지키려 해도 돈이 없는데
창고에는 밀겨뿐인데
돈 많은 올케 좀 구한다 한들
누가 뭐라 하겠어?

굶어선 오래 살 수 없고
체면도 오래가지 않고
가난은 숨겨도 소문나기 마련.

(불이 꺼진다.
마리안느가 발소리만으로 퇴장.)

8

막

ELAN

거리의 엑스트라버간자-extra-vaganza

쇼를 준비해줘, 혼돈과 광란으로 이루어진
세상에서 가장 짜릿한 쇼를 준비해줘.
그 쇼엔 모두가 참가해야만 해.
노인도 아이도 빠져선 안 돼.
난 그들 모두를 즐겁게 할 거야.
그들 모두가 흠뻑 빠져들게 할 거야.
난 그들이 미친듯이 웃어대고
환희에 겨워 울부짖고
자기 발로 온 거리에 뛰어나와
새벽까지 춤추게 하고 싶어.
내 배가 출항하면 이제 아무도 막지 못하지.

칼라이소에 교통정리를 하는 치안관은 없었다. 질서는 선원들이 만들었고, 선원들이 난동을 부리면 조합에서 나와 처리했다. 칼라이소에도 영주가 있었지만 그는 도시의 관리를 사실상 조합들에게 일임한 채 마차로 두 시간이나 떨어진 홀름 성에 머물렀다. 영주가 칼라이소에 나와보는 경우는 극히 드물었다.

하지만 오늘 같은 날이 또 있다면 칼라이소에 치안관을 상주시키는 것을 검토하는 편이 좋을 것이다. 그날 밤, 8번 부두에서 올라간 길이 도시 외곽으로 빠지는 대로와 겹쳐지는 교차로에서부터, 그 길이 서쪽으로 꺾이며 오르막에 이르러 두 갈래로 갈라지는 말편자 삼거리의 위쪽, 통칭 '극장 거리'에 이르기까지, 길이 닦인 이래 최대 규모의 인파가 밀어닥쳤다. 길이 심각하게 막힌 첫 번째 이유는 너무 많은 마차들이었다. 그것도 여러 사람이 타는 합승 마차나 재빠르게 움직일 수 있는 소형 마차가 아니라 대부분 위풍당당한 사두마차들이었다.

대로로 연결되는 길들은 좁은데 밖에서는 마부들이 소리

치고, 안에서는 창 열고 내다보는 신사 숙녀들의 불평에, 신경이 곤두선 말들의 울음소리와 영문도 모른 채 갈 길이 막힌 사람들의 쑥덕거림까지. 구경할 마음만 먹는다면 이런 진풍경이 따로 없을 테지만 그 정도로 느긋한 사람은 없었다. 사람은 어찌어찌 빠져나갈지 몰라도 마차는 바퀴 한번 굴리기 힘든 아수라장이 반시간이나 계속되고 있었으니까.

소동의 근원지를 추적하고 싶다면 난맥상의 극장 거리를 뚫고 가기보다 어깨를 맞대고 이어진 극장들의 지붕을 타넘는 쪽을 추천할 만했다. 그렇게 거슬러 가다 보면 극장 거리 안쪽의 비교적 외진 곳에 위치한 오래된 대형 극장 다이아몬드 러쉬에 이르게 될 것이다. 그곳이야말로 소동의 근원답게 마차로 1차 포위되고 안쪽은 관객들로 2차 포위되어 공성 직전의 요새를 방불케 했다.

실제로도 그건 공성 직전의 요새였다.

"왜 나오지 않는 거야!"

"주연배우를 내보내라!"

"문을 부수기 전에 나오시오!"

램프마다 불이 휘황하게 밝혀진 다이아몬드 러쉬는 개관 이래 최대의 관객을 맞아 바야흐로 불타오르는 듯했다. 입구와 접객 홀과 중앙 계단은 백여 명의 사람들로 꽉 찼고, 문이 활짝 열린 공연 홀은 무대까지 관객들에게 점령당했다. 공연이 끝난 지 한 시간이 되어가지만 떠난 사람은 얼마 없었다. 그들의 목표는 오직 하나, 분장실 진입이었다.

큰 분장실은 두 군데로, 각각 무대 양편 계단 아래쪽에서 시작되어 박스석이 있는 좌우의 벽을 따라가다가 주 출입구 양쪽의 대기실로 이어졌다. 그중 무대를 바라볼 때 왼편에 있는 분장실은 조연과 무용수 들이 공동으로 쓰는 곳이고, 상대적으로 작은 오른편은 합창단의 몫이었다. 그 두 군데 뒤쪽 어딘가에 주연배우들을 위한 개인 분장실이 있을 게 틀림없었다.

하지만 관객들 대부분은 이 극장의 구조를 몰랐다. 전에 와본 사람은 극소수에 불과했고, 그들 중에서도 주연배우의 분장실까지 가본 사람은 아무도 없었다. 다이아몬드 러쉬는 그동안 그들이 와볼 만한 극장이 아니었던 것이다. 특히 오늘 절대 다수를 차지한 귀족 출신의 관객들은 더더욱 그랬다. 그러므로 그들은 아무 분장실 문이나 두드려댔다. 어느 쪽이든 일단 들어가기만 하면 주연배우의 분장실로 연결되려니 생각하면서. 그러나 피날레와 무대 인사가 끝나고 배우들이 퇴장한 뒤 모든 분장실의 문은 약속이나 한 듯 꼭꼭 잠겨서 고귀한 관객들을 분노케 했다. 게다가 기껏 나온 극장주라는 여자는 관객들에게 돌아가줄 것만을 호소했다. 물론 극장주쯤 우습게 보는 귀족들이 에테르의 말을 들을 리 만무했다.

"시끄러워요! 이건 예의가 아니잖아! 주연배우를 왜 만날 수가 없다는 건데?"

"왜 문을 잠그는 거예요? 공연이 마음에 들어서 인사 좀 하고 싶은 것뿐이라고요!"

"난 꼭 얼굴을 보고 가야겠단 말이야! 내가 누군 줄 알고 피하는 거야? 무례하긴!"

에테른은 골치 아픈 상대들의 공격을 한몸에 받으며 웃는 낯빛을 유지하기가 힘들었지만 최대한 노력하고 있었다.

"여러분의 바람은 잘 알고 있습니다. 하지만 보시다시피 이 많은 분들이 한 분 한 분 인사할 수도 없을 테고, 무엇보다도 갑자기 많은 사람이 몰리면 사고 위험이 있어서요. 바로 내일 낮에 2회차 공연이 있고, 그것도 마지막 공연인데 차질이 생겨서는 곤란하지 않겠습니까? 오늘은 일단 돌아가시고 배우들을 꼭 보고 싶으신 분은 내일 공연에 오셔서……."

한 귀부인이 톡 쏘았다.

"내일은 당연히 온다니까! 내일은 내일이고 오늘은 오늘이잖아? 내일은 이보다 사람이 더 많을지 누가 장담하겠어?"

"밖을 봐요. 어차피 돌아갈 수 있는 상황도 아니잖아!"

그 말도 맞는 것이, 포기하고 집에 가려던 사람들이 다른 극장에서 나온 관객들과 섞이면서 길을 꽉 메워버려 나가봤자 꼼짝도 못할 것이 뻔했다. 다이아몬드 러쉬에 온 관객들이 사두마차를 끌고 오는 바람에 길이 이 지경이 됐으므로 주변 극장의 항의도 이만저만이 아니었다. 에테른은 사람들을 상대하느라 땀을 뻘뻘 흘렸지만 귀족들의 요구를 들어줄 생각은 없었다. 이런 상황에서 조슈아가 나오는 것은 절대로 위험하다는 것이 그녀의 생각이었다.

그때였다. 갑자기 왼쪽 대기실 문이 조금 열리더니 무용수 한 사람이 미끄러지듯 빠져나왔다. 사람들이 그 기회를 놓칠 리 없었다.

"열렸다!"

무용수는 달아났지만 사람들이 열린 문을 붙들고 당기자 드디어 안이 들여다보였다. 대기실과 안쪽 분장실에는 겁을 먹은 무용수 몇 명뿐이었지만 안쪽에 문이 하나 보였다.

"저기다!"

수십 명이 돌진하여 문을 열었다. 맨 먼저 안을 들여다본 사람이 드디어 발견했다고 생각한 듯 외쳤다.

"여기다!"

그 소리와 함께 대기실과 분장실은 순식간에 수십 명의 사람들로 꽉 차버렸다. 그러고도 모자라 계속 문으로 사람들이 밀려들어 위험한 상황에 이를 즈음이었다.

어디선가 피아노 소리가 들렸다.

"응?"

밀려들던 기세가 멈칫했다. 바깥쪽에 있던 사람들부터 뒤를 돌아보았다. 홀 안에 피아노는 두 대였다. 오케스트라에 포함된 피아노, 그리고 무대에 놓여 있던 소품 피아노. 막은 아직 내려가지 않았으므로 연주자가 보이도록 돌려놓은 소품 피아노 앞에 앉은 사람은 금방 눈에 띄었다. 무대 쪽에 있던 사람들 사이에서 환성이 솟았다.

"나왔어!"

"저기 있어!"

가까이 있던 사람들이 금세 피아노 주위를 빙 둘러쌌다. 다른 사람들도 몰려와 피아노 주위에는 곧 몇 겹이나 되는 원이 생겼다. 그러나 틈새 없이 빼곡하게 모여선 사람들은 조금 전과 달리 소란을 피우기는커녕, 시키는 사람도 없는데 숨소리마저 죽였다. 들어야 했으니까. 연주를 하고 있는 것이다. 그들이 사랑에 빠져버린, 오늘의 주인공이.

조슈아는 눈을 감은 채 피아노를 치고 있었다.

멜로디는 낯설었다. 공연에 포함된 곡도 아니었고 어디서 들어본 곡도 아니었다. 연주는 경쾌했지만 빠른 박자는 아니었고, 딱 기분 좋을 정도로 느긋하면서 유쾌했다. 느낌을 굳이 표현하자면 이 상황을 빗대듯 아이러니하달까.

그토록 떠들던 사람들의 목소리는 싹 사라지고 오직 피아노 소리만이 홀을 울렸다.

"휴……."

에테른은 적당한 기둥 뒤를 찾아 기대서서 한숨을 내쉬었다. 그녀는 방금 전 분장실에서 도망쳐 나온 무용수로부터 쪽지 한 장을 건네받은 참이었다. 겨우 상황이 진정됐지만 연주가 멈추는 순간 어떻게 될까 걱정하고 있던 그녀는 쪽지를 펼쳐보자마자 나직이 웃음을 터뜨렸다.

조슈아는 공연 끝에 입었던 화려한 의상 차림이 아니라 여유 있는 흰 셔츠와 검은 바지에 멜빵을 멨을 뿐으로 조금 전 무대 위의 소년 백작과는 또 다른 사람인 것처럼 보였다. 마치 당신들이 열광하는 그 사람은 막을 내리기 전까지만 존재할 뿐, 이곳의 나와 같은 사람은 아니라고 말하려는 것처럼.

손만 뻗으면 닿을 거리에서도 사람들은 조슈아를 건드리지 않았다. 바라볼 뿐이었다. 가까이에서 보면 볼수록 신비롭도록 우아한 젊은이의 조금 상기된 뺨을, 미끈한 목덜미를, 그리고 감긴 눈꺼풀의 섬세한 아름다움을 바라보았다.

눈을 감았지만 건반을 누르는 손끝에 더듬거림은 없었다. 주위에 아무도 없는 것처럼, 턱을 약간 쳐든 채 이윽고 노래를 불렀다.

불이 꺼지고

자리에서 일어나

찾아보았지, 그대가 있던 자리
아무도 없고
빈 의자만 남았네
가버렸을까, 내 연주 들었을까
알 수 없지만
허리 굽혀 정중히
인사했다네, 그대 있는 것처럼
그게 내 최선

이제 물러나
무대 뒤로 내려가
사라집니다, 그대가 사라졌듯
내게 남은 건
그대에게 들려준
나의 마음뿐, 줄 수 있는 모든 것
담은 노래뿐

노래가, 이어 피아노가 멎고 조슈아는 눈을 뜨더니 자리에서 일어나 돌아섰다. 코앞까지 빼곡하게 선 사람들을 보고도 놀란 기색은 없었다. 자연스레 팔을 펼치더니 절을 했을 뿐이다. 아주 천천히.

"……."

조슈아가 고개를 들기까지 사람들은 박수를 치는 것조차 잊고 있었다. 이어 조슈아가 예의 바르게 손을 펼쳐 보이자 저절로 길을 비켰고, 그 자리를 떠나 무대 뒤로 사라지는데도 옷깃 하나 건드리는 사람이 없었다. 이윽고 서로의 얼굴을 바라본 그들은 꿈에서 깬 사람들처럼 고개를 흔들며 겨우 웃었다.

"아…… 기분 이상한데."

"박수 한번 못 쳤네, 정말. 잊어버렸어."

"뭐에 홀린 것 같네요."

"공연 끝났을 때는 이 이상 감동할 수가 있을까 싶었는데, 어떻게 가벼운 노래만 갖고 사람을 이렇게까지 압도해버릴까?"

"어쩐지 무서운 느낌까지 들어요. 사람이 저래도 되는 걸까?"

"사람 아닌 것 같지 않아요?"

쑥덕이던 그들은 입구 쪽에서 무언가 나누어주는 것을 보고 저도 모르게 그쪽으로 발길을 옮겼다가 썰물 빠지듯 빠져나갔다. 에테른이 조슈아의 쪽지에 적힌 대로 자연스럽게 퇴장을 유도했던 것이다. 그들의 손에 쥐어진 것은 이튿날 있을 마지막 공연에 대한 안내, 그리고 이번에는 돈을 내고 표를 사지 않으면 안 된다는 중대한 정보를 되풀이해서 강조하는 팸플릿이었다.

극장에서 한숨 돌리고 있을 무렵 이제 일거리가 시작되는 사람도 있었다. 극장 거리 뒤쪽에 있는 고작 네댓 군데의 여관들, 각각 방 숫자도 십여 개에 불과한 그곳에서는 여관 창립 이래 최고가의 흥정이 벌어지는 중이었다. 시종들이 계속 들어갔다 나갔다 하고, 1층 홀 구석에서 몇 사람이 머리를 맞대고 의논을 거듭하는데도 쉽사리 결론이 나지 않았다.

그들이 고민하는 까닭은 방값이 스무 배로 치솟았기 때문이 아니었다. 여관에서 제일 좋은 방이라고 해봐야 저택의 시시한 방 정도밖에 안 된다. 그러니 최초의 숙박료쯤은 애들 군것질값에 불과한 터라 스무 배가 되어도 부담은 없었다. 문제는 그럼에도 불구하고 모인 사람들 모두가 그 방을 원한다는 데 있었다.

그런데 그들이 흥정해야 할 대상은 여관 주인이 아니었다. 그들 앞에는 아주 멀리서 와서 지쳐 보이는, 그러나 실은 은밀히 자신만만하게 미소 짓고 있는 소년이 있었다. 그는 며칠 전에 문제의 방을 예약했다. 그가 섬기는 주인이 〈일 드 모르비앙의 결혼식〉의 이틀 공연을 연이어 보기 위해 일찌감치 돈을 지불했던 것이다. 여관에서 가장 좋고 비싼 방을 말이다.

이틀날 공연은 밤이 아니라 낮 2시였다. 표는 혼잡을 고려하여 오전 10시부터 팔기 시작할 예정이었다. 그런데 이틀날 공연을 반드시 보리라 마음먹은 관객들은 조금 전 다른 사람들의 열광적 반응을 보았으므로 반드시 아침 일찍 가야 표를 구할 수 있으리라 확신하고 있었다. 지금은 이미 밤이었다. 저택이 멀리 떨어진 귀족일수록 집에 가서 편히 쉬고 돌아올 시간이 없었다. 방을 구해서 여기서 쉬는 것이 최선이었다. 내일 공연이 시작되기 전까지 오전 내내 있을 곳도 필요했다.

하지만 다른 방은 없었다. 아무리 급하다 해도 귀족이 부듯가 삯일꾼들이나 묵는 방을 빌릴 수는 없는 일이었다. 흥정에 나선 자작댁 비서, 남작 영애를 모신 시녀장, 또 누군가의 집사, 시종, 하인 들이 신경전을 벌이는 가운데 가격은 오르고 또 올랐다. 스물네 배, 스물일곱 배, 서른 배, 서른한 배, 서른두 배…… 드디어 다른 사람들이 차라리 마차에서 자겠다며 손 털고 일어났을 때의 가격은 서른네 배에 이르러 있었다. 그야말로 도시 전체가 춤추는 밤이었다.

"집에 돌아가는 데만도 세 시간은 걸리겠지. 밤새 저택까지 돌아갔다가 내리지도 않고 곧장 돌아오면 아침 표 사는 시간에 딱 맞을 테니까 돌아갈 분들은 진짜 마차에서 자는 것이 맞겠네."

서른네 배 내기로 한 남작 영애가 거드름을 피우며 시녀장이 세는 금화와 은화를 내려다보다가 곁에 선 소년을 곁눈질했다. 아까운 생각이 들긴 하는 모양이지만 결국 어쩔 수 없었다.

"자, 갖고 사라져."

한 주머니 두툼하게 돈을 받아 돌아선 소년은 어깨를 으쓱하며 인사 대신 한마디를 던졌다.

"공연 즐겁게 보십쇼."

소년은 여관에서 나오더니 주위를 두리번대다가 맞은편 거리 모퉁이에 선 여관으로 향했다. 간판 밑에 걸린 램프 밑에서 그를 기다리고 있는 소녀가 보였다. 막시민과 리체, 두 사람은 사람들의 눈을 피해 옷깃 사이로 손바닥을 마주 쳤다.

"서른네 배."

"스물여섯 배야. 다들 미쳤나 봐."

막시민이 고개를 끄덕거렸다.

"다들 미친 와중에 한몫 챙겨둬야지. 자본도 많이 드는 일이었어. 입구에서 나눠준 안내 종이 쪼가리를 생각해봐. 나 때문에 만든 건 아니지만 어쨌든 사람들을 잡아두기 위한 추가 지출이었잖냐? 그러니 이런 걸로라도 때워야지. 그런 거 만드는 데 돈이 얼만지 알아? 기절할 정도로 비싸다고."

"그런데 너 정말 이렇게 될 줄 확신했니?"

막시민은 거드름을 피우듯 턱을 쳐들었다.

"조군 자식한테 이튿날은 낮 공연을 하고, 아침부터 표를 팔라고 시킨 게 나다."

리체는 어이가 없어 웃어버렸다.

"여관비 바가지로 챙기려고 공연 시간까지 바꿔놨단 말이야?"

"그것 때문만은 아니지. 너도 알다시피 우린 내일 공연이 끝나자마자 사라져야 하잖냐. 그런데 평소처럼 늦게 공연을 하고 나면 한밤중일 텐데, 그때 어떻게 배를 띄울 수가 있겠냐? 낮 공연을 해야 끝나고 해가 있을 때 달아날 수가 있지."

"내일도 좀더 버티다 보면 귀족들이 돈 쓰게 만들 일이 많긴 할 텐데."

"안 돼. 그걸 시작하면 우린 열흘이 지나도 못 떠나. 귀족들이 저마다 자기집에 초대하겠다고 난리를 피울 테고, 공연 한 번만 더 하라고 에테른 씨가 매달릴 테고, 거기에 휘말려 날짜 보내다간 언제 떠날지 모르게 돼버려. 이만큼 지체한 것만 해도 충분히 위험한데."

리체가 조그맣게 한숨을 쉬었다.

"하긴 그렇다. 이제 내일이면 끝이지. 그동안 아무 일이 없어서 다행이야."

막시민이 말했다.

"아무 일이 없었는지는 아직 모른단 말씀이야."

다이아몬드 러쉬 극장의 공연 홀 뒤쪽에는 대형 극장답게 무도회장이 있었다. 대도시의 극장들처럼 날마다 무도회가 열리진 않지만 공연에 흥이 난 손님들을 끌어들여 밤새 춤추며 먹고 마시는 데 쓰이기도 했고, 때로는 유명 인사가 이름을 걸고 무도회를 열어 사람들을 모으는 일도 있었다. 물론 최근에는 임시 식당으로 쓰이고 있었지만.

그날 밤 그곳에서는 조촐한 축하연이 열렸다. 파티라기보다 다과회에 가까웠고 춤도 없었지만 무도회장 한구석에 마련된 세 개의 테이블에 모여 앉은 사람들의 얼굴은 모두 밝게 빛났다. 그날의 성공을 축하하기 위해 모인 자리인지라 다들 기뻐 어쩔 줄을 몰랐다.

잔을 높이 든 에테른이 선창했다.

"〈일 드 모르비앙의 결혼식〉을 위해 건배!"

"건배!"

"건배!"

뒤늦게 잔을 들어올린 지오반이 키득대며 외쳤다.

"모르비앙섬을 위한 거니까 오를란느식으로 해야지. 브라보!"

넘치도록 한 잔, 잔 바닥에 깔리도록 아주 조금, 각양각색으로 따라진 술이 대부분 단숨에 비워졌다. 조슈아는 술을 사양하려 했지만 곁에서 몰트 부인이 억지로 따라주는 바람에 샴페인 반 잔을 마실 수밖에 없었다. 곁에서 보고 있으니 금방 얼굴을 붉혔다가, 조금 후엔 오히려 하얘졌다. 몰트 부인이 웃었다.

"그것 봐요. 괜찮지? 한 잔 더 할래요?"

"아, 아뇨."

"에이, 사양하지 말고."

조슈아는 손을 내젓다가 싱긋 웃었다.

"내일 공연 끝나면 그땐 마시죠."

넉살 좋게 한 거짓말에 속아준 몰트 부인은 곧 다른 사람에게 술을 권했다. 반대쪽에 앉아 있던 지오반이 그 모양을 보다가 말했다.

"술이란 게 마셔서 독이 되는 사람도 있는 법이라서."

"이해해주셔서 고맙……."

"하지만 샴페인 갖고 술이라 할 순 없지. 자, 한 잔 더 하게!"

그즈음 한쪽에서는 왁자한 웃음소리가 터졌다. 스트라우즈가 갖고 있던 바이올린을 손끝으로 퉁겨 조금 전 공연의 엔딩 멜로디를 연주해 보였던 것이다. 늘 점잖던 늙은 거장의 재치에 모두가 흥겨워했다. 그러자 문득 생각난 것처럼 피아니스트 모리스가 조슈아에게 물었다.

"그런데 히스파니에 씨, 당신은 어떻게 그런 노래를 하면서 피아노도 그렇게 잘 칠 수가 있죠? 난 이날 이때껏 피아노만 쳤는데도 당신보다 더 잘 친다고 호언장담 못 하겠는데.

난 당신 같은 사람은 한 번도 본 일이 없어요."

"그뿐이야? 곡도 쓰고, 대본도 쓰고, 가사도 쓰고, 심지어 그림도 그린다니까?"

이미 모두가 아는 사실이었기에 사람들은 그저 웃을 뿐, 셀마의 말에 굳이 탄복하지 않았다. 그때 스트라우즈가 바이올린을 톡톡 치며 말했다.

"그럼 혹시 이것도 연주할 줄 아시오?"

조슈아는 지오반이 따라준 샴페인 한 잔을 억지로 마셔서 다시 붉어진 얼굴로 미소만 지었다. 그러자 사람들이 재촉했다.

"그럼 솜씨 좀 보여줘요!"

"당신이라면 틀림없이 기가 막힌 소리를 내겠지?"

"또 다른 건? 당신이 만질 수 있는 악기라면 다 시켜보고 싶은 기분인데 말이야."

모두가 술이 조금씩 오른지라 농담 같은 요구인데도 꽤 집요했다. 결국 조슈아가 두 손을 들어올리며 고개를 저었다.

"아뇨, 아뇨. 바이올린은 됐어요. 저라고 모든 걸 할 수 있는 건……."

적당히 거짓말로 넘어가려 하는데 갑자기 지오반이 벌떡 일어났다.

"당신이라 해도 만져보지 않았을 악기가 생각났어."

무도회장 밖으로 나간 그는 잠시 후 천에 둘둘 말린 것을 들고 들어왔다. 그리고 조슈아에게 척 안겼다.

"난 궁금한 게 생겼어. 천재란 책 속에나 나오는 줄 알고 살아왔는데, 내 평생 처음 살아 있는 천재가 눈앞에 나타났단 말이야. 그런 당신은 연습하지 않은 악기도 과연 연주할 수 있을까? 어때? 그것도 처음 보는 악기를 말이야."

조슈아가 머뭇거리다가 천을 끌렀다. 그리고 지오반을 바라보더니 무안한 듯 웃으며 말했다.

"이건 리라군요."

"그냥 리라가 아냐. 잘 살펴봐."

조슈아는 물론 리라를 다루어보았다. 그러나 좀더 자세히 보니 대륙에서 흔히 쓰이는 리라와는 현의 수가 달랐다. 모두 열 줄이나 되었다.

지오반이 팔짱을 낀 채 손가락을 세워 까딱거렸다.

"보다시피 흔한 오현금이나 칠현금 따위가 아니라고. 어제 오늘 만들어진 거야 아니지만, 루그란 말고 다른 데서는 쓰이지 않는다고 알고 있어. 역시 처음 보나?"

흥미로워 보이는 놀이인지라 어느새 모두의 눈이 집중되었다. 그런데 까닭은 몰랐지만 리라를 바라보는 조슈아의 눈이 묘하게 차가웠다. 현에 손을 얹고, 몇 줄 만져보더니 잠시 후 느린 선율이 흐르기 시작했다.

"……."

지오반은 미간에 주름을 잡은 채 조슈아의 손놀림을 주시하고 있었다. 연주가 리듬을 타기 시작하자 모두가 조슈아 주위로 모여들었다. 오랫동안 연습한 악기를 다루듯 능숙한 주법을 다들 놀란 듯 바라보았다. 십현금은 그들도 처음 보는 것이었기에 더더욱 그랬다.

"정말, 못 다루는 게 없네."

"한트케 씨, 저 악기가 정말 루그란에만 있는 거 맞아요? 처음 만져본 솜씨가 아닌데?"

"전에 배웠던 겁니까, 제작자님?"

조슈아도 지오반도 대꾸가 없었다. 한동안 말소리는커녕 접시에 포크 부딪는 소리, 의자 다리 끄는 소리조차 들리지 않았다. 잠시 후, 조슈아는 곡을 맺지도 않고 손을 멈췄다. 고개를 들고 보니 지오반의 눈에서 장난기가 사라져 있었다.

"히스파니에 당신, 조프리 데카코르디dekachordi(10현)를 알고 있나? 루그란의 유명한 악기 제작자이자 작곡가, 연주가였던 사람 말이야."

"10현 리라의 조프리 말이지요."

모를 리가 있겠는가. 10현 리라의 조프리는 비취반지 성에 초상화가 걸려 있는 데모닉 조프리, 조프리 폰 아르님과 동일인인 것이다.

"솔직하게 말해줘. 당신, 전에 10현 리라를 만져본 일이 있어?"

"아뇨."

조슈아의 목소리는 언뜻 냉담하게 들렸다. 조슈아는 지오반이 루그란 사람 조프리 데카코르디가 사실은 조프리 폰 아르님이라는 사실을 모른다는 것을 알아챘다. 그랬기에 10현 리라를 연주하는 것을 굳이 사양하지 않았던 것이기도 했다.

그럼에도 불구하고 데모닉의 이야기를 이곳까지 와서 듣게 된 것이 달갑지는 않았다. 한때 대륙을 돌아다니며 뛰어난 악기 제작자이자 연주가, 그리고 천재 음악가로 알려졌던 조프리는 비취반지 성에서 발광한 채로 십 년 동안 유폐되었다가 죽은 인물이었으니까.

지오반은 조슈아의 얼굴을 빤히 보았다. 그러더니 조금 후 고개를 저었고, 다시 한숨을 쉬며 가슴에 한 손을 얹은 채 입을 열었다.

"난 말이야, 조프리가 남긴 악보를 모조리 갖고 있어. 그 사람이 만든 10현 리라도 열 대는 갖고 있지. 조프리는 말이야, 진정한 천재였어. 루그란은 예술을 보호한 역사가 길다 보니 특히 천재적인 예술가가 많았지만 누구도 조프리만큼 압도적이지는 못했어. 난 확신해. 조프리와 관련된 물건이라면 뭐든지 수집해온 나야. 난 천재를 좋아해. 신이 실수로 너무 많은 은총을 줘버린 존재, 하잘 것 없는 돌덩이 광맥 속에 박힌 루비가 아닌가! 그런 사람을 생각하는 것만으로도 가슴이 뛰거든. 난 천재가 아니지만, 그런 천재가 세상에 존재했다는 사실만으로도 미칠 듯이 좋단 말이야.”

“…….”

조슈아는 얼른 대답하지 못했다. 데모닉 조프리에 대한 지오반의 열정은 조슈아를 혼란스럽게 했다. 가문의 데모닉들에 대해 생각하기조차 싫어했던 조슈아는 조프리가 루그란에서 얼마나 오래 지냈는지도, 거기서 무슨 일을 해냈는지도 몰랐다. 회랑에 걸린 초상화도 특별한 감정을 갖고 바라본 일이 한 번도 없었다.

아니, 조슈아는 사실 회랑에 걸린 데모닉들의 초상화를 자세히 보고 싶지 않았다. 그들에게서 조금이라도 자신과 닮은 점이 발견될까 봐, 조슈아라면 잠깐 만에 발견하고 말 테니까, 그런 본능적인 경계심 때문에 의식하지도 못하는 사이에 시선을 피하며 걸어 다녔던 것이다. 지오반의 존재는 신기하기도 했지만 동시에 기묘한 의문을 가져다주었다. 천재를 사랑하는 사람이라, 그렇다면 데모닉 조슈아도 죽고 나면 저렇듯 사랑받게 되는 건가?

그때 지오반의 웃옷 앞주머니에 예전에 자주 봤던 네모지고 납작한 은빛 갑이 보였다. 조슈아는 저도 모르게 손을 뻗어 그것을 꺼냈다. 지오반이 흠칫 놀라는 가운데 조슈아는 갑의 뚜껑을 열었고, 그 안에 들어 있는 조그맣고 검은 것을 꺼내 손끝에 얹었다가, 입안에 넣었다.

"……."

지오반은 조슈아의 입가가 미소 짓듯 살짝 올라가는 것을 보았다. 은빛 갑을 돌려받아 주머니에 넣으면서 지오반은 뺨을 약간 실룩거렸다. 묻지 않을 수가 없었다.

"괜찮나? 진짜로 쓴맛인데?"

"전혀요."

조슈아는 자리에서 일어섰다. 사람들에게 인사를 하고, 오랜만에 맛보는 쓴 사탕을 녹이며 무도회장을 떴다.

다른 사람들은 주연배우인 조슈아가 내일 공연을 위해 쉬러 가는 것을 이상하게 생각하지 않았다. 그러나 지오반은 주머니 안에 든 사탕갑을 톡톡 두드리고, 고개를 기울이며 생각에 잠겼다. 은으로 된 이 사탕갑은 그가 사들였던 조프리의 유품 중 하나였다. 그 안에 조프리가 그랬듯 쓴 사탕을 넣어 다녔지만 아무리 애써도 그다지 즐길 수 없었던 것이다.

옆에서 스트라우즈와 몰트 부인이 주고받는 말이 들려왔다.

"그런데 올프랑쥬 군 못 보셨소?"

"여기 오긴 왔던가요?"

"글쎄요. 못 본 것 같은데."

몰트 부인이 고개를 갸웃거리다가 주위를 둘러보고 말했다.

"그러고 보니 올프랑쥬 양도 안 보이지 않아요? 조금 전까진 있었던 것 같은데."

마음이 불타는 것 같다. 주위의 어둠조차 느낄 수 없다. 발이 무엇을 밟는지, 무엇에 걸려 넘어질 뻔했는지도 몰랐다. 먼지와 잡동사니들을 마구잡이로 밟으며 걸어갈 뿐이다. 마치 그의 마음속에 있는 가장 어두운 터널로 안내하고 있는 것만 같다. 갈 수 있다면 더 먼 곳으로, 더 깊이.

그는 실패한 인생이었다. 능력을 타고났다고 생각했지만 어찌된 셈인지 손대는 것마다 실패했다. 때로는 자초하기도 했다. 지난 실패가 성공에 대한 갈망을 부르고, 그러다 보니 작은 실수에도 조바심치며 초조해하다가 화를 내고, 고집을 부리고, 거친 말을 내뱉고, 사람들을 떠나게 하거나 또는 그가 떠났다. 아아, 사실은 다 흔한 일들이다. 성공만 한 사람은 극히 드물지만, 실패만 한 사람은 어디서든 어렵지 않게 찾을 수가 있다. 치사하게도 세상의 저울추는 아래쪽으로 기울어 있다. 천상의 열매들은 다른 누군가가 다 가져가고 그와 같은 사람들이 땅 아래 지하에서 살도록 내버려둔다.

그런 그가 지하를 좀 걸은들 무슨 상관인가? 지하의 인간이 지하를 걸을 뿐인데.

빌어먹을 천상의 종족들은 그를 미치게 한다. 처음부터 그들을 미워하려 하진 않았다. 마주치지 않았더라면 좋았을 것이다. 그들의 반들거리는 혀가 자신을 모욕하는 소리를 듣지 않았더라면 좋았을 것이다. 제 것을 한 조각도 나누어주지 않는 자들, 자만심으로 가득차서 지하의 존재조차도 모르는 자들. 하지만 더 참기 힘든 것은 그들이 타고난 선물이다. 왜 그들은 아름다울까? 외모는 천사 같고 재능은 빛날까? 지하의 종족이 보기에도 황홀한 미를 만들고, 사람들에게 사랑받고, 심지어 성공하기까지 할까? 그 성공, 사람들의 열광, 환호의 도가니, 도시의 광란!

무대는 화려하되 그 아래는 아름답지 않다. 수면 아래에서 발버둥치는 백조의 물갈퀴처럼. 천상의 종족이 결코 내려오지 않을 곳, 그런 곳으로 그는 계속 걸어갔다. 그곳으로 안내해달라고 하는 이유를 모른다고 생각했지만 마음 한구석에서 '사실은 알고 있지?' 하는 속삭임이 들려왔다. 그는 부인했다가 인정했다가 하며 혼란을 겪었다. 하지만 발을 멈추지는 않았다. 때로는 마음을 옥죄는 고통을 느꼈다. 입안 가득 핏물을 머금은 기분도 느꼈다. 그러나 그의 귀에 뱀의 혀를 넣은 자의 손아귀에 사로잡혀, 실은 자신에게 사로잡혀, 계속 걸었다.

비록 실패자일지언정 품성만은 잃지 않았다고 믿었고, 남의 파멸을 바라는 혐오스러운 욕망은 제 것이 아닌 줄로만 알았다. 그러나 그건 비웃을 작은 단면 하나조차 허락하지 않는 천상의 인간을 만나기 전의 일이다.

그가 보지 못한 곳에서 파멸이 일어나기를 바랐다. 손을 더럽히지 않고 구경하고 싶었다. 어린애처럼 순진하게 행동한 결과일 뿐 이렇게 될 줄은 몰랐다고, 죄책감조차 지워버린 채 비극의 관객이 되고 싶었다.

몇 걸음 뒤에서, 그런 빈 올프랑쥬를 뒤따르는 발소리가 줄곧 들려왔다. 뚜벅, 뚜벅, 끊이지 않고.

그대의 마지막 공연이 최고의 공연이 되기를

그대의 공연에 장미꽃과,

춤추는 오르골 인형과,

흰 장갑과,

그 안에 든 사랑하는 사람의

손을 보냅니다. 부디 기뻐하시길.

분장실은 텅 비어 있었다. 긴 의자 위에 누군가가 놓고 간 듯한 장갑 한 짝과 머플러가 있을 뿐이었다. 조금 전까지 이곳을 가득 메웠던 꽃바구니와 화환, 선물들은 에테르의 명령으로 모두 치워졌다. 바닥은 꽃잎과 리본 조금이 떨어져 있을 뿐 깨끗했다. 테이블 위도 비어 있었다.

먼저 들어온 사람은 막시민이었다. 이곳에서 조슈아를 만나 함께 칼라이몬 선장의 집으로 돌아가기로 했던 것이다. 같이 돌아온 리체가 잠깐 어디 들렀다가 금방 온다고 했기 때문에 혼자 들어온 막시민은 의자에 털썩 앉아 사방을 둘러보았다. 그의 눈에 금방 이상한 것이 띄었다.

막시민이 미심쩍은 표정으로 일어섰을 때 문이 열렸다. 조슈아였다.

"아, 막군, 먼저 왔구나."

막시민은 조슈아의 얼굴이 약간 붉어진 것을 보고 눈을 가늘게 떴다.

"마시지도 못하는 주제에."

"자꾸 권해서 어쩔 수가 없었어. 지금은 좀 지나서 괜찮아. 얼른 가서 자야지."

"근데 말이야……."

막시민이 말을 꺼내려는 순간, 조슈아도 발견했다. 화장대 앞이었다. 말끔하게 치워져 화장품 몇 개와 분통, 빗, 솔밖에 없는 그곳에 큼직한 상자 하나가 놓여 있었다.

"다 치운 줄 알았는데."

조슈아는 고개를 갸웃거리며 상자를 들어 테이블에 옮겨놓았다. 그러고는 중얼거렸다.

"가볍네. 뭐가 들었지?"

다른 선물은 열어보지도 않았지만, 마침 한 개만 남아 있으니 열어볼 마음이 내켰다. 조슈아가 상자의 리본을 다 풀었을 때 문이 열리고 리체가 들어왔다. 들어오자마자 "어?" 하는 소리를 냈다.

"왜 그래?"

"그거 뭐야?"

"글쎄, 지금 열어보려고."

리체의 손에도 뭔가가 들려 있었다. 그녀는 조금 머뭇거리다가 테이블로 다가와 끄트머리에 자기가 가져온 꾸러미를 얹어놓았다. 그때 조슈아가 상자 뚜껑을 열었다. 그리고 이번엔 그가 "어?"라고 말했다.

막시민이 다가왔다. 들여다보니 안에 든 것은 옷이었다. 무대의상처럼 보이는 흰옷이었다. 정확히는 진줏빛 비단에 은사 자수로 어깨와 가슴을 장식한 재킷이었다.

조슈아의 표정이 이상했다. 그는 옷을 꺼내 펼쳐 들었다.

"이게 왜 여기에 있지?"

"이거라니? 이 옷이 뭔데?"

막시민은 문득 생각해낸 듯 리체를 돌아봤다.

"이거 혹시 네가 만든 거냐?"

리체가 조슈아가 입을 옷을 혼자 만들고 있었다는 것을 알기에 한 말이었다. 물론 리체는 첫 공연 때까지도 그 옷을 내놓지 않았고, 그래서 막시민은 리체가 포기한 줄로만 알았다. 지금 낯선 옷이 갑자기 나타났으니 리체가 가져온 것인가 추측하는 것이 당연했다.

그러나 리체도 이상한 표정이 되어 다가왔다. 조슈아로부터 옷을 건네받아 살펴보더니 눈이 동그래졌다. 막시민은 이상한 낌새를 느끼고 다그쳤다.

"네가 만든 거야, 아니야?"

"내가…… 만든 거야."

"그래? 그렇다면 역시 네가……."

리체의 말은 끝난 것이 아니었다.

"미랭게트 의상실에서."

"뭐?"

막시민이 보니 리체와 조슈아가 서로를 뚫어져라 보고 있었다. 조슈아가 말했다.

"이 옷은, 내가 〈아쿠아리안〉 공연할 때 2막에서 입은 옷이 분명해. 물론 네가 만들었겠지. 그런데 왜 이게 여기 있지? 누가 가져온 거지? 넌 아닐 거 아냐."

리체는 한참 동안 조슈아의 눈을 바라보기만 했는데 표정이 점차 굳어지다 못해 나중에는 숨쉬기도 힘든 것처럼 보였다. 막시민이 재촉했다.

"어떻게 된 거야? 뭘 알면 얼른 말해봐. 무슨 생각을 하는 건데?"

리체가 힘겹게 입을 뗐다.

"그……자야."

두 소년의 동작이 일순 멈췄다.

"그자라고?"

"틀림없어. 그자야. 그때…… 이 옷 말이야. 조슈아, 기억나? 이 옷, 한 벌이 아냐. 두 벌이라고."

상황을 알 리 없는 막시민은 미간을 찡그렸다.

"도대체 무슨 소리야?"

"의상은 공연 전에 일찌감치 만들어서 극장에 보내게 돼 있어. 이 옷도 마찬가지였고. 그런데 그날 말이야, 〈아쿠아리안〉 하던 날……. 난 그냥 의상실에 있었는데 극장에서 누가 달려와서 이 옷만 갑자기 없어졌다는 거야. 빨리 새로 만들어야 된다고, 사례도 하겠다고 해서 난 한 벌 더 만들었고…… 그래서 그걸 갖다주려고 극장에 갔었지."

리체는 막시민을 흘끗 봤다.

"그날 극장 입구에서 나랑 마주쳤지? 그때 나, 이 옷 갖고 온 거였어. 아니면 내가 왜 극장에 갔겠어. 그런데 그 없어진 옷, 그게 어디로 갔을 것 같아?"

"……."

리체가 옷의 솔기와 바느질을 다시 한번 살펴보더니 조슈아를 향해 분명하게 말했다.

"이 옷은 네가 〈아쿠아리안〉 공연에서 입은 옷이 아냐. 네 눈엔 똑같아 보이겠지만 내가 만들었으니 난 알아. 이 옷은 내가 먼저 만들었던 옷, 그러니까 처음에 극장에서 사라졌던 옷이야. 기껏해야 팬이 훔쳐갔을 줄 알았어. 하지만 여기…… 이렇게 나타났어."

막시민이 천천히 말했다.

"그것만으로 그자가 여기 나타났다고 확신할 순 없잖아."

리체는 고개를 마구 저었다.

"여기 조슈아가 카르디라는 사실을 아는 사람, 달리 또 있어?"

"내 말은, 그자가 나타났다 하더라도 이곳에 이 옷을 보낼 까닭은 없다는 거야. 도대체 왜? 우린 그때 그 극장에서 옷을 훔쳐간 사람이 누구인지 몰랐어. 그런데 이 옷이 여기에 나타났다는 이유만으로 그자가 그 옷을 훔쳤고, 이곳까지 뒤따라왔고, 굳이 분장실에 옷을 보냈다고 단정지을 수 있을까?"

"하지만 다른 가능성이 없잖아!"

"왜 없어? 오늘 공연을 관람한 누군가가 사실은 카르디의 열광적인 팬이어서 조슈아의 모습을 보자마자 누구인지 알아보았을 수도 있잖아? 그래서 이 옷을 만들어 보냈을 수도 있고."

"이건 내가 만든 옷이야! 그리고 그렇게 짧은 시간 안에 옷을 만들 순 없어!"

"왜 안 돼? 넌 만들었다면서?"

"그건 내가 처음의 옷을 만들었던 장본인이고, 옷본도 남아 있고, 만든 지도 얼마 안 되어서 천과 바느질을 전부 기억하고 있었기 때문에 가능했던 일이라고! 알아? 객석에서 무대에 선 배우의 옷을 보고 이렇게 똑같게 만들 순 없단 말이야!"

조슈아가 말했다.

"둘 다 그만둬."

막시민과 리체 모두 말을 그쳤다. 조용해지자 둘 다 신경이 극도로 곤두서 있었음이 느껴졌다. 리체는 아랫입술을 빨았고, 막시민은 고개를 돌리며 테이블 끝을 신경질적으로 두드렸다.

"침착해지자. 말보다는 생각이 필요해. 생각할 시간이."

막시민이 쓴웃음을 지었다.

"너한테 무슨 시간이 필요하냐. 넌 조건이 주어지는 순간 연산이 끝나잖아. 우리 의견을 기다릴 것 없어. 네 생각을 말해봐."

비꼬려는 어조가 아니었다. 조슈아는 눈을 내리깔았다.

"그래."

조슈아의 손이 옷의 자수를 훑으며 내려갔다. 말을 고르는 듯했던 그가 고개를 들고 둘을 번갈아 바라봤다.

"리체의 말이 맞아. 그자야. 그 증거는 이 옷이야. 이 옷이 여기 있다는 사실. 그 때문에 분명히 그자야."

옷을 훑던 조슈아의 손이 여밈에서 멈추고, 한 손만 움직여 단추 하나를 끌렀다.

"그자가 나를 처음 본 것은 언제일까. 그자는 몽플레이네 씨의 집에서 처음 우리 앞에 나타났지만 그전부터 나를 보고 있었다고 생각해. 그가 누구의 의뢰를 받았든, 극장의 화재에서 내가 살아날 경우를 대비해서 고용됐을 테니 화재 이전부터 자신의 목표물인 나를 알고, 내 움직임을 봐왔을 거야. 그렇기에 또한 극장 화재에서 살아남은 뮤치아를 죽였어."

단추 또 하나를 끄르는 손끝이 약간 멈칫거렸다.

"난 그자가 나의 〈아쿠아리안〉을 봤을 거라고 확신한다."

리체는 화장대에 기대어 추운 것처럼 두 손으로 양팔을 감싸고 있었다. 막시민은 테이블을 짚은 채 다른 손끝으로 안경을 올리는 순간이었다. 그 말이 나왔을 때, 둘 모두 조슈아의 눈빛에 알 수 없는 빛이 스치는 것을 보았다.

미친 자의 빛.

"의상 한 벌이 사라지는 정도로 공연이 취소되진 않지. 그자가 내 옷을 가져간 마음을 다 짐작할 순 없어. 하지만 그는 〈아쿠아리안〉이 시작되기 직전, 마치 놀리려는 것처럼 옷을 슬쩍 가져갔어. 그리고 그 옷을 버리지도 않고 갖고 있다가, 이곳에 있는 나를 찾아냈을 때 당장 내 앞에 나타나지도 않고, 간직해온 옷을 상자 안에 곱게 접어 넣어서 내게 보내면서 심지어…….”

마지막 단추를 끄른 조슈아의 손끝이 옷 안쪽으로 미끄러져 들어가 무언가를 잡고 투둑, 끊어냈다. 여밈 밖으로 나온 손끝에는 하얀 봉투에 든 카드가 있었다. 옷 안감에 두어 땀 꿰매어져 있었다. 카드를 연 조슈아는 두 사람에게 들리도록 내용을 읽었다.

그대의 마지막 공연이 최고의 공연이 되기를.

그대의 하얀 옷에 건배.

“아…….”

시선을 떨군 리체가 두 손으로 입가를 감쌌다. 카드를 읽는 조슈아의 목소리에는 묘한 열기가 있었다. 그 순간 자기 자신이라는 배역을 연기하듯, 무대에 올라 존재하지 않는 누군가를 자신으로 느끼며, 그의 운명을 말하듯 자신의 운명을 내뱉었다.

서명이 없었지만 다른 사람이 썼을 리 없는 글귀였다. 모든 것이 분명해졌다. 방안을 꽉 누르는 듯했던 말끝의 울림이 채 사라지기도 전에 테이블을 때리는 소리가 울렸다.

쾅!

아픈 것도 잊은 듯, 주먹 쥔 손을 테이블에 대고 비틀며 막시민은 허공에다가 소리질렀다.

"빌어먹을 자식아! 누구 마음대로 마지막 공연이야!"

탁, 또르르…….

화장대에 기대섰던 리체가 경황없이 움직인 손에 부딪혀 향수 뚜껑이 떨어지고 바닥으로 굴렀다. 병이 넘어지면서 강렬한 사향 냄새가 사방으로 퍼져나갔다. 모두의 이성을 마비시켜버릴 것처럼.

조슈아의 눈동자는 한층 더 기이한 빛깔이었다. 검은 눈은 푸른빛도, 때론 붉은빛도 띠었다. 수많은 것이 비치며 일렁이고, 점점 더 밝아졌다. 모닥불을 겁내지 않고 홀린 듯 다가가 불길을 붙잡으려는 어린아이 같았다.

"화낼 것 없어. 서로 최선을 다하는 것뿐이니까. 그도, 나도."

"최선이라니? 이 상황에서 최선이 뭔데? 그놈은 너를 죽이려 하는데, 너의 최선은 도대체 뭐냐!"

조슈아는 웃었다.

"그건 서로 만나서 해결해야 할 문제지."

"만나다니? 네가 그놈을 왜 만나?"

"만날 수밖에 없어. 그는 내일 〈일 드 모르비앙의 결혼식〉을 보러 올 테니까."

막시민도 리체도 당황하여 눈을 깜빡거렸다.

"뭐……라고?"

"설마 그 사람이, 내일 객석에 앉아 있을 거란 말이야?"

"그자가 보낸 글을 봐."

조슈아는 다시 한번 미소 지었는데 이번에는 자신감이 언뜻 비쳤다.

"내 마지막 공연이 최고의 공연인지 아닌지, 알기 위해선 직접 와서 보는 수밖에 없지. 그자가 공연을 볼 생각이 아니었다면 이렇듯 멋을 부려 자신을 알릴 필요는 없었을 거야. 객석과 무대에서, 서로 눈이 마주치는 그 순간을 기대한 것이 아니라면 말이야."

막시민이 사납게 대꾸했다.

"왜 그게 마지막 공연이야!"

"응……. 하긴 마지막 공연은 아니어야겠지."

말투로 보아 그 문제를 중요하게 생각하고 있는지도 알 수 없었다. 이어지는 조슈아의 목소리가 점차 무대 위의 울림을 띠었다.

"그자는 내일, 나를 보러 올 거야. 〈일 드 모르비앙의 결혼식〉이 시작되는 무대 앞 객석에 높이 앉아서, 나를 보려고 할 거야. 틀림없이 온다. 그는 나를 놀리고 있어. 그는 숨어 있을 수도 있었어. 그가 이렇듯 선물을 보내 자신을 드러내지 않았다면 등뒤에 나타나 내 목을 조르는 순간까지도 몰랐을 테지. 그러나 그는 그러지 않았어. 어둠 속에 숨어서 내 목을 부러뜨릴 생각은 없었어. 그가 나를 보고 있음을 알려서, 나 또한 그를 보길 원했어. 그는 나를 보고, 나는 그를 보고, 서로를 뚜렷이 의식하는 가운데 자신의 일을 하고 싶었던 거지."

"고작…… 그런 이유 때문에 자신을 드러낸다고? 전문적인 살인자인 그자가? 더 쉽게 성공할 수 있는, 숨어 있던 그늘을 버리고?"

막시민의 눈이 조슈아와 마주쳤다. 다음 순간 막시민은 너무 밝거나, 희거나, 뜨거운 것을 본 사람처럼 시선을 돌렸다. 동시에 이를 악물었다.

"그는 자신만만해. 지금껏 자신이 실패했다고도 생각하고 있지 않아. 그는 나와, 우리와 잠시 유희를 즐긴 거야. 쫓고 쫓기는 해변의 놀이처럼 언제고 뒤따라가 쓰러뜨릴 수 있다는 것을 알기에, 집토끼를 풀어놓은 사내처럼 느긋한 거야. 지금 그는 내게 말을 걸었어. 마지막 공연을…… 최고로 해내라고 말이야. 그리고 이 옷을 보냈어. 무대의상을, 〈아쿠아리안〉에서 입어야 했던……. 그러면서 흐트러지지 말고 무대에 설

것을 요구했어. 물론 내가 달아날 수도 있지. 아니, 달아날 테면 달아나보라고 말한 셈이지. 선택지를 준 건 그야. 그렇지만 그는 한 명의 관객으로서 〈일 드 모르비앙의 결혼식〉을 보러 올 것임을 내게 알렸어. 그러면서 내게 겁에 질려 내일 공연을 망치고 달아나버릴 것이냐고 묻고 있는 거야. 〈아쿠아리안〉의 의상을 보내어 격려한 자신을 실망시킬 것이냐고, 무대를 버리고 도망칠 것이냐고, 비웃으면서 물은 거야."

조슈아의 입가가 미세하게 떨렸다. 마치 홀린 것 같았다. 무대의 빛과 죽음의 그림자에. 쏟아진 향수는 이제 방안 가득 중독적인 향을 내뿜었고, 그 때문이었든 또는 다른 무엇 때문이었든 리체는 머리가 어질어질해져 눈을 바로 뜨기도 힘들었다. 눈을 잠깐 감는데 조슈아의 목소리가 들렸다.

"그러니까 막시민, 너한테 부탁할게. 리체와 같이 오늘밤 여길 떠나. 너희 둘을 끌어들이고 싶지 않아. 이건 내 무대니까."

"뭐라고?"

막시민은 순간 모욕당한 것처럼 얼굴을 붉혔다. 하지만 조슈아는 개의치 않고 이번엔 리체를 봤다.

"알았지?"

리체는 아무 대꾸도 못한 채 눈가를 찡그렸다. 현실감이 기묘하게 왜곡된 기분이었다. 현실과 연극의 중간에 걸려 발밑이 물컹대는 젤리처럼 흔들거렸다.

이윽고 막시민이 말을 이었다.

"그 말은, 넌 피하지 않고 받아들이겠다는 뜻이냐? 너를 죽이려고 도사린 그자와 마주칠 것이 틀림없는 그 자리에, 네 발로 나가겠다고?"

"물론."

"미친 소리 좀 작작해!"

"미친 소리라고?"

갑자기 조슈아가 두 발짝 걸어와 막시민 앞에 섰다. 왼쪽 구두가 쏟아진 향수를 밟았고, 서늘하면서도 관능적인 사향 냄새가 흡사 사람을 녹일 듯 진동했다. 귀부인들이 지니고 다니는 사향 주머니에 들어 있는, 한 사람에게 필요한 양의 수십 배에 이르는 향이다. 그러나 조슈아는 전혀 느끼는 기색이 아니었다.

"분명히 말하겠어. 난 내 작품을 망치지 않아. 여긴 모든 것이 준비되어 있어. 나를 사랑하는 사람으로부터, 나를 죽이려는 사람까지. 이런 곳에서 내가 달아날 것 같아? 숨어서 일을 쉽게 할 수도 있었던 그자가 나와 함께 파티를 즐기겠다고 초대장을 보내왔는데, 내게 거기서 등을 돌리고 달아나는 추한 꼴을 보이라는 건 아니겠지?"

막시민의 얼굴에 나타난 표정은 뭐라 형용하기 힘들었다.

"조슈아…… 네가 하고 있는 말의 의미를 알고는 있는 거냐?"

"물론 알고 있어."

"그자가 저울대에 올린 건 네 목숨이야!"

"아니. 그자가 시험하고 있는 건 내 자존심이야. 날 기다리는 수많은 관객들을 버리고, 당당하게 초대장을 보낸 자신을 저버리고, 무대에서 달아나는 배우가 될 테면 돼보라는 거야. 그자는 객석에서 내가 어떤 꼴을 보일지 웃으면서 기다리고 있을 테지. 그래, 넌 그자의 목표가 내 목숨뿐이라고 생각할 거야. 하지만 이 순간 달아난다면, 난 다시는 무대에 서지 못해. 목숨은 건질지 몰라도 배우로서의 생명은 더이상 없는 거다."

"그자가 네가 달아나지 못하게 도발할 셈이었다면 충분히 성공했군그래. 어때?"

"내가 달아나지 않길 바랐다면, 처음부터 옷 따위는 보내지 않으면 돼."

둘의 시선이 부딪혔지만 조슈아의 눈빛은 단호했다. 한 치도 물러설 기세가 아니었다. 막시민 또한 미간에 힘을 준 채 조슈아를 쏘아보고 있었다. 한참 만에 막시민의 입술에서 짓씹힌 말이 새어 나왔다.

"미친놈."

"그래, 미쳤어. 너도, 나도 알다시피, 이 미친놈이 바로 나야."

"이 순간 네 뒤통수를 때려 기절시켜서 끌고 나가고 싶다."

"해봐. 하지만 그 뒤에 네가 어떤 미친놈을 보게 될지는 장담 못 해."

두 사람이 종종 의견 대립을 보이긴 했지만 이 정도로 극한까지 밀어붙인 것은 처음이었다. 의견은 물론 감정도. 낮게 숨을 쉬고 있는 조슈아의 표정은 어떤 타협도 고려하지 않겠다는 것처럼 굳어진 채였다. 막시민도 성격 같아선 주먹으로 한 대 후려갈기고도 남았을 텐데, 다음날 그 얼굴로 무대에 서야 한다는 것을 기억했음인지 주먹만 바르르 떨리도록 부르쥘 뿐이었다. 그런 것을 보면 막시민이 조슈아의 주장을 전혀 받아들이지 않는다고 볼 수도 없었다.

"너……."

한참 만에 막시민의 입이 열렸다.

"내 조언 따위는 필요 없다는 거겠지. 네 목숨이든, 배우로서의 생명이든, 그 밖에 뭐든 간에 너 스스로 지킬 수 있다고 했으니까 어디 직접, 최선을 다해 잘해봐라. 난 능력이 없어서 너처럼 대단한 녀석의 시중을 어떻게 더 잘 들어야 할지 모르겠다. 언제고, 그만둘 때가 올 거라고 생각했다. 주연이 지배하는 무대에서 조연은 퇴장할 시간이지."

막시민은 한 발짝 물러서더니 몸을 돌려 그대로 분장실을 나갔다. 조슈아도 그를 부르지 않았다. 그 자리에서 꼼짝 않고 그 표정 그대로 굳어진 듯 서 있었다.

"조슈아."

리체가 불렀을 때, 천천히 고개를 돌린 그와 시선이 마주쳤다. 조금 전과 같은 표정인 듯 보였지만 리체는 조슈아의 눈가에 피로가 깊게 서린 것을 보았다.

리체가 말을 잇지 않자, 조슈아가 느리게 입을 열었다.

"사향…… 냄새가 좀 진하지?"

"……."

목을 조르던 손에서 겨우 풀려난 사람처럼, 평소의 맑은 울림과는 완전히 다른 거칠한 목소리였다. 리체는 조슈아를 한참이나 바라보았다. 분명 미쳤지만…… 약한 사람, 아니, 강하고 탁월하지만 이 세상에서는 숨쉬기 힘든 존재. 그만을 위한 특별한 공기와 식량이 필요하지만 그런 것은 존재하지 않지. 발목이 꺾인 사슴처럼 안타깝지만 결국 도움도 필요 없는 소년.

리체가 몸을 돌리는 순간 조슈아가 말했다.

"너도…… 갈 거니?"

조금 전에는 자길 두고 떠나라고 했으면서, 이 순간 그가 얼마나 약해졌는지 느껴지는 이율배반이었다. 리체는 대답 없이 테이블 끝으로 가서 자신이 처음 들어오며 내려놓았던 꾸러미를 들고 조슈아 앞으로 돌아왔다.

꾸러미를 내밀자 리체를 보는 조슈아의 눈동자가 불안하게 흔들렸다. 받았지만, 어떻게 해야 할지 모르는 사람처럼 머뭇거렸다.

"이것, 전부터 주고 싶었어."

조슈아의 손끝이 꾸러미를 풀었다. 안에서 나온 것은 눈부시게 흰 재킷과 은빛 무늬가 든 검은 바지였다. 막시민이 지난번에 스케치를 집어 갔던 바로 그 옷이었다. 목이 깊이 패어 가슴 언저리에 이르고, 보빈 레이스였던 재킷 소매 끝은 코드자수에 컷워크를 넣은 것으로 바뀌어 좀더 뚜렷하게 장미가 표현되어 있었다. 그런 장미 문양이 어깨에도 들어가 있어서, 소매 없는 셔츠를 받쳐 입을 경우 어깨의 살갗이 컷 사이로 드러나 보일 터였다.

조슈아는 옷을 매만지기만 할 뿐 얼른 뭐라 말하지 않았다. 리체가 말했다.

"2막 끝부분, 결혼식에서 입을 옷이야. 어차피 대본에서 제대로 된 예복도 없는 상태라고 했으니까 아예 자유스럽게 만들었는데, 그래도 어울린다고 생각해."

조슈아는 여전히 말이 없었다.

"마음에 들지 않으면 입지 않아도 돼. 하지만 네가 오늘 입은 옷보다는 훨씬 낫다고 봐. 내일 무대에 나갈 거잖아? 이런 희생을 치르고 선택한 곳인데 완벽한 모습으로 나가야지. 내가 자신 있게 말하지만 이곳 의상 담당자, 나보다 실력 없어. 넌 어떻게 생각할지 몰라도……."

말을 맺기 전에 리체의 몸이 휘청 흔들렸다. 조슈아가 갑자기 리체의 어깨를 잡고 끌어당기며 뺨에 키스를 했던 것이다. 그렇게 얼굴을 맞댄 상태로 얼마 동안 그대로 있었다.

리체는 눈을 크게 떴다가, 감았다가, 다시 뜨며 곁눈으로 조슈아의 얼굴을 봤다. 감긴 눈꺼풀을 덮은 아름다운 속눈썹이 바로 코앞에 있었다. 소년의 뺨은 차가웠고, 이마에 닿는 머리카락은 부드럽고, 입술은 열에 들뜬 듯 따끈했다. 다음 순간, 리체가 후닥닥 물러나는 것과 동시에 조슈아도 고개를 들었다.

"고마워."

짧은 한마디만 남기고 옷을 집어 든 조슈아는 막시민이 나간 것과 마찬가지로 나가버렸다.

혼자 남은 리체는 저도 모르게 손을 가슴으로 가져갔다. 그제야 심장이 빨리 뛴다는 것을 느끼고 얼굴이 확 붉어졌다. 기껏해야 감사의 인사, 고향에서 같이 자란 소년들이라면 아무렇지도 않게 주고받았을 키스에 왜 이렇게 당황한 것인지 납득이 안 갔다. 그처럼 짧았던가, 아니면 좀더 길었던가?

저도 모르게 입에서 이런 말이 튀어나왔다.

"제기랄……."

그때였다.

"저기, 밀라르……."

리체는 화들짝 놀랐다. 그렇지 않아도 빨리 뛰던 심장 고동이 더 세어졌다. 사람은 보이지 않는데 목소리만이 들렸고 방향은 입구가 아닌 벽 쪽이었다.

"아, 저……."

방금 일어난 일로 당황한데다 누군가가 봤을지도 모른다는 생각이 머리를 혼란스럽게 했다. 방금 겪은 일은 물론이고 조금 전, 셋이 서로의 진짜 이름을 불러가며 '샐러리맨'에 대한 얘기까지 상세하게 나눴는데 그걸 누가 들었다면 큰일이 아닌가?

"누구신지?"

그런데 대꾸하다 보니 퍼뜩 생각이 났다. 여기서 리체를 밀라르라고 부를 소녀는 한 명뿐이었다.

"이네스?"

"……."

잠시 침묵이 흐르고 그 대신 부스럭대는 소리가 들렸다. 이윽고 리체가 벽이라고 생각했던 부분이 왈칵 열리더니 벽장처럼 생긴 공간이 나타났다. 그 안에 바짝 붙어 서 있는 이네스가 보였다.

리체는 웃을 수가 없었다.

“너……구나. 그런데 어째서 거기 있는 거야?”

벽장에서 나온 이네스는 리체를 빤히 바라봤는데 눈빛이 약간 이상했다. 지난번 의상 보관실에서 이야기하던 때, 조심스럽고 어른스럽던 이네스와는 달랐다. 한참 동안 말도 없었다. 무슨 말을 꺼낼지 기다리는 짧은 순간이 못 견디게 길었다. 불쑥 ‘그자’가 누구냐고 물으면 어떻게 대답해야 할까?

그러나 벽장문을 본래대로 해놓고 테이블 앞까지 온 이네스가 맨 먼저 꺼낸 말은 예상 밖이었다.

“저기, 방금…… 그 사람이랑…… 음…….”

“응?”

이네스는 갑자기 고개를 흔들었다.

“아니야, 아니야. 저, 해줄 이야기가 있어. 중요한 얘기야. 아까 전에 우연히 분장실에 들어왔다가 사람들이 들어오는 바람에 얼떨결에 저곳에 숨었는데, 나오지 못하는 사이에 여러 가지를 보게 됐어. 너희 얘기도 들렸고…… 물론 엿들을 생각은 아니었어. 나올 기회가 없었던 것뿐이야. 너와 그분, 그리고 친구분…… 오기 전까지도…….”

리체는 이네스가 무슨 말을 하려는 것인지 얼른 알아듣지 못했다. 맨 처음에 한 말이 너무 신경쓰였던 것이다. 그러나 마지막에는 리체도 그 말이 가리키는 중대한 사실을 깨닫고 외쳤다.

"어머! 너 그럼, 저 옷이 들어 있던 상자를 여기 갖다 놓은 사람도 봤니?"

이네스의 표정이 불안정했다.

"그러니까…… 저기, 그런 얘긴데…… 나하고 얘기 좀 해. 그리고 나한테 해줘야 할 얘기도 있고."

리체는 약간 경계심을 느끼며 반문했다.

"무슨 얘기?"

"너하고 그분이랑 친구분, 정확한 정체에 대해서. 제발 말해줘. 그걸 들어야 내 얘기도 할 수 있어. 내게도…… 이건 쉬운 문제가 아니야. 하지만 모르는 체할 순 없어. 아, 안 돼. 나도 내가 무슨 말을 하는 것인지 모르겠어."

리체는 상황이 심각해지는 것을 깨닫고 주위를 둘러봤다. 지금 두 소년을 불러올 순 없다고 생각했다. 이네스가 그들 앞에서도 입을 연다는 보장이 없었다.

직접 처리할 수밖에 없었다. 이야기를 해서, 담판을 지어야 했다.

"다른 데로 가자. 여긴 너 같은 사람이 또 있을까 겁나."

심장을 꿰뚫다

한때 천사였던 그대, 눈 감고서
내 얼굴 바라보지 아니한다.
한때 내 것이던 그대, 다문 입술
내 부름에 답하지 아니한다.
내가 조급히 부르짖을 것을 알고도
일어나 날 맞이하지 아니한다.

보답 없는 여인이여
나는 그대를 용서하지 아니한다.
그대 위해 흘린 피도 보람 없이
죽음이 앗아가 내 것이 아닌 그대

내 그대의 뒤를 따라갈 날까지
그대의 형제와 친구들을 보내어

돌로 메운 무덤 속에서도 영원히 기뻐하게 하리라.

여전히 사향 냄새가 떠돌았다. 정신을 혼미하게 하던 독한 향은 가라앉았지만 환기가 잘되지 않는 분장실의 구조상 완전히 사라지지 않고 있다가, 무심코 문을 열고 들어서는 사람을 아찔한 향 속으로 끌어들였다. 스스로도 깨닫지 못하는 사이, 의도하지 않았던 행동을 저지르게 하는 마비의 향.

하지만 이 시각, 드나드는 사람은 없었다. 모두 점심 식사를 하고 있을 정오였다. 조슈아는 혼자 앉아 거울을 바라보다가 손을 내밀어 검고 납작한 뚜껑을 열었다. 밖에는 12시 10분의 태양빛이 내리쬐련만 잠든 고래 같은 극장의 뱃속에서는 한밤처럼 켜놓은 오렌지색 램프가 비현실적인 그림자를 뿌리며, 거울 테두리를 두른 싸구려 황동 금장식과 낡은 화장대의 칠 벗겨진 상처들마저 되살려낸다.

탁, 내려놓자 통에서 하얀 분가루가 날아올랐다가 이내 빛에 녹았다. 진주를 부순 듯 반짝이는 분통 속에 두 손가락을 푹 찍었다가 눈 아래쪽을 그었다. 떨어진 가루가 화장대 위에 흩어졌다. 손끝만으로 눈 밑과 광대뼈 언저리까지 희게 펴 발랐다. 그리고 붓으로 한차례 털어냈다. 밑 화장은 그 정도로 끝이었다. 피붓빛이 고르고 희어서 화장수도 유제油制도 필요 없었다. 다만 조명을 생각해서 눈 아래만 바르곤 했다. 가면을 쓰던 카르디 시절, 때에 따라 가면 위에 그렇게 했다.

오늘은 가면도 없다. 어쩌면 필요보다는 기분의 문제였을지도 모른다. 무대에 아무 준비도 없이 오르지 않겠다는 배우다운 기분으로, 장난처럼 보이기도 하는 화장을 시작하는 것이다. 거울 속에는 어떤 빛깔이든 겁내지 않는, 흰 캔버스 같은 얼굴이 있었다. 무엇을 해도 좋으리라. 그가 만든 그의 극이며, 그가 가장 잘 이해하고 있는 배역이다.

조슈아의 손이 뻗어가 먹붓을 집었다. 가느다란 붓끝을 잠시 들여다봤다. 그림을 그릴 때처럼 나타내려는 것을 머릿속에 떠올렸다. 생각한 그대로 그려낸다. 붓끝으로 눈꺼풀을 대담하게 찍었다가 순식간에 선을 그어나갔다. 쌍꺼풀을 따라간 선이 눈초리에서 가늘게 치켜 올라갔다. 왼쪽도 같게, 검은 먹선이 그렇지 않아도 짙은 눈매를 한층 날카롭게 만들었다.

먹붓을 놓고 새도를 집어 들었다. 죽은 사람이나 아픈 사람을 연출할 때 쓰는 푸르죽죽하고 어두운 새도를 몇 개 섞어 눈매를 따라 바르고, 눈초리에는 좀더 짙게 발랐다. 머뭇거리지도 않고 내키는 대로, 누구도 시도하지 않을 푸른빛과 보랏빛이 섞인 눈매가 만들어지자 붓을 던지고 거울을 보았다.

몇 가지 색깔만으로 평소와는 사뭇 달라진 자신이 보였다. 여전히 아름답지만, 무표정만으로도 차갑고 화가 난 것처럼 보인다. 본디 아무것도 칠하지 않아도 충분한 얼굴이었다. 그러나 오늘 그는 무대에 오를 것이다. 그곳에 어울리는 아름다움은 달리 있으며, 그가 이해하는 한 시체의 빛깔을 썼더라도 아름다움이 될 수 있다.

화장대에서 일어나 옷장으로 걸어간 조슈아는 1막 첫 장면에서 입을 옷을 꺼냈다. 푸른 광택이 도는 검은 벨벳으로 된 긴 재킷과 깃 높은 셔츠를 테이블에 던져놓고, 입고 있던 것을 벗었다. 바지부터, 그리고 셔츠를 입고 단추를 채웠다. 칼라를 세우고 목 언저리는 풀어헤친 채 벨벳 재킷을 입었다. 황금빛 단추가 달렸고, 팔과 아랫단에는 꼬임이 많은 금빛 파이핑 장식을 두른 장식적인 옷이다. 보통 사람은 감히 소화하기 힘든 화려한 모양이었지만 그에게는 문제없이 잘 어울렸다.

마지막으로 머플러를 감고 구두를 신었다. 홱 돌아서자 저만치 분장실 전체를 담은, 그 안에 자신이 선 거울이 보였다. 아침에 다듬어두었던 머리를 손끝으로 가다듬었다. 화장대로 다가가 서랍 속에서 가짜 금반지를 꺼내 끼고, 입가를 매만졌다. 모든 것이 끝났다. 마음에 들었다. 그는 이제 무대로 나가

리허설을 시작할 것이고, 한 시간 반 뒤에는 모든 것이 시작된다. 환호도, 죽음도 기다릴지 모르는 곳으로 나아가려고 몸을 돌려 걸음을 떼어놓았을 때, 문이 열렸다.

방문자를 맞이한 것은 매혹적인 사향 냄새였다. 방안 가득 물씬하게 풍겨와 순간 머리가 어찔할 정도였다. 이네스는 흠칫하며 그 자리에 멈춰 섰다. 곧 자신을 바라보는 사람이 누구인지 깨닫자 놀란 표정이 되었다. 아니, 정확히는 멍해졌다.

“아, 이네스. 준비해야지?”

어제와는 또 달랐다. 매일같이 연습했고, 이미 한 회 공연을 함께 했는데도 처음 마주친 듯했다. 낯선 손이 심장을 움켜쥔 듯 숨이 탁 막혔다. 저런 눈 화장을 한 모습은 본 적이 없었다. 이질적일 정도로 선명한 검푸른 새도와 보라색, 그러나 조금도 어색하지 않았다. 시선 한번 돌리지 못했다. 자신이 왜 여기에 들어왔는지도 잊었다. 가슴이 미치도록 뛴다는 것만을 알았을 뿐이었다. 오직 그것만을 알았다.

“그래, 이리 와봐.”

조슈아가 부르는 대로 화장대 앞으로 가면서도 물속을 걷는 것처럼 몸이 잘 움직여주지 않았다. 가까스로 의자에 앉자, 조슈아는 손을 씻고 와서 맞은편 의자를 끌어당겨 앉으며 자신을 향해 돌아앉으라고 손짓했다. 그리고 손을 뻗어 가장 먼저 화장수를 손끝에 내며 말했다.

"눈 감아봐."

조슈아의 손이 얼굴에 닿자 머리가 어지러웠다. 화장수의 시원함도 느껴지지 않았다. 얼굴 곳곳을 간질이듯 건드리고 가는 손가락의 감촉 때문에. 이어 무언가가 펴 발라졌지만, 여전히 그것밖에 느끼지 못했다. 손끝이 목에 이르자 온몸이 오싹해졌다. 잠시 후, 보드라운 붓으로 바뀌고도 한동안 잔상이 가시지 않았다.

조슈아는 화장을 자주 하지 않았지만 화장품에 대해 잘 알고 있었다. 몇 년간 무대에 서며 수없이 분장실에 머물렀던 그였다. 이네스의 창백하고 고르지 않은 얼굴빛을 어떤 식으로 밝혀야 할지, 여린 눈매는 어떻게 다듬고 뺨에는 어떤 빛깔이 필요할지, 파랗게 핏줄이 보이는 목은 어떻게 하면 좋을지 충분히 알고 있었다.

"조금만……."

가늘게 뜬 이네스의 눈에 신중하게 붓끝을 다듬는 조슈아의 내리깐 눈이 보였다. 이윽고 눈꺼풀로 붓이 다가와, 선이 그어져나갔다. 차가운 듯도 한 붓이 눈초리까지 훑고, 눈 아래쪽으로 이어져갔다. 그러는 동안 왼손으로 그녀의 어깨를 가볍게 쥐고 있었다. 이네스는 숨을 고르게 쉬느라 힘이 들었다. 떨고 있다는 것을 눈치챌까 봐 입술까지 깨물고 있었다.

"이제 눈떠도 돼."

이네스에게는 섀도를 조금밖에 바르지 않았다. 대신 핏기 없는 뺨을 돋우려고 복숭앗빛 볼연지를 많이 써야 했다. 조금씩 찍어 손끝으로 펴 발랐다. 이네스의 입술이 바들바들 떨렸지만, 하고 있는 일에 집중한 조슈아는 상대의 반응 같은 건 안중에 없었다. 자신의 작품을 위한 일이었다. 이네스는 그와 함께 무대에 오를 주인공이고 그녀의 모습 또한 중요한 부분 중 하나니까, 오늘의 무대를 완벽하게 하겠다는 일념으로 얼굴을 가다듬어주는 것이다.

마지막으로 입술연지를 붓에 묻힌 조슈아가 따라 하라며 입 모양을 보여주고, 그림을 그리듯 붓을 움직여갔다. 다 되어가는데 어떻게 변했을까 궁금할 법도 하건만, 이네스는 거울을 흘끔거리지 않았다. 내내 한 가지만 보고 있었다. 그녀의 입술을 칠하느라 저도 모르게 살짝 벌어진, 조슈아의 아무것도 칠하지 않은 입술.

"됐어."

조슈아가 거울을 가리켰기에 그제야 이네스도 시선을 돌렸다. 그리고 흠칫 놀랐다. 내 얼굴이 저랬던가?

화사한 뺨에 또렷한 눈매, 하얗고 깨끗한 이마와 도톰하고 매력적인 입술을 한 자신이 그곳에 있었다. 자신의 이런 얼굴을 한 번도 본 일이 없었다. 예쁘다는 말은 남의 이야기인 줄로만 알았는데, 처음으로 자신에게도 그 말이 어울릴 수 있을 것만 같아 저도 모르게 빰이 붉어졌다.

"내…… 얼굴 같지가 않아요."

"마음에 안 들어?"

"아, 아뇨. 절대로. 너무 예뻐서…… 나 같지가 않아서요."

조슈아가 미소 지었다.

"어제 보니 분장사가 화장을 잘 못 하더군. 좀더 실력 있는 분장사만 있으면 얼마든지 예뻐져."

이네스는 머뭇거리다가 말했다.

"그렇긴 하지만 어차피 화장일 뿐인데요. 본래 얼굴은 바뀌는 게 아니잖아요."

조슈아가 피식 웃었다.

"날 때부터 예쁜 얼굴은 아주 조금뿐이야. 다 노력으로 예뻐지는 거지. 화장한 얼굴이 남의 얼굴이라고 생각할 필요 없어. 태어난 그대로의 모습이어야만 한다고 생각한다면 옷도 입지 말고 다녀야지. 자, 그럼 난 나갈 테니 옷 갈아입고 나와."

"하지만……."

조슈아가 일어나자 따라 일어선 이네스가 입속으로 말을 굴렸다. 조슈아가 돌아봤다.

"응?"

"당신은 화장하지 않아도…… 예뻐요."

이미 입구까지 간 조슈아가 다시 돌아보더니 약하게 웃었다.

"하지만 타고난 모든 것에는 대가가 따르거든."

문을 닫으려는 순간, 갑자기 이네스가 달려갔다. 문고리를 붙잡고 나가지 못하게 했다. 조슈아가 놀라서 눈을 둥그렇게 떴다.

"왜 그래? 뭐 잘못됐어?"

"아니, 아니에요, 그게 아니라 꼭 물어야 할 게 있어서, 잠깐만 내 말 좀 들어줘요."

"무슨 얘긴데?"

닫히다 만 문을 사이에 두고 마주섰다. 금세 갈 듯한 조슈아를 보자 더더욱 미칠 듯 맥박이 뛰놀았다. 말해야 했다. 오직 한 생각에 사로잡혀 이네스는 절박하게 말했다.

"당신…… 나가지 않으면 어떻게 되죠?"

"나가지 않다니?"

"오늘 무대에…… 오르지 않으면 어떻게 되죠?"

"무슨 말이야?"

"오르지 말아요! 제발, 제발!"

"이네스, 왜 그래?"

조슈아의 미간에 힘이 들어갔다. 그는 이네스를 밀며 도로 안으로 들어왔다.

이네스는 오직 하나만 생각했다. 조슈아가 희생되어선 안 된다. 이대로 내버려둘 순 없다. 다치기를 원치 않는 또 한 사람이 피해를 입더라도, 아니 어쩌면 그편이 두 사람 모두를 위해 더 좋을지도 몰랐다. 잠시 고통받더라도, 결국 돌이키지 못할 죄를 짓는 것보다는 나으니까. 오빠가 한번 삐뚤어진 결심을 고집 세게 밀어붙이는 외곬의 인간이란 건 잘 안다. 오랫동안 봤으니까. 오빠의 머릿속에 든 죄가 무엇인지, 얼마나 최악의 것인지, 그녀는 모른다. 모르기에 막아야 한다.

"도망쳐버리세요. 취소되면 뭐 어때요? 사람들이 실망하면 뭐 어때요? 한 번만으로도 충분했어요. 이미 아무도 잊지 못할 것을 보여줬잖아요. 제발요! 무대에 오르지 말아요! 잃어버리고 싶지 않아요!"

조슈아가 이네스의 손목을 잡았다. 아플 정도로 센 손아귀였다. 내려다보는 눈빛이 단호했다.

"뭘 알고 있지? 말해봐, 이네스. 내가 무대에 올라가면 어떻게 되는데?"

성의 안마당.

모르비앙가의 아이들이 한쪽에 모여 소곤소곤 얘기하고 있는데 막내 마리안느가 달려오며 소리친다.

나오고 있어!

순식간에 흩어져서 누구는 장난감 활을 만지작거리고, 누구는 하녀에게 잔소리하고, 누구는 모이 쪼는 닭을 쫓아다니는 체하는 가운데 문이 열리고 모르비앙의 소녀 백작 막시밀리앵이 걸어나온다.

객석에 박힌 수많은 눈들이 그의 움직임을 뒤쫓았다. 걷고, 손을 올리고, 손가락을 흔들고, 입을 열 때까지 한 동작도 놓치지 않으려 했다. 그런 그들 속에, 다소 다른 감상으로 그의 등장을 보는 눈이 있었다.

막시밀리앵은 주위를 둘러보더니 말한다.

너희가 이토록 한가로운 걸 보니 내 마음이 기쁘다 못해 숫제 녹아내리는구나.

무대 왼쪽에서 이렌느가 등장하며 말한다.

오라버니께서 여전하신 걸 보니 제 마음도 기껍다 못해 숨이 꼴딱 막힐 지경이네요. 백작께서 영지를 둘러보신 소감은?

막시밀리앵이 마땅치 않은 얼굴로 대꾸한다.

텅 비었지.

이렌느가 말한다.

소도 닭도 양도, 순무도 감자도 당근도, 짚단도 밀겨도 거름더미도 없던가요?

막시밀리앵이 말한다.

없어, 전혀.

이렌느가 말한다.

그럼 백작답게 자비롭게 다스리시며 우리에게 삼가 먹을

것을 내려주시는 것은 무린가요?

막시밀리앵이 말한다.

뒤뜰의 닭이나 잡아먹어.

그가 무대 위를 걷는다. 모두의 시선을 휘어잡고 나아간다. 그가 웃는 소리에 마음이 움직이고, 그의 눈이 객석을 향하자 모두가 숨을 죽인다. 그러나 그가 객석을 바라본 이유를 아는 사람은 없었다.

쉽게 눈에 띄지 않았다. 객석은 무대에 비해 어두웠다.

이야기가 흐른다. 동생들이 머리를 내밀며 합창한다. "짝이 있어야 돼!" 다시 장면이 바뀐다. 막시밀리앵은 결혼 상대자를 고르기 위한 파티를 준비한다. 답장이 도착하자 하나하나 읽으며 비웃는다. 방드빌 백작부인 콩스탕스가 온다는 소식에 짓궂게 흥얼거린다. 이제 날개가 없는 백작부인, 안녕히 가시고 다음 분 대기해주세요.

그가 노래를 부른다. 노래하는 동안 한 사람도 다른 생각을 못하도록 만든다. 한 명 한 명을 어김없이 빨아들이고, 그를 볼 수밖에 없게 만든다. 어쩌면 오늘 그 힘은 정도를 지나친 감도 있었다. 평소라면 그도 다른 배우들에게 골고루 시선이 가도록 자신의 에너지를 적당히 조절했을 것이다. 그러나 오늘은 그렇지 않았다. 그는 집중했다. 자신에게, 자신의 배역에. 흡사 모든 행동에서 마력이 뿜어져 나오는 듯했다. 회오리처럼 사람들의 마음을 삼켰다.

데모닉.

오늘의 그는 데모닉이다.

오늘이 가기 전에 끝나버릴 수도 있기에, 가진 재능에 모조리 불을 지르는 것 같다.

이네스가 처음 등장했을 즈음, 조명이 갑자기 객석을 비췄다가 사라졌다. 사람들은 흠칫 놀랐지만 실수라고 생각했는지 크게 웅성대지는 않았다. 그러나 그런 일이 일정한 간격을 두고 되풀이되자 사람들도 의아해서 조그맣게 수군거리기 시작했다.

조명을 담당하는 사람은 극장에 고용된 두 명의 마법사였다. 무대를 밝히거나 여러 가지 빛깔의 동그란 불빛을 차례대로 비출 뿐, 파괴적 힘은 없는 마법의 빛으로 실내 공연을 보조하는 것이 그들의 일이었다. 이미 대부분의 극장들에 일반화된 고용인이었고, 큰 실력이 없는 마법사들에게는 수입이 나쁘지 않은 직업이기도 했다. 대본에 조명 배치를 자세히 표시해놓고 수많은 연습을 통해 타이밍과 간격을 맞춰뒀다가, 갖가지 색깔로 내보내면 되었다.

사람들이 두리번거리는데도 조명의 움직임이 계속되자 관객들도 새로운 연출인가 하고 슬슬 납득하는 분위기가 되었다. 실제로 조명의 움직임은 리듬을 타고 있었다. 무대가 어두워졌을 때는 순간적으로 반짝하고, 무대가 밝을 때는 좀더 오래 머물렀다.

막시밀리앵 드 모르비앙은 대본상 시니컬하긴 해도 카리스마 있는 인물은 아니었다. 오히려 곧잘 신경질을 부리고 우스운 대사도 잘 내뱉는 편이었다. 그러나 조슈아는 그런 배역으로도 사람의 마음을 종횡으로 흔들고, 쥐었다가 놨다가 다시 움켜쥐고, 꼼짝 못하고 눈도 못 뗄 움직임을 보여주었다.

당신의 눈에 깃든 수많은 말들,
그 마음을 지금 내가 없애버리지.

내게 사랑은 필요 없어, 처음부터 없었어.
아름다움도 필요 없어, 내게 그런 건 없어.
다른 사람이 보면 우스워 보일 거야.
다른 사람의 사정이니까, 우스워 보이겠지.
멋대로 웃어보라고
죽도록 웃어보라고
내가 눈 하나 깜짝 않는다 해서 실망은 마.
난 널 만족시키기 위해 태어나지 않았어.

내 얼굴이 마음에 드나? 만져보고 싶어?

나와 정원을 걷고 싶나? 티타임은 어때?
분명히 말해두지만 방법은 하나뿐이야.
분명히 일러두지만 그 밖의 방법은 없어.
금화를 손에 얹고
손가락을 까딱여봐.
하지만 아주 비쌀 거야, 싼값에는 안 돼.
하지만 꼭 하고 싶다면 비싼 것도 아니지.

달콤한 말로 눈 멀게 하겠단 생각은 버려.
사랑의 맹세 따윈 다른 데 가서 알아봐.
날 경멸하는군, 그렇지? 아주 잘 생각했어.
내 생각도 같아. 아주 저질의 인간이지.
그럼 떠나버리면 돼.
여기서 사라지면 돼.
언젠가 잘했다고 생각할 날이 올 거야.
지금 마음 아픈 것 따위 아무것도 아니지.

화가 나나? 실망스러워? 침을 뱉고 싶나?
나 같은 자한테 그래봤자 낭비일 뿐.

할말이 있는 모양인데, 사양하겠어.

엄마한테 잔소리 들을 나이는 지나갔거든.
남의 조언에 귀기울여 바른 길을 걷기엔
이미 진창에 빠진 성격이 되어놔서 말이야.
내게 덤벼들어봐.
따귀를 힘껏 갈겨.
걱정 마, 당신이 원하는 유치한 사랑 놀음
그런 거 해줄 사람은 세상에 널려 있어.

하지만 지금, 이것만은 분명히 말해둘게.
나와 이야기하고 싶으면 돈을 내야 돼.
내게 키스하고 싶다면 아주 아주 비싸지.

얼마가 되든 그 돈을 내고 싶을 사람이 객석에 가득했기에 불이 꺼지자 곳곳에서 한숨이 흘러나왔다. 1막의 끝이었다. 캄캄해진 객석을 다시 한번 조명이 훑고 지나갔다. 누군가의 눈이 빛에 비쳐 반짝, 했다.

막이 오른다. 첫 장면은 이네스, 그러니까 마리 드 트루아다. 배신감과 죄책감으로 고통스러워하는 그녀는 밤에 정원을 걸으며 자신의 마음을 노래한다. 정원은 성의 안뜰 배경을 그대로 쓰면서 대신 푸른 조명을 깔고, 풀 모양으로 오려낸 검은 패널을 이용해서 조명을 효과적으로 가려, 검은 풀 그림자들이 발밑에 드리워진 모습으로 표현되어 있다.

아무것도 사랑하지 않았다면 좋았을 텐데
저 달빛도, 검은 풀도, 풀벌레 소리도
아무것도 사랑하지 않았다면 좋았을 텐데
그대의 미소도, 목소리도, 뒷모습도

영원히 탑에 갇힌 공주였다면 좋았을 텐데
아무도 찾아오지 않는 곳에 갇혔더라면
그대를 만나지도 못했겠지, 자신을 알지도
못했겠지, 그대여, 나의 추한 모습이

천사로 바뀌었다고 믿게 해놓고서
왜 나를 지옥에 내버려두나요?

방드빌 백작부인의 시녀인 체하며 모르비앙에 온 마리가 실은 소년 백작이 괜찮은 사람인지 떠보려 한 트루아의 공녀라는 것이 밝혀지면서, 그녀에게 농락당했다고 생각한 막시밀리앵의 태도는 극히 차가워진다. 가볍고 밝은 분위기로 시작된 〈일 드 모르비앙의 결혼식〉은 재치를 겨루며 소꿉장난

하는 것 같던 둘의 분위기가 냉각되면서 급전직하로 돌변하고, 관객들의 마음을 불안감으로 휘어잡았다.

콩스탕스 드 방드빌 백작부인은 이미 모르비앙의 은광이 고갈됐다는 사실도 알아냈고, 이토록 무례하게 행동하는 소년 백작에게 집착할 필요가 없다고 말하지만 마리는 말을 듣지 않는다.

마리가 말한다.

막시밀리앵이 내게 화내는 것이 당연할지도 몰라요. 처음부터 은광이 그대로 있는지 궁금했고, 그래서 당당하게 청혼자 자격으로 오지 않았고, 부인에게 어려운 부탁을 해가며 술수를 부린 건 나였으니까요.

방드빌 백작부인이 말한다.

그래서 성공했잖아요? 시녀 노릇을 한 덕택에 그 교활한 소년 백작의 입에서 은광이 없다는 말이 나오게 할 수 있었던 거예요. 그대의 생각이 옳았던 거죠.

마리가 말한다.

그런들 무슨 소용이 있을까…….

방드빌 백작부인이 말한다.

그러니 그만 떠나요. 더 볼 것도 없는 이런 곳에서 왜 시간을 낭비하겠어요?

마리가 말한다.

난 그이의 신뢰를 잃었어요. 그의 차가운 눈이 내 마음을 얼마나 아프게 찌르는지, 밤에도 잠을 잘 수가 없어요.

방드빌 백작부인이 말한다.

그렇게 생각할 필요 없어요. 그쪽에서 먼저 은광이 있는 것처럼 은근슬쩍 속였잖아요? 모르비앙 백작에게 우리를 비난할 자격이 있겠어요?

이네스는 방드빌 백작부인 역을 하고 있는 몰트 부인의 눈을 바라보았다. 이어서 해야 할 대사가 목에 걸린 것처럼 나오지 않았다. 그 대사가 그녀의 마음을 친 탓이었다. 조슈아가 처한 위험과 이네스가 처한 딜레마, 둘 다 구원할 수도 벗어날 수도 없는 자신. 그런 감정이 쉽게 말을 뱉지 못하는 마리 드 트루아의 모습이 되어 관객들이 같은 감정에 빠져들도록 했다.

"어떤 것도 소용없어요. 나…… 그를 사랑하게 되어버렸어. 그런 내게 남은 변명은 없어요. 그를 다치게 했다는 것, 그렇게 한 사람이 나라는 사실만이 남아 있을 뿐이야."

마음의 폭풍은 오케스트라가 대신했다. 격렬한 선율과 함께 그녀는 노래 불렀다. 짧디짧은 십여 일 동안, 조슈아는 없는 시간을 짜내어 이네스를 가르쳤다. 이네스를 여주인공으로 택한 사람은 그 자신이었고, 그랬기에 자신이 발견한 재능을 짧은 시간 동안 최대로 끌어내기 위해 잠을 줄여가며 개인

레슨을 했던 것이다.

오늘 공연 전, 조슈아는 이네스의 얼굴에 직접 화장을 해주었다. 미술품을 다루듯, 그녀의 아름답지 않은 얼굴로부터 최대한의 미를 끌어냈다. 그 모든 것은 조슈아가 사랑하고 또 사랑하는 무대를 완벽하게 하기 위해서였고, 그렇게 만들어진 무대를 그는 떠나지 않았다. 목숨을 겨누는 자가 있는데도, 그 사실을 빤히 아는데도.

그는 말했다. 무대에 오르기 직전, 마지막으로 이네스를 돌아보면서.

'무대를 배신하는 순간, 배우의 생명도 끝나지.'

그런 조슈아를 위해서 이네스는 노래할 수 있다. 그가 가르쳐준 대로, 고통에 찬 목소리를 천국에 닿도록 울려 퍼지게 하고, 그가 목숨을 걸고 있는 무대를 완벽하게 하기 위해 한 조각의 힘을 보탤 수 있다.

마침내 막이 내리는 순간까지.

막시민은 어디에도 없었다. 아침부터 줄곧 그랬다. 아는 사람마다 붙들고 물어봤지만 보았다는 사람이 없었다. 리체는 찾으러 가볼까 하다가 지금은 이 자리를 떠날 수 없다고 생각해서 포기했다. 하지만 어디로 갔을까? 설마, 자기 입으로 뱉은 대로 정말 친구를 버리고 떠나기라도 했단 말인가?

어젯밤 조슈아와 격하게 싸우고 극장 분장실에서 나가버린 것이 마지막이었다. 칼라이몬의 집으로 돌아가봤지만 막시민은 거기로도 오지 않았다. 그리고 조슈아 또한 오지 않았다. 그런 식이니 어느 쪽에게든 어제 알아낸 사실을 말해줄 기회도 없었다. 리체는 자고 일어나 혼자 아침 식사를 꼼꼼히 챙겨 먹으며 생각했다. 너희 둘, 양보도 화해도 모르고 아침 식사의 의의도 모르는 것들. 그래, 오늘도 계속 싸워봐라. 누구 하나 뒤통수에 구멍날 때까지. 내가 그걸 보러 간다.

그렇게 왔지만 한 놈이 코빼기도 보이지 않았으므로 싸움은 아직이었다. 리체는 미심쩍어져서 계속 입맛을 다셨다. 예감이 좋지 않았다.

리체가 선 곳은 무대 바로 옆의 어두운 구석이었다. 내내 조슈아에게서 눈을 뗄 수가 없었다. 어쨌든 공연은 끝나야 했다. 탈출하려 해도 조슈아가 무대에서 내려온 다음이었다. 어떤 계획이든, 공연이 끝나지 않고는 시작할 수 없었다. 조슈아가 용납하지 않을 테니까.

막시밀리앵은 알베르띤느 공주와 결혼하겠다고 동생들에게 말한다. 공주는 막시밀리앵보다 열세 살이나 많았지만 지참금이 두둑한데다, 하나뿐인 동생이 결혼하지 않고 죽어버려서 앓고 있는 그녀의 어머니만 죽으면 그럴듯한 영지가 굴러 들어올 것이다. 처음의 목적만 생각하면 더할 나위 없는 상대였다. 다만 성격이 거만하다 못해 사납고, 지네와 독충을 수집하고, 동생을 독살했는지도 모른다는 흉흉한 소문을 감수할 수 있다면 말이다.

마리는 그날 정오에 떠나기로 되어 있다. 동생들이 은근히 눈치를 주지만 막시밀리앵은 선착장에 나가보지 않고 버틴다. 하지만 끊임없이 시계를 바라보고 있다. 이윽고 정오가 지나고 십오 분이나 흘렀을 때, 막시밀리앵은 벌떡 일어나 밖으로 뛰어나간다. 탑 꼭대기로 올라가니 이미 선착장을 떠나 멀어지고 있는 배가 보인다. 말없이 서 있다가, 돌아섰다가, 노래를 부른다.

약속과 눈물과 키스를 믿는 건
어리석은 자들이 할 일
나는 그런 것을 믿지 않아.
이제 너도 믿지 않겠지.

생각나지만, 모두 잊기로 하자.
너도 내게 고통받았겠지.
나 또한 용서받을 수 없는 자
너와 나는 거짓을 말했어.

네 눈이 새로운 별을 뒤쫓길
이곳에서 기도드리겠다.
내 인생을 팔아 얻으려 한 건
사랑하는 이들의 평화뿐이니.

네게도 평화가 오리라 믿는다.

노래를 끊고, 정면을 바라보며 무언가를 찾으려는 듯 먼 곳으로 시선을 보낸다. 이제 탑을 내려가야 할 때였다. 그때 조명이 다시 한번 객석을 훑고 지나갔다.

막시밀리앵의 눈이 멀어져가는 마리의 배에 꽂힌 깃발을 바라보았을 그 순간, 막시밀리앵이 아닌 조슈아는 보았다.

검은 모자.

고개를 움직이자, 모자챙 밑으로 드러나는 익숙한 턱의 윤곽.

그를 바라보는 시선. 그이기에 알 수밖에 없는 시선을.

"……."

짧았는지 길었는지 모를 망설임이 흘러갔다. 어린 새를 노리는 맹금의 눈빛, 포식자의 시선으로부터 달아나고 싶은 충동이 가슴 깊은 곳에서 차오르고, 이윽고 목에 이르렀을 때 또 다른 감정과 부딪히며 산산이 부서지는 것을 느꼈다. 공포와 분노가 뒤섞이고, 대적할 수 없는 적 앞에 무력한 자신과 세상 그 누구보다도 강렬하게 빛나는 자신이 충돌하며, 표현해야만 하는, 감출 수 없는, 뚜렷한 의식이 솟아올랐다.

난 죽지 않아.

결코 네 손에 죽지 않아.

다른 사람의 운명까지 휩쓸어버리는 강한 운명을 가진 나,

데모닉 조슈아는 너 따위에게 죽지 않아!

내가 누구인지도 모르고
살아왔지, 내 아버지의 땅
바위와 파도뿐인 작은 섬
그 섬의 주인은 내 운명

물려받은 자리에서 시작해
달아나지 않아, 내 땅에서
할 수 있는 것을 다 해봐.
무리라고 말하는 사람들
내 일을 대신해주진 않지.
난 알아, 나를 노리는 손을
나를 쓰러뜨리려는 자들을
다가오는 발소리가 느껴져.

그들은 웃을 수 없을 거야.
내 것을 빼앗을 수 없을걸.
내가 지키는 나의 모든 것
단 하나도 가져가지 못해.

다음 장면을 이어가야 할 배우들은 크게 당황해 있었다. 조슈아가 부르고 있는 노래는 대본에 없었던 것이었다. 당연히 반주도 없었다. 그 순간 그 자리에서 만들어진 것처럼, 오직 조슈아의 입에서 흘러나올 뿐이었다.

아직도 나를 보고 있겠지?
어둠 속에서, 손을 감추고
내가 틈을 보이길 기다리며
은밀히 미소 짓고 있겠지.
자리는 편한가? 잘 보이나?
너를 보는 내 눈이 보이나?
잘 지켜봐둬, 이곳의 나를
네게 지지 않는 내 의지를
난 겁내지 않아, 너 따위를
아니, 내가 널 잡아먹을 거야.
이리의 눈으로 날 노리는

적이여, 운명이여, 살인자여.

나는 절대로 죽지 않아!

조슈아의 눈은 오직 한 점을 향해 있었다. 조명이 움직일 때마다 어두워졌다 밝아졌다 하는 객석 속 한 자리였다. 그곳에서 자신을 보고 있는 그자를 향해 시선과, 감각과, 목소리를 집중시켰다.

그자도 조슈아를 보고 있었다. 조슈아가 자신을 향해 노래 부른 것을 알았다. 그로선 요람 속의 갓난아이처럼 숨을 끊어버릴 수 있는 상대가 도망치지 않고 그를 쏘아보았다. 눈빛은 마치 타는 것 같다.

아니다, 멀어서 눈동자는 보이지 않는다. 그러나 목소리에서 터져 흐르는 분노가 어지러울 정도로 한 사람에게 쏟아부어졌다. 투지가 심장을 꿰뚫으며 솟아오른다. 수백 명을 압도함과 동시에, 한 사람의 숨을 끊어놓으려는 것처럼 몰아쳐 온다.

네게 감사해야 할 것 같아.

내 삶을 긴장으로 채워줘서

내 삶을 지킬 의욕을 줘서

목적 없이 살아온 삶이 아닌
이 삶이 아주 마음에 들어
자, 그럼 나와 함께하겠어?
이 술 한 잔을 나눠 마실까?

나를 보는 당신에게 건배!
그 당신의 오른손에 건배!

불이 꺼져버렸다. 장면이 바뀌는 순간이기도 했지만, 어제 공연을 봤던 관객들은 갑자기 바뀐 전개에 어리둥절해하면서도 동시에 압도당해 박수 치는 것조차 잊고 있었다. 그때 객석 앞쪽 어딘가에서 누군가가 천천히, 크고 뚜렷한 박수 소리를 울렸다.

짝, 짝, 짝.

그것이 신호가 된 것처럼 곧 홀 안에 폭풍 같은 박수 소리가 휘몰아쳤다. 아직 클라이맥스도, 엔딩도 아닌데 누가 먼저랄 것도 없이 사람들이 일어나 홀 전체에 기립 박수가 쏟아졌다. 계속됐다. 끝나지 않을 것 같은 박수 소리에 거친 숨소리와 감탄성이 뒤섞였다. 노래의 열기에 전염된 것처럼 홀 전체가 더웠다. 그러나 아무리 더워도 자리를 뜨려는 사람은 없었다.

리체는 한달음에 대기실로 뛰어갔다. 조슈아는 다음 장면에서 옷을 갈아입어야 했다. 그 짧은 순간 동안 그를 볼 수 있을 것이다. 그녀도 무언가를 느꼈다. 마지막 노랫말에서는 분명히 알아들었다. 그가 누구를 향해 노래 불렀는지, 데모닉 조슈아의 광기가 누구를 향하고 있었는지!

대기실 바로 앞에서 조슈아와 마주쳤다. 옷은 갈아입었지만 이마는 아직도 땀으로 번들거리고 있었다. 그보다 더 번쩍이는 것은 조슈아의 눈이었다. 눈물인지 땀인지 모를 물기와 뒤엉켜 빛 없이도 빛날 것처럼 형형한 눈동자였다.

그러나 그는 무척 지쳐 있었다.

"리체."

다음 장면을 위해 무대에 오르기 직전, 조슈아의 입술이 리체의 귓가를 스쳐갔다.

"여섯 번째 줄, 왼쪽에서 열 번째."

무대는 다시 빛으로 밝혀졌다. 그 속으로 조슈아는 당당히 걸어 들어갔다. 지친 기색을 완전히 숨기고, 이제 밝은 엔딩이 이어질 극 속으로.

다른 사람에게는 암호처럼 들렸을지 몰라도 리체는 조슈아의 말을 알아들었다. 그 자리에 우뚝 선 그녀는 무대가 밝아서 상대적으로 어두워 보이는 객석을 뚫어져라 응시했다.

그 순간, 조명이 다시 한번 객석을 훑었다.

리체는 놓치지 않았다. 여섯 번째 줄, 왼쪽에서 열 번째……

그 자리는…….

비어 있었다.

얼굴이 새파랗게 된 리체가 돌아섰을 때, 뒤에는 오늘 내내 그렇게 둘러봐도 찾을 수 없었던 사람이 서 있었다.

막시민이 말했다.

"여기서 저 자식을 지켜봐. 다른 얘기는 나중에 하자."

잘못된 표적

난 바보 소녀예요. 사람들이 다 그렇게 불러서 바보 소녀예요. 난 바보가 무엇인지 알아요. 사람들이 가르쳐주었어요. 듣고 보니까 역시 난 바보가 맞는 것 같았어요. 난 바보가 좋아요. 바보는 무엇을 해도 용서되니까요. 그러니까 아저씨도 나를 바보 소녀라고 부르세요. 내 이름을 묻지 말고요.

2막 클라이맥스. 사실 마리는 방드빌 백작부인과 함께 떠난 것이 아니었다. 이번에는 모르비앙 성의 하녀로 변장하고 남아 있었다. 막시밀리앵은 알베르띤느와의 결혼을 발표하기로 한 날 새벽녘, 잠을 이루지 못하고 창가를 서성이고 있다가 정원에서 노래로 그를 부르는 마리와 재회한다.

여긴 장미 정원이 아니지만
앵초와 억새 정도는 있고
우리 둘의 죄를 사해줄 사제도
턱시도 차림으로 지저귀고 있고
은 한 조각 나지 않아도 당신의 땅
그곳에 발 딛고 선 내가 있어요.

극은 막바지로 치닫고, 막시밀리앵과 마리는 드디어 화해한다. 그러나 막시밀리앵은 마리에게 선뜻 청혼하려 하지 않는다. 은광이 없다는 것을 알면 그녀의 부모가 허락할 리가 없기 때문이다. 그때 마리가 말한다.

막시밀리앵 당신, 대륙 정세에 너무 어둡군요. 하긴 바위섬에 콕 박혀 사니까 세상 돌아가는 물정을 알 리가 없지. 자, 지금 트루아 공국의 공작이 누굴까요?

트루아 공국의 공작 작위는 석 달 전 외동딸 마리 드 트루아가 물려받은 상태다. 트루아 공작이었던 그녀의 아버지는 이미 이 세상 사람이 아니었다. 아버지가 살아 있었다면 마리가 이렇듯 대담한 계획을 세워 모르비앙섬으로 올 수도 없었을 것이다. 따라서 결혼은 그녀 자신의 선택이다.

마리 드 트루아가 말한다.

당신의 바위섬에서 이제 은은 안 날지 몰라도, 당신 생각과는 달리 여전히 쓸모가 많답니다. 이 일대의 바다를 지배하는 위치에 있으니까. 트루아 공작께서는 말이죠, 여기에 함대를 만들어 지나가는 선박에게 장사를 하고 통행세를 물릴 생각이랍니다. 알다시피 북부 해안은 바위 절벽뿐이고, 아노마라드로 가는 배를 댈 만한 곳은 거의 없으니까요. 지금까지 해안가의 은을 훔쳐갈까 봐 그랬는지 다른 배를 댈 수 없게 했던 모양이지만, 이제 은은 없잖아요? 모르비앙이 항구를 개방하면 수많은 배들이 몰려들 거예요.

결혼식이 준비된다. 알베르띤느 공주가 결혼 선물로 잘 말린 대형 지네를 가져오는 소동이 벌어지고, 수많은 하객들이 도착한 가운데 결혼식이 시작된다.

조슈아는 리체가 만들어준 의상으로 갈아입고 나타났다. 전날 공연을 관람한 관객들도 처음 보는 옷이었다. 날렵한 몸매에 잘 어울리는 흰 재킷과 장미 문양, 손등을 덮는 긴소매 끝에 또렷하게 오려낸 장미 자수 안으로 살결이 드러났다. 푸른 섀도를 칠한 눈매와 희게 반짝이는 뺨, 여전히 오만한 표정의 소년 백작이 걸음을 내딛기 시작하자 자기가 보고 있는 것이 극이라는 것을 잊어버린 사람들의 안타까워하는 한숨이

곳곳에서 흘러나왔다. 혼인의 서약과 사람들의 축복, 바구니 가득 채운 꽃잎을 흩뿌리는 화동들이 앞장서고 뒤따라 이네스의 손을 잡은 조슈아가 걸어나갔다. 오케스트라가 울리는 가운데 피날레가 시작될 시각이었다.

피날레는 여러 배역을 맡은 배우들이 나와 혼인을 축하하는 말을 한마디씩 한 뒤 짧은 노래와 춤을 선보이는 형식이었다. 주인공이자 혼인 당사자인 막시밀리앵 드 모르비앙과 마리 드 트루아는 맨 마지막에 나와 인사하도록 연출되었다.

그렇게 차례로 배우들이 노래하는 동안 배경이 걷히고 반투명한 유백색 천만이 드리워지게 된다. 그 천 뒤로 조슈아가 천천히 모습을 드러내어 자기 차례가 될 때까지 실루엣만으로 관객들 앞에 선다. 그러다가 조슈아가 반투명 장막을 걷고 무대에 나타나 한 곡을 부르면, 이네스도 곧 왼쪽 계단을 통해 무대에 오른다. 조슈아와 이네스의 노래가 끝나면 두 배우가 무대 밑으로 사라지며 막이 내려갈 예정이었다.

첫 차례는 방드빌 백작부인 역을 맡은 몰트 부인이었다. 그녀는 점잔을 빼며 입을 열었다.

"뭐, 전 이렇게 될 줄 다 알고 있었어요. 두 사람이 어디 좀 잘 어울려야 말이죠. 언제부터냐고? 그야 내가 트루아 여공작과 함께 모르비앙섬에 상륙할 때부터지! 내 안목은 언제나 끝내줘!"

본래 이렇게 말한 뒤 곧장 노래로 이어지게 되어 있었다. 그런데 몰트 부인은 아무렇지도 않게 말을 이어갔다.

"두 사람에게 결혼 축하 선물을 줘야겠는데, 뭐 없는 게 없는 사람들이어서 좋은 생각이 나야 말이죠. 그래서 궁리하다가 결론을 냈죠. 나의 결혼 선물! 두 사람이 모르비앙 항구를 개항하고 나면 첫 손님이 되는 중대한 역할을 하기로 했답니다! 물론 세금은 공짜겠지?"

사람들이 드문드문 웃기 시작했다. 몰트 부인은 또다시 말을 이었다.

"그런데 궁금한 게 있어요. 두 사람의 영지는 바다를 격해 떨어져 있는데 과연 신혼살림을 어디에 차려야 할까? 모르비앙섬일까? 아니면 트루아일까? 어디가 좋을 것 같아요?"

몰트 부인은 심지어 사람들의 반응을 유도했다. 지난번 공연을 본 사람들은 좀 어리둥절해했지만, 안 그래도 아까부터 바뀐 것이 많았으므로 그런가 보다 하고 수긍하는 도리밖에 없었다.

"아아, 모르비앙섬이 압도적 우세네요. 역시 익숙한 곳이어서일까? 그럼 하는 수 없네요. 밀월여행을 트루아로 가라고 해야겠네!"

또다시 사람들의 웃음이 얼마간 흘러나왔다. 결국 몰트 부인도 할말이 떨어졌는지 노래를 하기 시작했다. 그런데 그 노래가 굉장히 느렸다. 다 부르고 나면 어제의 두 배는 걸릴 것 같았다.

뒤이어 나온 다른 사람들도 마찬가지였다. 그러는 동안 배경이 걷혔고, 반투명한 막 뒤에서 옆모습을 보이며 선 조슈아의 모습이 올라오자 흥분한 사람들이 갈채를 보냈다. 그렇게 피날레는 어제의 세 배가 넘는 시간이 걸리며 진행되었다.

조슈아는 무대에 있지 않았다.

대기실 옆에 서 있던 리체에게 한 사람이 다가왔다. 긴장 탓인지 흠칫 놀라며 돌아보는데 지오반 한트케가 다짜고짜 묵직한 주머니를 척 안겨주었다.

"어머?"

리체는 지오반의 얼굴을 알긴 했지만 그와 별다른 대화를 나눈 일은 없었다. 물론 지오반 쪽에서도 마찬가지였다. 그러나 그는 잘 아는 사이처럼 씩 웃으며 말했다.

"자네의 그 안경 쓴 친구한테 갖다줘."

"이게 뭔데요?"

"열어보면 알지롱."

괴상한 말투에 멍해 있는 동안 지오반은 손을 흔들며 훌쩍 사라졌다. 그가 가자 리체는 주머니를 조금 열고 안을 들여다보았다. 그리고 다시 한번 외칠 수밖에 없었다.

"어머!"

주머니 안에 든 것은 모조리 금괴였다. 저 사람이 왜 황금을 막시민에게 주는 거야?

너무 많은 금 때문에 긴장한 리체가 주머니를 꽉 움켜쥐고 경황없이 뛰어나오는데 이번에는 스트라우즈가 나타났다. 오케스트라를 지휘하고 있어야 할 그가 왜 여기에 있는 거지?

스트라우즈는 빙그레 웃더니 말했다.

"마차는 뒷문 앞에 대기시켜두었네."

그 말만을 남기고 그도 역시 사라졌다. 눈을 동그랗게 뜬 리체는 무대 쪽을 돌아보았다. 그리고 피아노 솔로를 하는 모리스 두아르테가 애써서 즉흥곡을 연주하고, 심지어 어울리지 않는 모션까지 넣으며 고군분투하는 모습을 보았다. 그러자 조금 전 몰트 부인이 그와 마찬가지로 시간을 끌던 모습이 떠올랐다. 무용단을 이끌고 인사한 아마릴리 크라운도 마찬가지였다. 발레리나들이 느리게 춤추는 고통은 이루 말할 수 없었지만.

혹시, 이 사람들이?

그때 등뒤에서 막시민이 나타났다.

"가자."

리체는 정신을 잃은 듯 축 처진 조슈아를 부축한 막시민을 보고, 다시 무대를 돌아보더니 말했다.

"조슈아? 어떻게 된 거야?"

막시민은 어깨를 으쓱해 보였다.

"엔딩까지 했으면 충분하지 뭘 그래."

리체가 물은 건 그 이야기가 아니었다.

"그럼 저기 저건?"

리체가 손을 뻗어 무대 위, 반투명 천 뒤에 선 사람을 가리켰다. 조슈아는 여기에 있는데 저기 선 사람은 누구란 말인가?

"몰라. 대역 배우인가. 시간 없어. 얼른 가자."

리체는 막시민에게 이끌려 몇 걸음 걸었다. 그러다가 다시 한번 주위를 둘러보았다. 동시에 한 가지 사실을 깨달았다.

리체는 막시민의 손을 뿌리쳤다.

"나, 꼭 알아봐야 할 일이 생겼어. 스트라우즈 씨가 마차는 뒷문 앞에 대기시켜놨다고 하셨어. 참, 이 주머니 받아. 안무 담당하는 그 아저씨, 하, 한, 뭐라더라? 그래, 한트케 씨가 너한테 주라더라고. 부둣가로 갈 거지? 나도 곧 따라갈게. 금방 갈게!"

막시민이 도로 손을 뻗었지만 리체는 이미 복도로 달려가고 있었다. 막시민은 소리쳤다.

"이런 위험한 상황에 어딜 가려는 거야! 그놈이 어디 있는지도 모르는 판인데! 위험한 건 조군뿐이 아니란 말이야!"

리체가 고개를 돌리며 외쳤다.

"그런 식으로 따지자면 조군과 멀리 떨어져 있는 편이 제일 안전하거든?"

리체의 말에도 일리는 있었다. 막시민은 잠시 머뭇거렸지만, 일단은 가장 위험한 조슈아를 극장 밖으로 탈출시키는 것이 시급하다고 판단했다. 마음속 한구석에 미심쩍은 기분이 남았지만 어쨌든 동시에 두 군데로 쫓아갈 방법은 없었다. 그는 황금이 든 주머니의 주둥이를 꼭 묶어 겉옷 안쪽에 단단히 매달고, 미리 알아둔 길을 통해 뒷문으로 갔다.

뒷문 앞에 도착한 막시민은 나가기 전에 먼저 밖을 살펴보려 했다. 그런데 등뒤에서 누군가가 굉장한 기세로 달려오는 소리가 났다. 돌아보자 익숙한 얼굴이 보였다.

"자, 이 몸께서 해결해드리지!"

막시민이 말리기도 전에 문을 벌컥 연 칼라이몬 선장은 아니나 다를까 기다리고 있던 세 남자로부터 동시에 공격을 받았다. 그는 큰 소리로 웃어댔다.

"허허허! 세 명이라니, 날 우습게 보는군그래."

칼라이몬은 역시 왕년의 위대한 항구 건달이었다. 어설픈 세 명의 공격쯤은 맨손으로도 퉁겨냈다. 검도 뽑지 않고 세 사람을 문 왼편에 차곡차곡 쌓아버린 그는 조슈아를 둘러멘 막시민을 보고도 전혀 이상하게 생각하지 않는 듯 씩 웃었다.

"그럼 안녕히."

막시민은 무심코 대답했다.

"아, 고마워요."

물론 그렇게 말하고 말 일이 아니었다.

"잠깐, 그런데 어떻게 여길?"

"이름도 예쁜 쥬시탕트 양이 간곡히 부탁해서 말이야. 그럼 잘 가게! 가는 마당이니 하는 말인데 자넨 정말 쓸모 있는 친구였어! 새로운 공연 기획 있으면 또 연락해!"

"……."

스트라우즈가 말한 마차는 바로 길 건너에 있었다. 칼라이몬의 전송을 받으며 조슈아를 짐짝처럼 마차에 실은 막시민은 앞쪽에 앉은 스트라우즈의 마차꾼에게 기세 좋게 소리쳤다.

"8번 부두로 가주십쇼!"

잠시 후, 마차는 부둣가와 반대 방향으로 움직이기 시작했다. 어제에 이어 오늘도 다이아몬드 러쉬 극장 주변의 도로와 특히 8번 부두 쪽으로 가는 길은 백 대가 넘는 마차들로 꽉 막혀 있었던 것이다.

배경 그림과 조명, 근사한 소품들로 꾸며진 극장 무대 아래에는 생각 외로 살풍경한 장치들이 있다. 무대에서 인물이 갑자기 사라지거나 나타나도록 하는데 쓰는 권양기와 그것을 움직일 도르래와 톱니 따위의 기계 장치는 그곳에서도 꽤 넓은 자리를 차지했다. 그런 장치들 틈새로 이어지는 길은 그 권양기를 직접 타야 하는 배우나 기계를 작동시키는 기술자들이 아니면 자세히 알기 힘들었다. 보통 사람은 안내자가 있어야 간신히 찾아갈 정도였다.

그런 길을 혼자 걷고 있으니 리체가 찾는 것을 얼른 발견하지 못하고 헤맨 것은 당연한 일이었다. 하지만 리체는 공간감각이 뛰어났고 지도나 구조도를 정확하게 그리는 재능이 있었다. 같은 자리를 몇 번 돌고 난 그녀는 내부 구조를 대략 파악하고 올바른 길을 찾아내어 걷기 시작했다.

곳곳에 반쯤 풀린 밧줄 더미나 내버린 자투리 자재가 쌓여 있고, 망가진 연장이나 굳어진 페인트 붓 따위도 흩어져 있어 발 디딜 곳을 찾기도 간단하지 않았다. 못에 걸려 옷자락이 찢어지고, 앞을 더듬던 손끝을 몇 번이나 긁히면서 계속 앞으로 나아갔다. 조금 후엔 길을 제대로 찾았다는 확신이 생겼다. 리체가 가고 있는 그 길을 누군가가 대강 치우며 나아간 흔적이 보였던 것이다. 앞서간 사람, 그녀가 뒤쫓고 있는 사람이다.

리체가 찾아야 하는 것은 권양기들 중 하나였다. 무대 뒤편에서 조슈아가 타고 올라가 반투명 막 뒤에 모습을 드러낼 때 사용하는 권양기 말이다. 왜냐하면, 조금 전에 무대에 나타난 조슈아가 그 권양기를 사용했을 테니까. 그리고 다시 내려왔을 테니까. 리체는 그를 꼭 만나야 했다. 그는 누구일까. 지금 무대 위에 없고, 그러나 무대에 설 능력이 있는 사람.

단 한 명뿐이었다.

생각을 하자 가슴이 세차게 뛰었다. 왜 그런 위험한 일을!

감정이 고조된 탓일까, 리체는 우득, 하고 무언가 꺾어지는 소리를 들은 것 같아 우뚝 멈췄다. 선 채로 귀를 기울였다. 하지만 뒤이어 아무 소리도 들리지 않았기에 곧 다시 걸음을 옮기기 시작했다.

모퉁이에서 기술자와 마주쳤을 때 크게 놀란 것도 그 소리 때문에 신경이 곤두섰던 탓이었다.

"아! 깜짝 놀랐잖아요!"

무대 아래에서 일하는 기술자들은 무대 위의 사람들과 교류가 없는 편이었다. 리체도 물론 처음 보았다. 기술자는 너덜거리는 작업복 차림에 모자를 푹 눌러쓰고 있었는데 어찌된 셈인지 미안하다는 말도, 자기도 놀랐다는 말도, 왜 여기 있느냐는 말도 하지 않았다.

길이 좁아 리체가 벽에 몸을 바짝 붙이며 간신히 비켜서고서야 기술자가 통과했다. 리체는 괜스레 발끈해서 말했다.

"사람을 봤으면 본 체는 하지 그래요?"

"……."

"뭐예요? 무시하는 거예요?"

"……."

"기분 나빠."

더 상대하지 않기로 마음을 정하고 몸을 돌리는데 기술자가 모자를 약간 들며 리체의 얼굴을 바라보는 느낌이 들었다. 알 바 아니지, 하고 생각한 그녀는 서둘러 가려던 길로 갔다.

저만치 권양기 바닥이 보였다. 누군가가 누워 있는 듯 한쪽 발이 비쭉 나온 것이 보였다. 리체는 다가가며 생각했다. 누워 있다…… 누워 있다고?

가까워지고, 마침내 사람의 모습이 눈에 들어왔다. 1막에서 조슈아가 입고 있던 검은 벨벳 웃옷과 너무 길어 발목에서 구겨진 바짓자락…… 반쯤 벗겨진 구두 한 짝. 나머지 한 짝은 떨어져 바닥에 나뒹굴고 있었다. 리체는 손으로 입을 막았다. 소용없었다. 목구멍에서 신음인지 흐느낌인지 모를 것이 흘러나오며 숨이 막히고, 꼼짝도 할 수 없었다.

이네스는, 조슈아가 사라진 무대를 어떻게든 마무리할 책임이 자신에게 있다고 생각했을까. 피날레의 하이라이트를 망치고 싶지 않았던 것일까. 무대를 사랑해서? 이 무대를 사랑한 사람을 사랑해서?

"네가 왜…… 그랬어……."

발소리가 다가오는 줄도 몰랐다. 등뒤까지 오고서야 알았다. 리체는 떨면서 고개를 들었다. 자기 앞에 나타난 사람, 아니 돌아온 사람을 보았다.

남자가 입을 열었다.

"많은 말은…… 죽음을 부르지."

답답할 정도로 느리게 가던 마차가 혼잡한 곳을 빠져나오면서 속도를 내기 시작했다. 8번 부두로 통하는 큰길이 막혔으므로 다른 부두에서부터 하나하나 거슬러 올라가는 구불구불한 길을 택해야 했다. 이런 식이니 최대의 적은 교통 혼잡이라는 말이 나오지 않을 수가 없었다. 마차 안의 막시민은 화가 나서 중얼거렸다.

"길거리에 마차 끌고 다니는 자식들은 다 없애버려야 돼."

자기도 마차를 타고 있는 주제에 한 말이라 설득력은 부족했다. 게다가 생각해보니 사람들이 마차 끌고 몰려오게 만든 원인은 바로 옆에서 새근새근 자고 있는 저 녀석이었다. 물론 새근새근 잔다는 말은 과장이고, 무대에서 기력을 심하게 소모한 나머지 지쳐 쓰러진 모습에 가까웠다. 그 탓인지도 모르지만 어쨌든 뒤통수 한 대에 얌전히 기절해주는 놈이라 다행이었다. 안 그랬다면 이 녀석이 그토록 아끼는 무대에서 피날레를 망치면서 끌고 나오는 것은 애초에 불가능했을 테니까.

깨어나면 잔소리를 해댈지도 모르지만 막시민은 개의치 않았다. 엔딩까지 했으면 그걸로 충분했다. 죽고 사는 문제를 앞에 두고 그 정도면 됐지 뭘 더 바라냐, 이 미친놈아.

차창 밖 멀리 8번 부두가 보이기 시작했다. 부둣가에서 얼마 떨어지지 않은 곳에 떠 있는 그들의 배, '미의 극치호'도 보였다. 미의 극치호는 캐러벨급의 소형 범선이고 화물도 별것이 없는지라 흘수선이 낮아서 칼라이소 항구의 수심 정도면 충분히 가까이 띄울 수 있었다.

반가운 존재만 나타난 것이 아니었다. 부두를 훑어보고 있는 사이 용병처럼 보이는 자들이 부둣가에 쌓인 상자 더미 뒤나 말뚝 세워둔 구석, 다른 배의 뒤편, 빈 술통 속 등에서 스르륵 나타나더니 마차를 세울 지점 양쪽을 포위해버렸다. 대략 서른 명이나 되었다.

막시민은 마차 밖으로 머리를 내밀며 소리쳤다.

"피해야 돼요!"

마차꾼도 마주 소리쳤다.

"피하긴 어디로 피해!"

"하여간 피해요! 아니면 저 사람들한테 죽는다니까!"

죽는다는 말에 마차꾼도 정신이 번쩍 났다. 그는 매우 정상적인 사고방식을 가진 사람이었으므로 죽는다고 외치는 녀석이 탄 마차를 내버려두고 냅다 뛰어내려 달아나기 시작했다.

마차꾼이 사라지자 말들이 제멋대로 날뛰기 시작했다. 막시민은 도망간 마차꾼에게 욕을 퍼부으며 마차 문을 열고 어떻게든 마부석으로 건너가려 했지만 곡예사가 아닌 한 쉬운 일이 아니었다. 겨우 마차 살을 딛고 건너가 고삐 한쪽이 손에 잡히는 순간, 몸이 휘청거리며 떨어질 뻔한 그는 저도 모르게 고삐를 냅다 잡아당겼다.

그 순간, 말들은 방향을 틀었다.

비명을 지를 틈도 없었다. 말 두 마리와 마차, 그리고 그 안에 탄 두 녀석은 곧장 잔물결이 넘실대는 바다로 곤두박질쳤다. 그쪽은 선착장이 아닌지라 난간조차 없었다. 지켜보고 있던 서른 명이 저도 모르게 소리를 질렀을 정도였다.

"어어!"

물론 그건 임무를 망각한 반응이었다. 정신을 차린 그들이 마차가 빠진 쪽으로 달려오기 시작했다.

시골에서 자란 막시민은 마구잡이 헤엄에 익숙했지만 옷을 입고 빠진데다 경황이 없어서 처음부터 정신을 차리고 행동하진 못했다. 게다가 안주머니에 묵직한 황금 주머니까지 매달려 있었다. 그러나 곧 정신을 잃은 채 바다에 빠진 조슈아를 생각해 내고 약이 바짝 올랐다. 이대로 있다가는 저 녀석은 분명히 빠져 죽는다. 어떻게든 건져내지 않으면…….

그러나 짠물 속이라 눈을 뜨기도 어려웠다. 소형 범선을 댈 정도인 부두의 수심은 얕지 않았다. 팔다리를 내저어봐도 아무것도 잡히지 않는 것을 알자 막시민은 일단 수면으로 올라가서 숨을 한 번 쉬고, 다시 내려가서 조슈아를 구해와야겠다고 판단했다.

그때였다.

'누…….'

무슨 소리가 들린 듯했다. 바닷속인데, 무슨 소리가 들린단 말인가?

그러나 곧 확실해졌다. 짧은 순간이지만 잘못 알아들을 리 없었다. 조슈아의 목소리다. 분명 말도 안 되지만, 분명 그의 외침이었다.

'누나! 누나!'

어찌된 건지 깊이 생각해보기도 전에 막시민은 수면 위로 올라와 있었다. 숨을 몰아쉬면서 동시에 부둣가로 몰려든 용병들을 보았다. 이따가 다시 수면으로 나오려면 되도록 부두에서 멀리 떨어지는 편이 좋을 듯했다. 다시 물속으로 자맥질하려 했을 때였다. 등뒤에서 무언가가 불쑥 솟아올랐다. 막시민은 돌아보았다.

말문이 막힌 사람은 막시민만이 아니었다.

"어……."

"뭐야……."

용병들의 얼빠진 표정을 감상할 겨를이 없었다. 막시민 또한 물에서 머리를 내민 채 이해할 수 없는 광경 앞에서 눈을 부릅떴다.

물속에 있어야 할 조슈아가 떠올라 있었다. 수면이 아니라 그 위의 허공에, 아무것도 딛지 않고 떠 있었다. 정확히는 정신을 잃고 쓰러진 모습 그대로 물을 뚝뚝 흘리며 누군가의 두 손에 안긴 채.

그런데 '누군가'의 모습이 보이지 않았다.

"저, 저, 저, 저건 도대체……."

"귀, 귀신이다!"

막시민은 급히 생각했다. 저런 일을 할 수 있는 자라면 아마 켈스니티겠지? 그는 글씨도 썼고 책장도 넘겼으니까, 모르긴 해도 사람도 들어올릴 수 있을 것 같다.

그렇다면 저대로 둬도 괜찮은 건가? 그런데 어쩐지 느낌이…….

겁을 먹은 용병들이 부둣가 뒤쪽으로 슬슬 물러났다. 조슈아는 그대로 떠 있지만은 않았다. 서서히 허공을 가로질러 부둣가 끄트머리를 향해 내려왔다. 그와 함께 의지하고 있던 투명한 손을 벗어나며 자세가 바뀌기 시작했다. 부둣가에 발을 디뎠을 때는 완전히 홀로 서 있었다.

그리고 눈을 떴다.

"아하."

목소리를 들었을 때 막시민은 안도했으나 동시에 이상한

느낌이 들었다. 뭔가 낯선데?

"너희가, 나를 귀찮게 하려는 거군?"

분명 조슈아의 목소리였다. 그런데 어조가 전혀 달랐다. 연기를 하는 건가? 하지만 정신을 잃고 물에 빠졌다가 살아난 이 순간에 무엇 때문에?

조슈아의 목소리는 무대 위에서보다도 더 자신만만했다. 아니, 실은 조슈아의 자신만만함과는 궤가 달랐다. 마치 상대를 벌레 보듯 하는 오만함이었다.

"그냥 둘 수야 없겠지."

조슈아는 걸어갔다. 몇 걸음 걷는 동안 놀랍게도 젖은 옷과 머리카락이 깨끗이 말랐다. 일곱 발짝째, 왼쪽 팔을 뻗었다가 오른손을 펴서 앞으로 내밀었다. 내민 손바닥 위에서 물인지 공기인지 모를 투명한 흐름이 생겨났다. 둥글게 뭉쳐지며 공간을 허물어뜨리던 흐름은 점점 커져 사람의 머리만 한 회오리로 변했다.

막시민은 소리쳤다.

"조슈아!"

외침도 부질없이 회오리는 그대로 뻗어나갔다. 허공에 구멍을 뚫듯 나아가 모여 선 용병들의 한가운데를 직격했다. 강한 압력, 그리고 날카로운 공기파가 폭발했다. 사내들은 모조리 나무토막처럼 양쪽으로 날려가 처박혔다. 중심 쪽에 서 있던 자들은 옷이 너덜너덜 찢어지고 사포로 문지른 듯한 상처를 입었다.

"재미없네."

이미 전투 의지를 상실한 적들 틈으로 조슈아는 계속 걸어 들어갔다. 리체가 만들어준 화려한 재킷, 그리고 아직 남은 검푸른 화장 때문에 그의 모습은 더욱 냉혹하고 가차없어 보였다.

조슈아는 다시 한번, 이번엔 왼팔을 머리 위로 뻗었다가 거두었다. 막시민이 보기에 그 모습은 흡사 허공에 있는 무언가를 자기 안으로 받아들이는 것처럼 보였다. 이어 조슈아는 적들이 떨어뜨린 검 중 하나를 집어 들었다. 칼날을 뽑고 칼집을 내던지더니 놀랍게도 완벽한 자세로 두 번 허공을 가르며 말했다.

"자, 누구부터지?"

가까이 있던 사내가 방어 동작을 취하자 곧장 뻗어간 검이 그의 방어를 해제시키고 무릎을 걷어차 바닥에 쓰러뜨렸다. 이어 한 걸음 앞으로 내딛더니 다른 사내가 두 손으로 내리쳐 오는 검을 막아 쳤다. 날이 부서지자 휙 내던지고 갑자기 사내의 손에 발을 올리며 사뿐히 뛰어올라, 한 바퀴 돌아 착지하며 우측에 있는 자가 허리에 찬 검을 뽑아 들었다. 무릎을 펴 일어서는 것과 동시에 등을 찔렀다. 공간을 능숙하게 활용하면서 동시에 다수로부터 공격당할 위험은 개의치 않는 동선이었다. 그런 걱정 따위 할 필요가 없다는 것처럼.

조슈아는 곧 적들로 에워싸였다. 그는 다시 한번 왼팔을 움직여 허공에서 무언가를 받아들이더니 이번에는 무서운 기세로 사방을 베어갔다. 그걸 다 보고 있던 막시민은 자기 눈을 믿을 수가 없었다. 검술은커녕 막대도 제대로 휘두를 줄 모르는 조슈아가?

저 움직임이 조슈아의 것일 리 없었다. 불길한 기분이 몸을 휩쌌다. 저 상태는 정상이 아니다. 그렇다면 어찌된 것인가? 또다시 강령 상태인가? 조금 전, 비록 막시민이 다시 물속으로 들어갔다 해도 조슈아를 구해 나왔으리라는 보장은 없었다. 그렇다면 이 상황을 기뻐해야 하는 건가? 하지만 제정신이 느껴지지 않는데?

어쨌든 조슈아가 저들 사이에서 전혀 위험하지 않다는 것만은 확실했다. 1 대 30이지만 어떻게 봐도 압도적 우위였다. 막시민은 생각했다. 그 틈에 탈출할 준비를 해둬야겠다. 관객 노릇이나 하는 것보다야 훨씬 중요한 일이지. 조슈아의 저런 모습이 불안하긴 하지만, 일단은 바로 배를 움직일 수 있도록 만반의 준비를 갖춰놓고 데려오자.

막시민의 그런 마음을 알아차린 것처럼 미의 극치호 뱃전에서 한 사람이 머리를 내밀었다.

"왔군? 그런데 그런 데서 뭘 해?"

막시민이 여전히 바닷속에 빠져 있었으므로 한 말이겠지만, 막시민은 화를 냈다.

"놀고 있는 건 아니라고!"

리체는 눈을 떴다.

짧은 순간이었지만 악몽을 꾼 것처럼 머릿속이 산란했다. 동시에 주위가 무척 흔들렸다. 흔들리는 말갈기가 눈앞에 보였다. 정신이 조금 더 돌아오자 그녀를 감싸 안은 손이 느껴졌다.

리체는 고개를 돌리며 올려다보았다.

"……."

깊이 눌러쓴 챙 넓은 모자 아래로 턱과 코언저리까지만 보였다. 눈가는 전처럼 가면으로 가려져 있었다. 짧은 금빛 머리가 귓가에서 흔들렸다. 남자는 왼손으로 말을 몰고 있었다. 그리고 그 무시무시한 오른손으로 리체가 말에서 떨어지지 않도록 붙들고 있었다. 그걸 느끼는 순간 온몸에 소름이 돋았다. 동시에 자신의 손이 묶여 있다는 것을 깨달았다.

남자는 말이 없었다. 리체는 그가 무척 말 많은 남자였다는 걸 기억해냈다. 그러나 정신을 잃기 직전, 마지막으로 한 말은 말을 많이 하는 걸 싫어한다는 뜻처럼 들렸다. 어느 쪽이 맞는 걸까? 말을 해도 되는 걸까? 어쨌든 아직 죽이지는 않았잖아?

다시 고개를 쳐들고 보니 이자의 턱이나 입가가 뜻밖에 선이 가늘고 심지어 섬세한 느낌이라는 생각이 들었다. 상상 속에서는 무시무시한 괴물이었는데 그것과는 어쩐지 거리가 먼 생김새였다.

그토록 무서워했던 자의 손에 붙잡혀 달리고 있었는데, 리체는 이상하게도 점점 이성을 되찾아갔다. 그러자 극장을 떠나기 전, 마지막으로 본 장면이 또렷하게 떠올랐다. 그 순간 가슴속이 울컥하며 무언가 치밀어 올랐다. 저도 모르게 신음이 흘러나왔다.

"우웁……."

그때 남자가 말했다.

"말이 너무 흔들리나?"

말을 태워주는 사촌오빠라도 되는 듯한 물음이 가증스러워서 리체는 대답이 나오지 않았다. 계속 가슴속이 먹먹했다. 머리가 어지럽고 토할 것만 같았다. 그게 말이 흔들려서였든, 다른 이유에서였든 도저히 참기가 힘들었다.

"흡, 으읍……."

갑자기 말의 속도가 느려졌다. 마치 리체를 위해 그런 것처럼.

겨우 가슴속의 통증이 약간 가라앉았다. 숨을 쉴 수 있게 되자 두려움조차 잊은 것처럼 리체는 대뜸 상대를 불렀다.

"이것 봐요."

"……."

"왜 그랬죠?"

"……."

"꼭 그럴 필요는 없었을 텐데, 왜, 왜 그 애를……."

"그럴 필요는 없었지."

아무렇지도 않은 말투여서 더욱 분노가 치밀어 올랐다.

"그럴 필요가 없었는데 왜요!"

"모든 행동이 필요의 결과인 건 아니야."

"그런 한가로운 대답 따위……."

남자가 갑자기 손을 움직이더니 리체의 팔을 쥐었다가 놓았다. 짧은 순간이었지만 너무 아픈 나머지 리체는 비명을 지를 뻔했다.

"여전히 말이 많군."

전혀 수그러들지 않은 리체가 표독스레 쏘아붙였다.

"당신도 말 많잖아요!"

조금 후, 대답이 들렸다.

"난 여자가 말이 많은 것이 싫어."

자기는 말이 많아도 되고 여자는 안 된다니, 비논리적인 주장에 어이가 없기도 했지만 하려던 말은 이쪽이 아니었다. 그런데 리체가 다시 묻기 전에 남자가 먼저 말했다.

"그 애의 목을 잡자마자 목표가 틀렸다는 걸 알았지."

물론 이네스와 조슈아를 착각하는 건 순간에 불과할 것이다. 리체는 되물으려 했다.

"그런데……."

"하지만 굳이 살려둘 필요도 없을 것 같더군."

그것이 전부였다. 리체가 할말을 잃은 사이 말은 계속 달려갔다.

대결

"난 모르겠어. 무엇이 너를 그토록 확신하게 하는지, 무엇이 너를 그토록 집요하게 만드는지."

"내 눈에는 끝이 보이기 때문이야. 그런데 그 끝을 향해 달리지 않으면 어느새 흐려져서 보이지 않아. 그래, 네 말이 맞아. 난 집요하지 않으면 안 돼. 집요하지 않으면 모든 것이 무너져버려."

부둣가는 처참했다. 포석 틈새마다 피가 흐르고 피 묻은 칼 예닐곱 자루가 아무데나 버려진 가운데 서른 명의 남자들은 더이상 저항하지 못할 상태였다. 조슈아는 방금 새로 뽑아 든 칼로 허공을 한번 겨누었다가 말했다.

"이런 칼들은 너무 빨리 무디어지는군."

좌우로 휙휙 휘둘러봤지만 더이상 상대할 자는 남아 있지 않았다. 조슈아는 칼을 내던져버렸다. 이어 눈을 내리깔며 쓰러진 자들을 훑어봤다.

진정 순식간이었다. 그들 모두를 쓰러뜨리는 데 걸린 시간은 통상 한두 사람을 상대하는 시간과 엇비슷했다. 또 하나, 그렇듯 어마어마한 속검술을 펼쳐 수십 수백 번을 베고 찔렀으나 단 한 명도 죽이지는 않았다. 일부러 그랬을까? 아니면 우연일까?

하지만 어쨌든 끝이 났다. 이제는 배에 태워야 했다. 막시민은 친구가 알아들을까 미심쩍어하며 불렀다.

"조슈아!"

돌아보는 모습이 보였다. 평소와는 확연히 다른 눈빛, 가벼운 비웃음을 머금은 입가, 역시 못 알아보는 것일까 생각했을 때 대답이 울렸다.

"응."

막시민은 아랫입술을 한 번 빨고는 다시 소리쳤다.

"그만 떠나야 돼! 배로 올라와!"

조슈아는 부둣가로 뚜벅뚜벅 걸어왔다. 바다와 맞닿은 지점까지 와서 멈춰 서더니 막시민을 올려다보며 빙그레 웃었다.

"밧줄을 내려줘야 올라가지."

저런 일을 벌여놓고 이제 와서 엄살 부리냐, 하는 생각은 일단 접어두고 밧줄을 풀어 던졌다. 기다리고 있던 조슈아가 한 손으로 여유 있게 잡아챘다. 막시민은 입속으로 평소에도 저러면 얼마나 편하냐, 갑자기 저 상태도 괜찮은 것 같고…… 하고 중얼거렸다.

"올라갈게."

밧줄을 잡은 조슈아는 가볍게 몸을 날려 배쌈을 딛고, 다시 몸을 띄웠다가 딛기를 되풀이하며 잠깐 만에 뱃전까지 올라왔다. 그때였다. 부두 쪽을 보며 서 있던 막시민은 저만치 말 한 마리가 달려오는 것을 보았다. 그리고 온몸이 굳어졌다.

이때 조슈아는 바로 눈앞까지 와서 기이할 정도로 침착한 얼굴로 묻고 있었다.

"리체는?"

막시민은 보고 있었다. 딱히 빠르지 않은 속도로 달려온 말이 쓰러진 사내들 앞에서 잠깐 멈추고, 곧 뛰어넘어 배 쪽으로 다가오는 것을. 기수의 손에 붙들린 리체의 모습도.

다행히…… 죽지는 않았다. 하지만 저 손에서 살아날 수 있을까.

말이 멈췄다.

막시민이 보는 쪽을 돌아본 조슈아는 배 안으로 들어오는 대신 뱃전에 걸터앉더니 다리를 밖으로 늘어뜨렸다. 남자가 말에서 내리고, 리체도 내렸다. 리체는 손이 묶여 있을 뿐 크게 다친 곳은 없어 보였다.

남자는 리체의 손을 묶은 밧줄 끄트머리를 왼손에 잡고 있었다. 서두르는 기색도 당황하는 기색도 없었다. 주위에 쓰러진 자들을 향해 무어라 한마디하자, 그들은 억지로 기어서라도 그 자리를 떠났다. 이윽고 남자는 한쪽 손을 들더니 인사하듯 모자챙에 댔다가 내렸다. 그가 말했다.

"다시 보는군."

막시민이 입을 열려 했을 때, 뱃전에 앉은 조슈아가 대답하는 소리가 들렸다.

"안됐지만, 그다지 또 보고 싶은 얼굴은 아니었지."

보통 사람이라면 움찔할 정도로 쌀쌀맞은 목소리였지만 남자는 피식 웃었다.

"나야말로 안됐군. 난 자네를 며칠 동안 죽 지켜보고 있었지."

조슈아는 고개를 끄덕이며 입가에 미소를 머금었다.

"그랬겠지. 보내준 수의는 잘 받았어."

"아, 그 흰옷 말이군."

남자는 고개를 들어 조슈아를 잠시 살피더니 말했다.

"하지만 입진 않았군그래."

"더 아름다운 옷을 선사한 사람이 있었거든."

조슈아는 손을 들어 아래쪽을 가리켰다.

"지금은 당신과 함께 있지만."

남자가 보낸 처음의 옷도 어차피 리체가 만든 것이었지만 둘 다 그런 점은 신경쓰지 않았다.

"그렇게 됐지. 하지만 되찾아가야 할 것 아닌가?"

"맞았어. 당신도 그럴 줄 알고 이렇듯 느긋하게 왔겠지? 내가 리체를 두고 떠나지 않으리라고 확신해서?"

"물론."

조슈아는 두 손을 들어올리며 어깨를 으쓱했다. 보아하니 평소 막시민이 곧잘 하던 자세 그대로였다.

"그럼 어떻게 돌려받을까?"

"교환을 하고 싶군."

그렇게 말하며 남자는 웃었다. 곁에 선 리체는 남자의 입에서 흰 이가 드러나는 것을 보고 있었다.

"무엇과?"

"자네와."

조슈아는 즉시 대답했다.

"성립되었어."

대답과 동시에 조슈아는 뱃전에서 뛰어내렸다. 밧줄을 타고 올라가야 할 정도로 높은 곳에서 단번에 뛰어내려 부둣가에 섰다.

남자가 휘파람을 불더니 박수를 두 번 쳤다.

"안 보던 사이에 새로운 걸 많이 익혔군."

몇 걸음 떨어져 선 조슈아가 말했다.

"당신의 박수는 이걸로 두 번째군."

남자가 객석에서 쳤던 박수를 기억하고 있는 것이다. 막시민은 조슈아가 어디까지 제정신이고 어디까지가 낯선 모습인지 헷갈렸다. 그거, 구별되긴 하는 거겠지?

"그럼, 보내줘."

"데려가."

그 말과 함께 남자는 리체의 손을 묶은 밧줄을 놓는 대신 힘껏 잡아당겼다. 리체가 거의 쓰러질 뻔하며 뒤로 고꾸라지는 순간, 오른손을 뻗어 리체의 목을 움켜쥐려 했다.

하지만 그자가 쥔 것은 오른쪽 어깨였다.

우드득, 하는 소리와 함께 비명이 허공을 찢었다. 그때 남자와 조슈아는 둘 다 리체가 아니라 서로를 상대하고 있었다. 조금 전 인간이랄 수 없는 속도로 달려들어 리체를 잡아채고, 그렇게 해서 목을 쥐려던 손을 어긋나게 한 조슈아는 곧장 무릎으로 남자의 배를 걷어차며 턱을 향해 주먹을 날렸다. 그 순간 남자는 확실히 방심했다. 조슈아의 손으로 치면 얼마나 세게 치겠는가 생각했던 듯했다. 그러나 예상은 보기 좋게 어긋났다.

퍼억!

턱이 돌아가는 충격이 오고, 배에 온 타격은 허리를 굽혀야 할 지경이었다. 뒤이은 공격을 피하려고 몸을 홱 젖히자 조슈아의 발이 무릎 밑을 걷어찼다. 남자는 재빨리 두 걸음 물러났다. 상대를 다시 봐야 했다. 어떤 이유로든 강해졌다는 것을 받아들여야 했다. 그는 그런 적응도 빨랐다.

"신기한 재주가 많군, 소공작."

그때 조슈아는 바닥에 던졌던 검 하나를 발로 차올려 쥐더니 정면으로 겨누며 달려들었다. 남자는 무기 없이 방어 태세를 취했다. 조슈아의 검이 남자의 오른팔 하박下膊에 부딪혔다. 그러니까, 정말로 부딪혔다.

베어지지 않았던 것이다.

조슈아가 멈칫 손을 멈추자 남자는 팔을 풀며 말했다.

"그 정도 검으로는 어림없어."

조슈아는 검을 횡으로 휘둘러 남자의 모자를 날려버렸다. 그것을 신호로 둘은 본격적으로 격돌했다.

이때 막시민이라고 가만히 있지는 않았다. 조슈아와 남자가 싸우기 시작하자, 조슈아 때문에 뱃전에 걸쳐놨던 밧줄을 잡고 미끄러져 뛰어내렸다. 곧장 리체에게 달려가 상태를 살

폈다.

아직 의식은 있었다. 하지만 부축하려 하자 고통스러운 비명이 흘러나왔다.

"팔……."

막시민이 만져보니 출혈은 없었지만 오른쪽 어깨가 탈구되고, 상박上膊의 뼈가 완전히 부러져 전투를 직업으로 하는 용병들이라 해도 제정신으로 버텨낼 상태가 아니었다. 샐러리맨은 조슈아가 가까이 오자 이제 리체가 필요 없다고 생각하고 바로 죽여버릴 작정이었던 것이다. 사람의 목숨에 밀알만큼의 무게도 두지 않는 자답게.

막시민이 손을 대자 리체의 온몸이 와들와들 떨리는 것이 느껴졌다. 그러나 리체는 떨면서도 눈을 똑바로 뜨고 있었다. 심지어 말을 하기까지 했다.

"저, 저 사람, 어, 어떻게, 지금, 조, 조슈아, 어떻게……."

"조슈아는 약간 상태가 이상하긴 하지만 그 덕택에 잘해나가는 중이야. 오늘 같은 날에는 다행이라 해야 할지."

막시민은 조슈아를 한 번 더 봤지만 지금은 리체의 상태가 더 급하다고 판단했다. 탈구된 어깨는 부러진 상박 때문에 당장 맞출 수도 없을 것 같았다. 실은 보고 있는 것만으로도 막시민도 어금니를 깨물며 몸이 움츠러들 지경이었다. 하지만 정신을 차릴 사람은 자신밖에 없었다.

"조금만 참아봐. 너 독한 기 아니까, 꼭 참아야 돼."

막시민은 리체를 부축해 일으켜 앉혔다. 그런 간단한 동작만으로도 고통이 엄청났다. 리체는 억지로 버티느라 눈물이 줄줄 흐르고 입술이 풀려 침까지 흐를 지경이었다. 그다음은 어떻게든 어깨로 받쳐 둘러메는 것인데, 참아낼지 판단이 서지 않았지만 그래도 이 위험한 곳에 앉아 있을 순 없었다.

"한 번만 더……."

어떻게 해냈는지 기억하기 힘들 정도로 막시민도 진땀을 흘렸다. 리체는 악문 잇새로 끓어오르는 신음을 참으며 입술을 짓씹는 바람에 곳곳이 찢어져 피가 흘렀다. 막시민은 리체를 둘러멘 채 일어섰다. 그리고 리체의 얼굴을 살피더니 말했다.

"차라리 기절을 해라. 저기 저 자식 잘하듯이 기절하고 나면 아픈 것도 모를 텐데 왜 이렇게 독하게 버티냐."

막시민이 배를 향해 걷기 시작하자 신음 사이로 리체의 대답이 들려왔다.

"기, 기절이…… 아, 안 돼……."

조슈아는 검 두 개를 부러뜨리고 세 번째 검을 쥔 채 남자와 대치하고 있었다. 누가 우세라고도 열세라고도 하기 어려웠지만, 방어만 하고 있는 남자가 상처를 입지 않은 것도 사실이었다. 그리고 조금 전부터 조슈아의 눈이 감길 듯 흐려졌다가 다시 떠지기를 반복했다. 흡사 빠져나가려는 혼을 애써

붙드는 것처럼 어렵사리 눈을 뜨고 있었다.

"검이 좋지 않아……."

검이 나쁘다기보다는 자신의 초월적인 속도, 그리고 남자의 기이한 힘을 버티려면 웬만한 무기로는 불가능했다. 그러나 조슈아는 여전히 여유 있는 자세로 검을 세워 들며 말했다.

"하지만 상대는 괜찮은데."

그 모습을 보고 있던 남자가 갑자기 자신도 바닥의 검을 차올려 쥐었다. 이어 가면 속에서 빙그레 웃었다.

"그럼 같은 검으로 해볼까?"

두 검은 즉각 부딪쳐갔다. 조슈아의 검은 속도, 남자의 검은 힘. 그렇다고 한쪽의 장점이 상대에게 없는 것은 아니었다. 남자가 힘껏 내리친 검을 한 손으로 꺾어 쥔 검으로 여유 있게 쳐내는 조슈아도, 조슈아가 재빠르게 수십 번 찌르는 것을 모조리 피하는 남자도.

어깨를 찔러 들어오자 재빨리 비켰다가 자세를 바로잡는 탄력으로 검 끝을 퉁겨 보내고, 정면으로 찔러 들어오는 검을 코앞에서 피하며 낮춘 몸을 회전시켜 바닥을 휩쓸 듯 발목을 걷어찬다. 머리 위에서 내리 찌르는 검을 횡으로 막으며 쳐내는 손목의 탄력은 가공할 만했다. 서로의 실력 차는 싸우고 있는 본인들만이 알 만큼 굉장한 공격이며 방어였다.

그러나 조슈아 쪽이 빠르게 지쳐갔다. 그와 함께 받아들일 때처럼 순식간에 힘도 사라지기 시작했다. 남자는 승리를 확신하고 검을 내던졌다. 그는 늘 자신의 오른손으로 마무리짓길 원했다.

조슈아의 눈이 감긴 시간이 길었다. 다시 뜨자, 남자의 손이 목을 휘감고 있었다. 그 상태로 번쩍 들어올릴 수도 있는 강력한 오른손으로.

손바닥은 기묘할 정도로 거칠었다. 사람의 손이라기보다 연마가 덜 된 생가죽 같았다. 남자는 그런 손으로 따뜻하고 부드러운 목의 감촉을 만끽하며 천천히 손아귀를 움직였다. 이윽고 엄지로 맥을 짚더니 움직임을 멈췄다. 꺾어지기 직전까지 팔딱거리며 뛰는 조그마한 맥을 눌러버리는 것, 그것이야말로 그의 가장 큰 즐거움이었다.

느리지도 빠르지도 않은, 침착한 맥에 손가락을 얹은 채로 남자가 말했다.

"상당히 재밌었어, 데모닉 조슈아."

조슈아가 눈을 뜨더니 희미한 미소를 떠올렸다. 제 목을 움켜쥔 상대 앞에서 실낱같지만 자신감만은 잃지 않은 목소리가 흘러나왔다.

"너 말이야……. 그 손은…… 에서 생긴 것이지?"

남자는 알아듣지 못했다.

"뭐라고?"

"그곳 말이야……. 오래전에…… 사라진……."

그때였다.

"저기 있다!"

"저기 있어!"

"저기야! 저기라고!"

"오오오! 저기 있잖아?"

서로에게 너무 몰입했던 탓일까, 그들 둘뿐인 줄 알았던 부둣가가 어느새 수많은 사람들로 둘러싸여 있었음을 깨닫기까지는 잠깐 시간이 걸렸다. 8번 부두로 이어지는 길은 물론 이웃한 부두까지 모조리 마차들로 가득차 있었다. 마차 안에서 창을 열거나, 아예 밖에 내려선 수많은 사람들이 모조리 커다랗게 뜬 눈으로 그들을 보고 있었다.

단지 보고만 있는 게 아니었다. 그들은 소리를 질러댔다. 환호하고, 응원하고, 감탄하고, 심지어 이쪽으로 무턱대고 다가오려 했다.

두 사람은 몰랐지만, 그들이 갑자기 나타난 이유는 에테른 때문이었다. 조슈아가 나오지 않는 상태로 피날레가 이상하게 마무리되고 나자 관객들은 전날과 마찬가지로 배우를 직접 보겠다고 분장실로 밀어닥치며 소란을 피웠다. 이때 앞에 나선 에테른이 큰 소리로 외쳤던 것이다.

"조 히스파니에를 만나고 싶은 분은 지금 즉시 8번 부두로 가세요! 곧 배를 타고 떠날 예정이니까요! 떠나기 직전이니 얼른요!"

그런 에테른의 선언은 극장을 떠나기 전에 리체가 미리 부탁해놓은 것이었다. 막시민과 리체가 준비한 대책은 각각 달랐지만 어쨌든 결과적으로 무척 소용에 닿는 것들뿐이었다.

먼저 둘러볼 여유가 있었던 쪽은 조슈아였다. 그는 놀라지도 않고, 마치 조금 전까지 죽음을 공연하고 있었던 것처럼 가볍게 말했다.

"관객이 무척 많아졌네."

남자의 표정은 조슈아처럼 침착하지 못했다. 그는 암살자였다. 어둠 속에서 행동하는 자였고, 어디서든 주목을 받지 않는 것이야말로 중요한 기술이었다. 그런 그가 이렇듯 많은 사람에게 노출되고, 심지어 그들 모두의 시선을 한몸에 받아본 적이 있을 리 없었다.

한 번도 평정을 잃는 것을 본 적이 없었던 남자의 입가가 기묘하게 일그러졌다. 수천 명이 주목하며 열광하고 환호해도 얼마든지 즐길 수 있는 조슈아와는 정반대의 반응이었다. 일종의 광장공포였을까. 어찌됐든 이 자리에서 처음으로 조슈아는 남자보다 압도적으로 우세했다.

남자가 한참 만에 대꾸했다. 대꾸라기보다는 중얼거림이었다.

"쓸모없는 자들 같으니……."

누구를 두고 하는 말인지도 불분명했다. 관객들인지, 제부하들인지, 어느 쪽이었든 그의 표정은 급속도로 불안정해져갔다.

더구나 문제의 관객들은 모두 귀족들이었다. 이 일대에서 이름 좀 있다 하는 가문은 오늘 공연에 모조리 몰려왔다. 그들 중에는 두르넨사 상층부, 심지어 켈티카까지 선이 닿는 고위 귀족도 여럿이었다.

이 상황에서 남자가 조슈아의 목을 꺾어버리면 어떻게 될까.

이때 남자의 머릿속에도 이런 생각이 떠올랐던 듯했다. 그는 움직일까 말까 하는 것처럼 목을 쥔 손아귀를 움찔거렸다. 사람들의 시선이 준 혼란, 저들 앞에서 조슈아를 죽였을 때이 배우에게 환호하고 있는 저자들이 흥분하여 난동을 벌이면 수십 명을 죽여야 끝나리라는 점, 요행히 빠져나간다 해도 조슈아를 사랑하는 저들이 조슈아의 신분은 물론, 이런 곳에서 죽게 된 이유와 배후까지 낱낱이 캐내려 하리란 사실까지.

반면 관객들은 남자가 가면을 쓰고 있는 걸 봤기 때문인지 이 상황을 실제가 아니라 일종의 연기처럼 생각했다. 사실 조금만 이성적으로 생각해보면 그럴 까닭이 전혀 없는데도, 방금 전에 본 공연에 너무 몰입되어 현실감각을 잃은 나머지 그런 생각이 이상하게 느껴지지 않았다. 심지어 이곳은 극장이 아니라 마음껏 소리질러도 되는 바닷가였다. 실제로 그들은 체면도 잊고 발을 구르며 외쳐댔다.

“와우! 자세 끝내주네요! 그다음은 뭐죠?”

“어, 상황 설명이 필요한데!”

“이거 무슨 내용이에요? 다음 공연의 예고편인가?”

“다 끝나버린 거요? 앞부분을 못 봤는데?”

“처음부터 다시 합시다!”

당사자들에게는 어처구니없게 들릴 이런 소리를 잘도 외쳐댔지만, 어찌됐든 그들은 조슈아의 구세주들이었다. 남자의 손이 목에서 미끄러져 내려가는 것과 함께 거칠어진 목소리가 속삭였다.

“데모닉은 기묘한 운이 있단 말이야…….”

풀려난 조슈아는 문득 휘청거렸다. 남자는 그들을 둘러싼 불청객들을 휘둘러봤다. 이들 모두를 단번에 죽여버리고 싶은 눈빛이었지만, 귀족을 해치며 물의를 일으켜서는 의뢰인의 입장이 난처해진다. 향후의 직업 생활에도 차질이 생길 수밖에 없다.

남자는 몇 걸음 걷다가 갑자기 몸을 솟구쳐 다음 부두로 건너뛰었다. 그는 사람들 틈으로 빠져나가는 대신 정박되어 있는 어느 배 위로 사라져버렸다.

혼자 남은 조슈아는 겨우 몸을 추스르며 사람들을 둘러봤다. 머리가 어찔어찔했지만 지체없이 떠나야 할 시각이었다. 미의 극치호 앞으로 걸어간 그는 뱃전에 매인 밧줄을 잡기 직전, 사람들을 둘러보더니 갑자기 날렵하게 궁정식 절을 했다.

사람들은 영문도 모르고 박수갈채를 보냈다. 이어 밧줄을 잡은 조슈아는 조금 전과 같은 방식으로 배 위에 올랐다.

막시민의 환영 인사는 이러했다.

"교통 혼잡 만세다."

그러나 배 안으로 들어온 사람은 조금 전의 조슈아가 아니었다. 바닥에 주저앉는 것과 동시에 몸이 앞으로 푹 고꾸라졌다. 조금 전까지 억지로 붙잡고 버티던 의식이 스르륵 빠져나갔다.

뱃전 아래 앉아 있던 막시민은 그럴 줄 알았다는 것처럼 별로 놀라지도 않았다. 조슈아를 보고, 그리고 리체를 옮겨놓은 선실 쪽을 흘끔 보더니 투덜거렸을 뿐이었다.

"젠장, 이거야 숫제 시체 운반선이로구만."

흔들, 흔들.

기분 좋게 흔들리는 느낌에 자꾸만 잠 속으로 빠져들던 조슈아는 누군가가 손가락으로 뺨을 찌르는 바람에 흠칫 놀라 깨어났다. 눈을 비비고 앞을 보자 낯선 사람이 앉아 있었다.

잠깐 동안 생각을 바로잡았다. 눈을 굴려보니 이곳은 미의 극치호 안이었다. 그러면 있을 사람은 막시민이나 리체뿐인데? 혹시 유령인가? 하지만 유령이 뺨을 찌른다고?

낯선 남자는 조금 전 뺨을 찔렀던 손가락을 허공에 빙빙 돌리며 인사를 했다. 간단하게.

"안녕."

조슈아도 얼결에 대답했다.

"아, 안녕……."

그런 다음 침대에서 일어나 앉았다. 아니, 정확히는 뛰어내린 셈이었다. 그가 누워 있던 곳은 그물 침대였으니까. 남자는 물러나더니 맞은편에 있는 테이블 위에 발돋움도 없이 훌쩍 걸터앉았다. 스물 몇 살 정도로 보이는 그는 키가 조슈아만큼이나 컸다.

"그런데……."

"왜 찔렀냐고?"

그걸 물으려는 것이 아니었지만, 생각해보니 그것도 물어야 할 것 같았다.

"왜 찔렀는데요?"

"찔러보고 싶어서."

그러더니 곧 말을 덧붙였다.

"네 뺨을 찔러보고 싶어 했을 수많은 관객들을 대신해서."

"……."

의자에 앉긴 했지만 온몸이 쑤셨다. 곳곳이 멍든 것처럼 아프고, 특히 근육통이 심각했다. 양팔이 유난히 뻐근했는데 왜 이렇게 됐는지 기억해보려 해도 아무 생각도 나지 않았다.

조슈아는 머뭇거리다가 물었다.

"공연 보셨나요?"

"아니."

"그러면……."

"관객들은 봤지. 부둣가에 몰려들었던 사람들. 굉장하더라. 점잖다는 귀족들이 그렇게 마구잡이로 발을 굴러가며 소리를 질러대다니, 정말 대단했어."

"부둣가에요? 귀족들이?"

남자가 어리둥절한 표정을 지었다.

"기억 안 나? 너 보려고 몰려왔잖아."

조슈아는 기억을 더듬어봤지만 아무리 애써도 극장에서 엔딩을 마치고 분장실로 내려오던 때가 마지막이었다. 그렇다면 그를 여기로 데려온 건 누구일까? 막시민? 리체?

막시민과 마지막으로 헤어졌던 순간을 떠올리자 쓴 것을 삼킨 것처럼 뺨에 힘이 들어갔다. 그 녀석, 그러고 보면 정말로 나타나지 않았다.

"혹시, 막시민하고 리체는 어디 있는지 아시나요?"

남자는 손으로 조슈아 등뒤를 가리켰다.

"옆방에."

이곳을 식당 겸 거실로 친다면 침실에 가까운 옆방은 무척 좁아서 지난번 여행 때도 거의 사용하지 않았다. 침대가 있긴 했지만 방을 꽉 채우다시피 한 터라 답답해서 차라리 밖에서 자는 편이 나았다. 그런 곳에 둘이 틀어박혀 뭘 할까?

"둘이서요?"

"응."

조슈아는 귓가를 긁적이려다 팔이 아파 중지했다. 그리고 아까 놓쳤던 질문을 했다.

"저…… 그런데 죄송하지만 당신은 누구죠?"

남자는 빙그레 웃더니 말했다.

"난 고용된 항해사야."

"휴, 그렇군요."

유령은 아니었던 모양이다. 낯선 사람이 눈앞에 있으면 일단 유령이 아닐까 의심하고 봐야 했다.

"그러면 성함이?"

"마일스톤, 그냥 그렇게 불러. 넌 조 히스파니에지?"

조슈아는 애매하게 웃으며 고개를 끄덕였다. 아직 이 사람에게 본명을 말해도 좋은지 판단이 안 섰던 것이다. 이어 그는 옆방으로 가보려 했다. 그러나 일어나자마자 관절과 근육들이 한꺼번에 비명을 질러댔다. 겨우겨우 버티며 섰는데 남자가 테이블에서 뛰어내리며 말했다.

"옆방에 가보려고? 가지 마."

"아니…… 왜요? 도대체 뭘 하는데요?"

"뭘 한다기보다는, 별로 볼만한 풍경이 아닐 거야."

조슈아는 어깨를 으쓱했다.

"내가 못 볼 일이 없을 텐데."

힘겹게 걸어가 문을 열자 가장 먼저 땀냄새가 확 풍겼다. 동시에 시선이 침대에 꽂힌 조슈아는 그 자리에 우뚝 선 채 동공이 커졌다. 얼마나 놀랐는지 뒷모습으로 앉아 있던 막시민이 돌아보는 것을 깨닫지도 못했다.

침대에 누운 리체는 한쪽 팔이 가슴 쪽으로 접힌 채 붕대가 친친 감겨 있었다. 땀으로 범벅된 얼굴은 흡사 백지장이었다. 얼굴뿐 아니라 머리며 옷도 모조리 땀에 젖어 달라붙어 있었다. 붕대를 감느라 입고 있던 옷의 오른쪽 어깨 부분을 잘라냈고, 가슴과 왼쪽 어깨는 담요로 덮여 있었다.

평소 활기 넘치던 리체가 그런 얼굴로 정신을 잃고 있으니 마치 다른 사람처럼 낯설었다. 조슈아가 리체를 뚫어져라 보며 말도 못하고, 가까이 가지도 못하고 있는 걸 본 막시민이 한숨을 내쉬며 일어났다.

"나가자."

막시민이 입구에 선 조슈아를 밀어내자 조슈아가 흐읍, 하고 숨을 들이마셨다가 멈췄다. 막시민이 물었다.

"아프냐?"

그제야 조슈아의 입도 떨어졌다.

"아…… 그게, 온몸이 쑤셔. 왜 이런지 모르겠어."

"왜 이러긴. 앓아눕지 않은 것이 다행이지."

막시민은 나오며 문을 반쯤 열어놓았다. 같은 선실 안인데도 작은 방이 훨씬 덥고 답답했다. 막시민은 몇 걸음 떨어진 곳, 문 안쪽이 들여다보이는 위치에 의자를 놓고 앉았다. 의자를 가져올 기운도 없었던 조슈아는 그냥 바닥에 앉았지만 여전히 반쯤 넋이 나간 표정이었다.

"리체는…… 왜 저래? 대체 무슨 일이야?"

"팔이 부러졌다. 쇼크가 있는 모양이야. 계속 식은땀이 나고, 체온도 떨어지고, 맥박이 느려졌다 돌아왔다 해."

말을 하며 서로 얼굴을 보니 둘 다 지치다 못해 불쌍해 보일 지경이었다. 조슈아는 죽다가 살아난 듯 해쓱했고, 막시민은 기진맥진한 몸을 정신력으로 붙들고 있는 것처럼 보였다. 조슈아가 입술을 깨물며 물었다.

"어쩌다가?"

"샐러리맨 그놈이지 누구겠어."

조슈아가 흠칫 놀라며 막시민을 봤다.

"그자가 언제? 난 보지도 못했는데?"

막시민은 한심한 눈으로 조슈아를 보다가 피곤한 와중에도 뒤통수를 한 대 때렸다.

"자기가 싸워놓고도 모르고, 뭐 이딴 자식이 다 있지."

"내가 싸워?"

막시민은 설명하기조차 귀찮은 얼굴이었다. 하지만 달리 설명을 해줄 사람도 없었다. 부둣가에서 있었던 일을 대략 들은 조슈아는 너무 놀라 입을 다무는 것도 잊어버리고 있었다.

"정말 생각 안 나?"

"내가 기억나는 건, 엔딩 직후 분장실로 내려왔을 때……."

"그래, 내가 그때 네 뒤통수 때려서 끌고 나왔다. 마차에 태워서 부둣가까지 갔단 말이야. 그런데 마차꾼 놈이 도망가서 마차가 물에 빠졌고, 너도 물에 빠졌고, 그런데 네가 갑자기 물 위로 떠오르더란 말이지. 누군가의 팔에 안긴 것처럼. 하지만 그게 누군지 보이진 않았어. 혹시 켈스니티였나?"

"켈스는 최근에 나타난 일이 없는데."

"켈스가 아니더라도 하여튼 유령들의 짓이겠거니 생각하긴 했지만, 듣고 보니 저번과는 좀 다르네. 저번에는 강령 상태의 기억이 있었잖아? 그런데 이번에는 멀쩡히 대화까지 해놓고서 기억이 안 나?"

"내가 뭐라고 했는데?"

"그냥 너인 것처럼 말했어. 아, 성격이 좀 다른 너였다고 해야 되려나. 다시 말해 절반쯤은 너고 절반쯤은 아닌 것 같았어. 성격이나 능력은 네가 아닌데, 기억은 너였지. 네가 기억을 못 한다면 그때 나나 리체를 알아보던 그 인격은 네가 아닌 거냐? 그럼 누군데?"

"……."

조슈아는 대답 없이 미간을 찌푸리다가 다시 물었다.

"내 문제는 나중에 생각하자. 그래서 리체가 그자 손에 팔이 부러졌단 말이야? 그럼 저대로 놔두면 안 되잖아. 의사가 필요하지 않아?"

막시민이 짧게 한숨을 내쉬었다.

"두말할 필요 있겠냐. 당연히 필요하지. 하지만 그놈이 떡하니 버티고 있는 항구에서 출항을 미룰 수도 없었고. 젠장. 고향에서였다면 접골목을 찧어 붙이고 달여서 좀 마시게도 할 텐데 바다 위에 그런 게 있을 리도 없고, 참 난감하다. 그나마 뼈가 살을 찢고 튀어나오지 않아서 어떻게 될 것 같기도 한데 말이야. 원래는 어깨도 빠졌었는데, 안 그래도 죽을 지경인 애를 재주도 없는 내가 건드렸다가 사람 잡을 것 같아서 못 하겠더라. 결국 저기 있는 마일스톤이 맞춰줬어. 그래서 그나마 붕대라도 감을 수 있게 된 거야."

"아. 고마워요, 정말로."

조슈아의 인사에 마일스톤이라는 남자는 그냥 머쓱한 표정을 지었을 뿐이었다.

"하긴 우릴 도와준 사람이 한두 명은 아니지."

막시민은 조슈아를 잠시 바라보다가 흥, 하고 코끝으로 웃었다.

"너같이 시건방진 녀석을 어째서 그 많은 사람들이 도와주겠다고 그렇게 애써줬을까? 참 불가사의야. 네가 도망칠 시간을 버느라 무대에서 피날레하던 사람들이 각자 세 배씩 시간 끌었던 거 모르지?"

"그……랬어?"

"그래. 없는 대사 지어내고, 노래도 느리게 부르고, 춤도 느리게 추고, 연주까지 느리게 하느라 고생들 했을걸. 뭐, 나야 널 데리고 나가느라 대기실에서 소리만 들은 거지만 어쨌든 그런 웃기는 부탁을 들어줬으니 참 고맙지."

조슈아가 희한한 표정을 지었다.

"네가 그 사람들한테 우리 사정을 다 설명했어?"

"다는 아니고."

막시민이 무슨 기기묘묘한 얘기를 만들어내어서 그 사람들을 설득했을지 무척 궁금했지만, 일단은 사정을 마저 들어야 하니 묻지 않았다.

"그리고 스트라우즈 씨가 빌려준 그 마차, 물에 빠져버려서 미안하게 됐는데. 도망간 마차꾼 핑계를 대자면 댈 수도 있겠지만 어쨌든 바닷속에 들어가서 마차를 건져 올릴 능력은 나한테도 없었으니까. 참, 그리고 칼라이몬 씨도 도와줬지. 훗, 그 아저씨 정말 젊었을 땐 항구를 주름잡았겠던데."

조슈아가 눈만 굴리고 있는 가운데 막시민은 기지개를 늘어져라 켰다.

"에테른 씨도 깔끔한 사람이더군. 당일 입장권으로 들어온 수익 중에 네 몫을 바로 잘라주더라고. 출발하려니 그걸 금으로 당장 바꿔야 됐는데 운 좋게 한트케 씨가 바꿔줬다. 그 사람, 자기집에 금괴를 쌓아두고 사는 모양이더라. 긴가민가하며 물어본 건데 단번에 바꿔준 걸 보면."

"유명한 사람이니까. 실은 카르디 시절에 그 사람 이름 들어봤었어."

막시민은 고개를 끄덕거렸다.

"다시 볼 일이 있을지 모르겠지만, 보게 된다면 그분들한테 신세 잘 갚아라. 너 같은 녀석한테 그런 친절을 다 베풀어주고, 두르넨사 인심이 세계 최고네."

"내가 뭐 어때서 자꾸 너 같은 녀석이라는 거야?"

"너 같은 녀석이 너 같은 녀석이지 뭐."

조슈아는 더 따지지 않고 어깨를 움츠렸다.

"미안해."

막시민은 대답 없이 있다가 조그맣게 중얼거렸다.

"미안한 줄은 아냐?"

둘 다 어설픈 꼬락서니로 얼굴도 마주보지 않았지만 서로가 생략한 말은 충분히 알아들었다. 다툴 때는 말이 많아도 화해할 때는 긴말이 필요 없는 그들이었다.

조슈아가 말했다.

"그날 분장실에서 내 입으로 떠나라고 하긴 했지만, 다음날 정말로 너희가 안 보이니까 뭐랄까…… 기분이 정말 이상했어."

"그랬냐? 난 그 소릴 들었을 때 이 자식 모가지를 월급쟁이란 놈한테 얌전히 갖다 바치느니 내가 그 자리에서 졸라버릴까 생각했는데."

"뭐, 잠깐…… 뭐라고?"

둘의 눈이 마주쳤다. 막시민은 웃지도 않고 말을 이었다.

"내가 매우 잘 파악한 바에 따르면 네놈이 앞으로도 한 번쯤은 또 그럴 것 같은데, 그때를 위해 이 계획은 취소는 아니고 유보로 하겠다."

조슈아는 무슨 대답을 해야 할지 모르는 표정으로 눈을 몇 번 깜빡거리다가 간신히 대꾸했다.

"뭐, 네 생각이 그렇다면야……."

그 대꾸에 막시민은 또다시 기가 막혀 허공을 봤고, 조슈아는 어깨를 움츠린 채 시선을 다른 데로 돌렸다. 그런 채로 둘은 "이 미친놈아, 죽인다는 데 납득 좀 하지 마", "미쳤으니 네 의견을 존중한다" 같은 대화를 주고받았다. 막시민은 이 세상에서 조슈아의 미친 짓에 가장 잘 적응한 사람이었지만, 조슈아도 그 점을 가장 잘 이해한 사람이긴 했다.

이윽고 조슈아가 중얼거렸다.

"정신없이 끝나버렸네. 인사도 못 하고, 다들. 이네스랑 이네스네 오빠도."

막시민도 말했다.

"하긴 나도 이네스인가 그 아가씨는 못 봤다."

"이번에 이네스 노래 정말 잘했는데. 칭찬도 못 해줬네."

이십여 일이 쏜살같이 지나갔다. 지난 일을 떠올리는지 둘 다 말이 없었다. 배가 한차례 삐걱거리자 테이블에 앉아 있던 마일스톤이 키를 살펴보겠다며 나갔다. 막시민이 말했다.

"솜씨 좋은 뱃사람이더라고."

조슈아는 고개를 끄덕거리다가 말했다.

"참, 그러니까 우리 아직 날고 있는 게 아니구나."

"네가 없는데 누가 날아가도록 소작을 하겠냐. 어디 섬에라도 들러야 다시 날아가든 말든 하지. 마일스톤이 이대로 가면 내일 아침쯤 무슨 섬에 도착할 거라고 하더라. 거기에 의사가 있길 바라야지. 지금은 이대로 담요나 덮어주고 땀 닦아주는 것 말고는 할 수 있는 게 없어. 쇼크가 심하지 않았으면 좋겠는데.”

“그런데 붕대는 누가 감았어?”

“나지.”

“그런 것도 할 줄 아는구나.”

“내가 빌어먹을 동생 여섯을 키웠다는 걸 잊지 말라고. 다만 또래 여자애라 좀 힘들었다.”

그런 뒤 둘은 말이 끊어졌다. 둘 다 덤덤하게 말하고는 있어도 속으로는 무척 걱정스러웠던 것이다. 자기들 때문에 따라나선 리체를 잘 보호하기는커녕 저 지경을 만들었으니, 저렇게 만든 자를 탓하기 전에 우선 죄책감부터 들었다. 한참 뒤 막시민이 나직이 말했다.

“세자르 아저씨가 알면 우리 둘 다 죽이겠구만.”

조슈아도 동감이었다.

미의 극치호가 떠가고 있는 바다에서 까마득히 먼 북쪽, 국경과 산맥과 평야를 넘어간 곳에 켈티카가 있었다. 세 사람이 거기까지 가려고 겪고 있는 갖은 고초 따위야 어찌됐든 그곳은 평화로웠다. 대륙 건너 남쪽의 소식이 한 토막이라도 들려오기엔 너무 먼 곳이었다.

드디어 여름이 닥쳤음을 알리듯 왕립 그로메 학교의 기숙사 창문들은 활짝 열려 있었다. 창 안쪽으로 보이는 기숙사의

풍경은 가지각색이었다. 어느 저택의 살롱처럼 꾸며진 근사한 방부터 고학생의 골방답게 잡동사니가 밀려 떨어질 것처럼 쌓인 방까지, 창문이 네 짝이나 열리는 쾌적한 방에서 손바닥만 한 쪽창 두 짝이 고작인 다락방까지. 그런데 2층의 한 방만은 정원이 바로 내다보이는 근사한 전망에도 불구하고 네 짝 창문이 남김없이 꼭꼭 닫혀 있었다.

방문객은 창문들을 잠시 바라보고 있었다. 뜰을 지나치는 학생들이 방문객을 흘끔거렸지만 그녀의 머릿속에 무슨 생각이 오가는지 짐작해낼 사람은 없었다. 생각을 표정에 드러내지 않는 능력이 탁월한 여자였다.

학생들은 귀족이라 해도 이 방문객처럼 치렁치렁한 드레스는 잘 입지 않았다. 그렇기에 교정에 선 아가씨의 모습은 더욱 눈길을 끌었다. 연한 샴페인색 여름 드레스의 치마는 종 모양으로 부풀었고, 햇빛을 가린 레이스 양산은 드레스만큼이나 화려했다. 챙 넓은 흰 모자 아래로 보이는 얼굴은 단아했지만, 동시에 말 붙이기 힘든 새침한 느낌이기도 했다. 그만하면 사교계의 최신 유행에 떨어지지 않게 차려입은 아가씨였지만 수행하는 시종은 없었다.

이윽고 그녀는 사람들의 눈길을 즐기는 것을 그만두고 계단을 올라갔다. 기숙사 방문 수속을 밟기 위해 사감실에 잠깐 들렀다. 방문 목적을 짧게 말하자 금방 허가가 나왔다. 기숙사로 향하는 동안에도 여러 학생들이 아가씨를 돌아봤다. 그녀는 꽤 예쁜 얼굴이었다. 기숙사 로비에서는 아는 사람을 만나 잠시 인사도 나눴다. 귀족 출신인 그 학생은 아가씨가 떠난 뒤 친구들의 부러움 섞인 눈초리를 받으며 헛기침을 했다.

아가씨는 중앙 계단을 통해 2층으로 올라갔다. 방 번호를 보며 천천히 걷다가 "212"라고 새겨진 금빛 번호판이 붙은 문 앞에서 멈춰 섰다. 문을 두드렸다.

"아, 잠깐만, 기다려요. 기다려보아요."

문 안쪽에서 장난기 섞인 쾌활한 목소리가 들리고, 조금 길다 싶은 시간이 흐른 뒤 문이 열렸다. 짧게 잘라 찰랑거리는 금갈색 머리에 조그맣고 하얀 얼굴을 한 소년이 밖을 내다봤다. 무릎까지 오는 짧은 바지와 구깃구깃한 재킷, 거꾸로 쓴 모자에 이르기까지 어느 모로 보나 장난꾸러기 도련님 같은 인상이지만 방문객은 이 사람이 소년이 아님을 알고 있었다.

"누구시죠?"

"아마란스 백작가의 이엔나 카틀레야 다 아마란스 양이시죠?"

싫어하는 이름으로 불린 이엔은 미간을 찌푸렸다.

"누구예요, 도대체?"

방문객은 살짝 웃었다.

"그대의 어머님께서 부탁하셔서 왔어요. 전 켈티카에 살지만 남부에 종종 갈 일이 있는데, 지난번에 아마란스 가문의 성에 잠시 들르는 영광을 누렸어요. 제가 켈티카로 돌아갈 예정이라고 하니 어머님께서 이것을 전해달라고 부탁하시더군요."

이엔은 어머니라는 얘기에 얼굴이 흐려졌지만, 방문객이 내민 꾸러미를 받아들고 나자 이렇게 말할 수밖에 없었다.

"잠시 들어오셔서 차라도 하시지요. 어머니 안부도 전해주고요."

방문객은 사양치 않고 방으로 들어섰다. 하녀의 손길이 닿은 듯 깔끔한 방의 거실로 안내되는 동안 그녀는 줄곧 주위를 두리번거렸다. 학교에 다녀본 일이 없어서 호기심이 일어서였을까, 모든 물건을 하나하나 꼼꼼히 살펴보는 기색이었다.

하지만 차는 하녀가 아닌 이엔이 직접 내왔다. 조금 맛을 보니 차 끓이는 솜씨는 형편없었다. 그동안 이엔은 꾸러미를 약간 뜯어보고 또다시 한숨을 쉬었다.

"어머니도 참 끈질기시지."

포장을 벗겨내자 어깨가 드러나는 여름용 흰 드레스와 장갑이 나왔다. 최고급 시폰이고, 드레스는 퍼프소매 아래로 자그마한 망사 장미 코르사주가 빙 둘러 달린 귀여운 모양이었지만 그걸 이엔이 입게 될 날은 영영 오지 않을 것처럼 보였다.

안에는 편지가 있었다. 펼쳐보니 더욱 한숨이 나왔다. 그 드레스를 입고 얼마 뒤 켈티카의 어느 가문에서 열린다는 파티에 참석하라는 내용이었다. 방문객은 찻잔을 입가에서 기울이며 미소를 띠고 있었다. 이엔은 대강 편지를 접으며 상대를 흘끗 보더니 말했다.

"당신한테 잘 어울리겠네요."

학교에서 흔히 보기 힘든 드레스 차림이었기에 한 말이었다. 방문객은 고개를 저었다.

"아마란스 양에게도 잘 어울려요. 어머니께서 안목이 아주 높으시네요. 따님에게 맞는 것을 잘 아는 분 같아요."

"잘 알면 이런 거 안 보내요. 내가 입은 옷 안 보여요?"

방문객은 다시 그림 같은 미소를 지었다.

"그런 차림도 재미있지만, 이 아름다운 드레스만은 못한 것 같네요. 더구나 어머님의 정성이 깃들어 있잖아요."

이엔은 그냥 한숨을 쉬고 말았다. 어차피 말다툼할 만한 상대는 아니었다. 학교 학생도 아니고, 그냥 부탁 때문에 잠깐 들른 사람일 뿐이니까. 그렇게 생각한 이엔은 대화를 대충 마무리하려는 심정으로 말했다.

"어머니도 참, 이런 일은 심부름꾼한테 시키셔도 될 텐데. 번거로운 부탁을 받아서 곤란하셨겠어요."

방문객은 고개를 저었다.

"아뇨. 어머님께선 심부름꾼보다 제가 좋을 것 같다고 몇 번이나 말씀하셨어요."

"그래요? 무슨 까닭이라도 있어요?"

"네. 어머님께선 제가 아마란스 양의 친구가 되어주었으면 하시더군요. 편지에 쓰신 파티에도 같이 가주었으면 좋겠다고, 제 손을 꼭 잡고 간곡히 말씀하셔서 저도 그럴 생각이고요."

이엔은 난감한 표정으로 상대를 바라보았다. 누군지도 모르는 아가씨와 다짜고짜 친구가 되라니, 비밀스러운 일을 많이 해야 하는 그녀로선 이만저만 낭패가 아니었다. 그렇다고 어머니의 부탁으로 수고해준 숙녀에게 다신 오지 말라고 하기도 곤란했다. 어머니는 저렇듯 정숙하고 예법도 바르고 나이도 찬 아가씨와 친구가 되면 이엔도 좀더 아가씨다워질지도 모른다고 생각한 모양이지만……. 그런 생각을 하다 보니 아직 상대의 이름조차 듣지 않았다는 데 생각이 미쳤다.

"저어, 하지만 전 아가씨가 누구인지도 아직 모르는데."

방문객은 이엔이 흉내도 못 낼 우아한 동작으로 찻잔을 내려놓으며 말했다.

"저는 아르장송 자작가의 실비엣 드 아르상송이라고 해요."

(5권에 계속)

룬의 아이들 – 데모닉 4

1판 1쇄 2020년 6월 12일
1판 4쇄 2023년 9월 15일

지은이 전민희

책임편집 임지호 | **편집** 지혜림 이송 | **일러스트** UK Nakagawa
표지디자인 이혜경디자인 | **본문디자인** 이원경
저작권 박지영 형소진 최은진 서연주 오서영
마케팅 정민호 서지화 한민아 이민경 안남영 김수현 왕지경 황승현 김혜원 김하연
브랜딩 함유지 함근아 고보미 박민재 김희숙 정승민 배진성
제작 강신은 김동욱 이순호 | **제작처** 상지사

펴낸곳 (주)문학동네 | **펴낸이** 김소영
출판등록 1993년 10월 22일 제2003-000045호

주소 10881 경기도 파주시 회동길 210
문의 031-955-8892(편집) 031-955-2696(마케팅) 031-955-8855(팩스)
전자우편 editor@elmys.co.kr | **홈페이지** www.elmys.co.kr
인스타그램 @elixir_mystery | **트위터** @elixir_mystery

ISBN 978-89-546-7191-0 04810
978-89-546-7187-3 (세트)

엘릭시르는 출판그룹 문학동네의 장르문학 브랜드입니다.